I0651518

Henry Whyte

The Celtic Garland

Translations of Gaelic and English Songs, and Gaelic Readings. Second Edition

Henry Whyte

The Celtic Garland

Translations of Gaelic and English Songs, and Gaelic Readings. Second Edition

ISBN/EAN: 9783337180829

Printed in Europe, USA, Canada, Australia, Japan

Cover: Foto ©Andreas Hilbeck / pixelio.de

More available books at **www.hansebooks.com**

THE
CELTIC GARLAND.

TRANSLATIONS

OF

GAELIC AND ENGLISH SONGS,

AND

GAELIC READINGS, &c., &c.,

BY FIONN.

SECOND EDITION.

GLASGOW:
ARCHIBALD SINCLAIR, 62 ARGYLE STREET.
EDINBURGH: MACLACHLAN & STEWART.

1885.

GLASGOW:
ARCHIBALD SINCLAIR, PRINTER AND PUBLISHER,
62 ARGYLE STREET.

PREFACE TO THE FIRST EDITION.

Most of the translations to be found in the following pages are the result of leisure moments, and appeared in the columns of Highland Newspapers and Magazines. I might have been content with their having been deemed worthy of a place even among the ephemeral literature of the day, but having been urged by several friends to preserve those compositions in a collected form, I reluctantly consented, and I leave the reader to judge the wisdom of the step now taken.

It will be readily believed by all who have attempted rhythmical translations, that the task is no easy one, especially with languages like English and Gaelic, which are so very different in idiom. I have endeavoured to make my English translations as literal as the exigencies of rhyme and rhythm permitted, but I am quite prepared to admit that in some cases I have failed to give full expression to the Bard's ideas. It is quite a common thing to find several similies in one stanza of Gaelic poetry, rendering it quite impossible for the translator to compress them into one verse of English. "The Bard's Evening Song," and " O, lovely glen," will be found to be almost line for line translations of the original.

As regards translations from English to Gaelic it will be observed that I have not attempted anything like literal renderings, being persuaded that such a course would prove disastrous to the idiom of my mother-tongue, as well as introduce a large amount of Gaidhlig-Ghallda, which is already too common. Retaining the rhythm of the original, I have sought to give Gaelic expression to the sentiments and ideas conveyed by the English verses, which I am confident is the only way of producing idiomatic Gaelic translations.

The few original songs given in this work were composed with the view of perpetuating and popularising certain melodies which were apt to pass into forgetfulness, as the words to which they were originally wedded, with the exception of the chorus, could not at the time be discovered. I am glad to observe that a few of these have since been collected and preserved by the compiler of the Oranaiche, the best and largest collection of Gaelic songs published.

Having been frequently asked to indicate where pieces suitable for public reading at Celtic entertainments could be found, I have added a few such, which I hope will be found suitable. Several of these are re-printed from the *Gael*, a most interesting publication, the demise of which was regretted by many who will now be glad to learn that its resuscitation is at present contemplated. I have not considered myself at liberty to alter the orthography of the writers, which is but slightly different from that which I have adopted. The Readings which bear no signature are my own.

Should this work meet with a kindly reception I may at some future time issue a collection of Gaelic Readings in Prose and Verse; meanwhile I give my brother Highlanders the CELTIC GARLAND with all confidence, knowing that in criticising it they will give FIONN " *cothrom na Feinne.*"

GLASGOW, 1881.   FIONN.

PREFACE TO THE SECOND EDITION.

THE encouragment afforded by the rapid sale of the first Edition, which was exhausted in little over a year after its publication, has induced me to prepare a second Edition, which I now submit to the Celtic public.

I have endeavoured to remedy the defects attendant upon amateur effort—removing several pieces of a puerile nature, and substituting one of my more recent productions. I have also inserted several additional prose articles, which I trust will be found suitable for public reading. I have to thank the Celtic friends who have allowed me to make use of their literary productions, and to express my deep obligations to my brother Celts who gave the first Edition such a hearty welcome.

FIONN.

GLASGOW, 1885.

CONTENTS.

- - ·◄·◇·►· -

Part First—Gaelic-English.

Part Second—English-Gaelic.

FIRST PART.

GAELIC—ENGLISH.

NA LAITHEAN A DH'AOM.

Leis an Lighiche Mac Lachainn nach maireann.

Tha na siantan air caochladh, tha 'n saoghal fo sprochd,
Chuir an doineann fhuar, fhiadhaich an ianlaidh 'n an tosd;
Tha sneachda trom, dòmhail a' còmhdach nam beann,—
A' lionadh nan glacan, 's a' tacadh nan allt,
'S mise 'feitheamh an aisig aig carraig a' chaoil,
Ri smaointean air àbhachd nan làithean a dh' aom.

Ann an làithean ar n-òige dol 'an còmhdhail an t-sluaigh,
Cha sheall sinn ach faoin air mar dh' aomas iad 'uainn;
Cha tig e 'n ar smaointean cho goirid 's tha 'n dàil,
Gus am brùchd oirnn gach leòn ni ar lùbadh gu làr,
Gun chùram gun éislein aig teumadh air taobh
Air làithean a' snàg 'uainn gun àireamh air aon.

'N uair a luidheas an aois oirnn 's a dh' aognas ar snuadh,
Ar ciabh 'dol 'an tainead, agus smal air ar gruaidh,
Bith'dh teugmhail nan còmhlan a' còmhradh gu truagh,
Agus càirdean ar n-òige air sòmhladh 's an uaigh,
'S ann an sin bhios ar cridhe làn mulaid 'us gaoid,
Ri smaointean air àbhachd nan làithean a dh' aom.

O ! Ard-Rìgh na cruinne, ceann-uighe ar dùil,
Air an t-sneachda fhliuch, fhionnar dhuit a lùbas mi glùn;
'S guidheam gu'n òrduich thu dhòmh-sa gu glic,
'Bhi 'cuimhneachadh d'òrduigh gu h-ùmhal 's gu tric,
Chum 'n uair chrìochnaicheas m' astar ann an glacaibh
    an Aoig,
Nach cuimhnich thu m' fhàilinn anns na làithean a
    dh' aom.

THE GAY DAYS OF YORE.

The storm has subsided, the world is oppressed,
All hushed by the tempest the birds seek their nest,
The Ben is enwrapped in a mantle of snow,
Concealing the streams and impeding their flow;
Awaiting the ferry, I sit by the shore
And silently muse on the gay days of yore.

In bright days of childhood with free buoyant heart,
We think not how swiftly the seasons depart,
How soon comes the time when our health may decay,
And softly we'll slumber beneath the cold clay;
All heedless we count not the years as they fly,
Nor days that unnumbered pass silently by.

In the gloaming of life when age furrows the brow,
Our locks getting thinner, and white as the snow,
When this world's cold friendship is sad to behold,
And the friends of our youth are asleep 'neath the mould,
Then, our heart filled with sorrow, is sick to the core,
As we mournfully muse on the gay days of yore.

Almighty Creator! my hope is in Thee,
On this snowy pathway I now bend the knee;
O, teach me Thy statutes and guide me alway,
And let me remember Thy precepts each day,
That, sleeping in Death, when Life's journey is o'er,—
The faults of my youth Thou 'lt remember no more.

ORAN CUAIN.

LEIS AN LIGHICHE MAC LACHAINN NACH MAIREANN.
AIR FONN :—"*Coille Chragaidh.*"

Nis o 'n chaidh an sgoth 'n a h-uidheam,
   Suidheam air a h-ùrlar ;
Cuiribh òigear seòlta, sgairteil,
   Do Chloinn-Airt g' a stiùradh ;
Nall am botal, lìon an copan,
   Olamaid le dùrachd
Deoch-slàinte gach creutair bochd
   'Tha 'n diugh fo sprochd 's an dùthaich.

Siùdaibh 'illean, càiribh rithe,
   Bithibh cridheil, sunndach ;
Thugaibh làmh gu h-ealamh dàn'
   Air cur an àird' a siùil rithe ;
Na biodh cùram oirbh, no eagal,
   Seasamaid ar cùrsa ;
Ruigidh sinn gu cala sàbhailt',
   Ged is dàn an ionnsaidh.

Chaidh sinn seachad air a' Ghràtair
   Ged a b' àrd a bhùirich ;
Ged a bha Bun-dubh cho gàbhaidh
   Ràinig sinn a nunn air ;
'Dol seachad Sòi, Rìgh, bu mhòr
   An crònan bh' aig na sùighean,
'S e mo ghràdh an stiùradh grinn,
   Nach leigeadh mill g' ar n-ionnsaidh.

Nunn do Mhuile, nunn do Mhuile,
   Nunn do Mhuile théid i ;
Nunn do Mhuile air bàrr tuinne
   Ged robh 'mhuir a' beucaich.
'S mi tha sunndach air a h-ùrlar,
   Air bàrr sùigh ag éirigh ;
Mo ghràdh an iùbhrach làidir, dhùbailt',
   'S na fir lùthmhor, ghleusda !

A BOAT SONG.

Now our steady boat is ready,
    Get her into motion,
Let him steer who knows no fear
    Upon the trackless ocean;
Fetch the cup and fill it up,
    Unto this toast responding,—
The health of all both great and small
    Now hopelessly desponding.

On the sea we'll merry be,
    Let 's have a song from Roary,
Bear a hand my gallant band
    To spread her canvas hoary;
Banish fear, our course is clear,
    We'll proudly keep our bearing,
And safely land on yonder strand,
    Although the feat be daring.

The waters poured, the tempest roared,
    And dashing waves passed over,
When passing Soy, 'twas then my boy,
    We bless'd the tidy "Rover;"
With crew so brave, upon the wave,
    To fear I am a stranger,
I love the hand that can command
    A boat amid such danger.

To Mull we go, to Mull we go,
    That island worth adoring,
To Mull we go, tho' winds may blow,
    And billows fierce be roaring;
Mid flying foam, I feel at home,
    At sea I'm in my glory,
Our crew and boat, the best afloat,—
    Their fame shall live in story!

AM FEAR A CHAILL A LEANNAN.

Le Niall Mac Leoid, ughdar "Clarsach an Doire."

Air Fonn:—"*An te channach ruadh.*"

Gu ma slàn do'n chaileig
  'Bh' anns a' bhail' ud shuas,
Thug i dhòmhsa gealladh
  Ged nach robh e buan ;
'N uair a dh' fhàg mi 'sealladh
  Chuir i car 'n a cluais,
'S ghabh i 'mach am bealach
  Leis a' ghille ruadh.

Fhuair mi tigh 'us fearann
  Agus beagan guail,
'S rud a dheanadh banais,
  'S thug mi fios do 'n t-sluagh ;
Chruinnich iad gu geanail,
  'S dhealaich iad le gruaim,
'S mhallaich iad le caithream
  Ainm a' ghille ruaidh.

Their a nis gach bean rium,
  Agus sin le uaill,
" C' àite 'bheil do leannan,
  'Amadain gun bhuaidh ?
Na 'm biodh tusa smiorail,
  Fearail mar bu dual,
Chumadh tu do chaileag
  'Dh' aindeoin gille ruaidh."

Ma bhios mise maireann
  Gus an tig Di-luain,
Siùbhlaidh mi gach baile
  'S leanaidh mi an ruaig ;
Gus am faigh mi deannal
  Dhe mo chaman cruaidh,
'Fhiachainn air a' mhala
  Aig a' ghille ruadh.

THE FICKLE MAIDEN.

Health be to the lassie
    In yon village near,
She gave me a promise
    But 'twas not sincere;
When I left her presence,
    Though she seemed so coy,
She went off, the vixen,
    With the young Rob Roy.

I got all things ready
    And was full of glee,
Then invited people
    To our marriage spree;
They all met together
    Pleasure to enjoy,
But dispersed with cursings
    On the young Rob Roy.

Says the village gossips—
    And they seem so cool,
"Where is now your sweetheart?
    O, you silly fool!
If thou had'st been plucky
    And no simple toy,
Thou would'st ne'er have let her
    With the young Rob Roy."

If I'm spared till Monday
    Hotly I'll pursue,
Till I find some traces
    Of that heartless two.
Then my sturdy shinty
    I will soon employ,
To *improve* the visage
    Of the young Rob Roy.

Bha mi 'n raoir na m' chaithris,
  'S aithreach leam mo dhuais,
'G amharc air gach bealach
  'S mu gach bad 'us bruaich ;
'S bhòidich mi fodh m' anail
  Ged 'rachadh mo luadh,
Gu 'n tugainn-sa ruith-phrannaidh
  Air a' ghille ruadh.

Shaoil leam, mar bu mhath leam,
  'N uair a ghabh mi cuairt,
Gu 'm faca mi 'm balach
  'Falach aig a' chruaich ;
Thug mi leum le cabhaig
  Gus a bhi 'n a ghruaig,
Ach 's e bhuail mi bannas
  Gearran Choinnich ruaidh.

Ma gheibh mis' an garrach
  Air an taobh so 'n uaigh,
Ni mi 'cheann a chabadh,
  Ged a b' ann le tuaigh—
Mis' ag cur nan car dhiom
  Ann an leabaidh fhuair,
'S ise 'rinn mo mhealladh
  Aig a' ghille ruadh.

Yester night, when watching
In the farmer's yard,
Though I lay till morning
Small was my reward.
Then I cursed the villan
That did me annoy,
And I vowed I'd "give it"
To the young Rob Roy.

Once I thought I saw him
At the dawn of day,
Lurking in the shelter
Of the stacks of hay.
Down came my shillelah
His right eye to close—
'Twas MacKenzie's filly
I hit on the nose.

If I find that fellow
On this side the grave,
I'll give him a thrashing—
Nothing can him save;
Here alone I'm tossing,
Scanty is my joy,
While my fickle maiden
Sleeps with young Rob Roy.

SOIRIDH.

(Le òganach a fàgail an eilean 's an d' rugadh e.)

Och nan och na bheil air m' aire !
  'S truagh a nochd na bheil am dhìth!
Sud e rìgh, gur mór mo ghaol ort,
  Ged nach fhaod mi bhi 'ga ìnns'.

Tha mi 'g ionndrainn 'us cha 'n àicheadh
  Mi 'n té bhàn a bha 's an fhrìth ;
An déigh dhomh 'buachailleachd 's a h-àrach,
  'S eagal leam gu'n d'fhàg i mi.

A Bheinn-bhreac nan creachann àrda,
  'S tric a shàruich thusa mi ;
Ach tha mi 'm bliadhna dol ga d' fhàgail—
  Soiridh slàn leat gus an till.

Cha 'n 'eil cnoc no glac 'ad aodann
  Coire fraoich a bhos no shìos,
Nach 'eil a' cuimhneach iomadh rud dhomh,
  Ged nach fhaod mi bhi ga ìnns'.

Soiridh leis gach beinn 'us fireach—
  A' bheinn o'm mithich dhomh 'bhi triall',
Guidheam fada féidh 'ad ghlacaibh ;
  B'e bhi 'n taice riut mo mhiann.

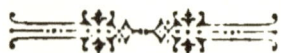

FAREWELL.

(Written by a young Celt when leaving his native isle.)
*For Music see "*CELTIC LYRE*," Part II.*

Sad am I and sorrow-laden,
    For the maid I love so well ;
I adore thee, dearest maiden,
    But my thoughts I dare not tell.

Why deny my heart is rending
    For the fair one of the lea ;
After all my careful tending,
    She has now forsaken me.

Ben of peaks the clouds that sever,
    Oft thy steeps have wearied me;
Must I leave thy shade for ever?
    Then farewell, farewell to thee !

Every corrie, crag, and hollow,
    Heath'ry brae and flowery dell,
Now awaken pangs of sorrow ;
    But my thoughts I dare not tell.

Mountain bold! thy form surpasses
    Every ben that eye can see ;
Long may deer frequent thy passes
    Near thee I would ever be.

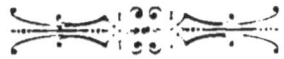

AN RIBHINN DONN.

Le Aongias Mac-an t-Saoir.

O, 's rùnach leam mo rìbhinn donn
  'S a' ghleann taobh thall nam fuar-bheann ;
'S an fheasgar chiùin théid mi le m' rùn
  Gu doire dlùth nam fuaran.

Mo sheang-choin-seilg tha 'n garbhlach fhiadh,
  'S mo chridhe cian tha 'n còmhnuidh,
'S a' ghleann 's an éisd mo Mhàiri ghrinn
  Ri ceilear binn na smeòraich.

Tha eòin an t-sléibh air sgéith mu 'n cuairt,
  'S cha dùisg iad fuaim mo làmhaich,
'Us mis' am pràmh an sgàth nam bruach,
  'S mo smuain mu 'n ghruagaich ghràdhaich.

'S i 's aotruim' ceum 's a's deàrrsaich' sùil,
  'S a gàir' tha ciùin 'us caoimhneil,
'S a guth tha dhòmhs' mar shòlas ciùil
  'S mi falbh nan stùchd 's an oidhche.

'S e 'caoin fhalt fàinneach 's àillidh sgèimh,
  'S a bràighe 's glé-gheal, bòidhche,
Fo osna 'cléibh ag éiridh sèimh,
  Mar fhaoilinn bhàin air Lòchaidh.

A cridhe caomhail 's aotrom sunnd,
  Mar mhang aig sùrd an réidhlean ;
Ach caomh 'us tlàth mar bhlàth fo dhriùchd,
  'Am maise chiùin a' Chéitein.

Mo ribhinn ghràidh a's àillidh sgèimh
  'S tu 's araidh beus 's a's bòidhche,
'S a mhaise dh' fhàs air gràdh nan ceud
  Cha tréig thu 'n Inbhear-Lòchaidh.

Ged gheibhinn lù-chuirt 's crùn an Rìgh
  A t-iùnais dhìobrainn còir orr';
'S mo bhean 's mo bhan-rìgh bheirinn i
  Gu tuine 'n tìr nam mòr-bheann.

THE AUBURN MAID.

For Music see " CELTIC LYRE," *Part I.*

I dearly love my auburn maid,
    That dwells behind the mountain,
At eve I'll meet her in the glade,
    To roam by dell and fountain.

Though here, with hounds, I chase the deer,
    Where streamlets bright meander,
To yonder glen, where dwells my dear,
    My thoughts will ever wander.

The birds that round about me fly,
    Pour forth their notes of gladness;
While here alone I sit and sigh
    In sorrow and in sadness.

Her step is light, her eye is bright,
    Her smile is sweet and tender,
Her voice, like music in the night,
    Oft cheers me to remember.

Her hair around her shoulders flows,
    With graceful waving motion ;
Her snow-white bosom heaving goes,
    Like sea-gull on the ocean.

Her heart, though light, is ever true,
    Of Nature's own adorning ;
Her lips like roses wet with dew,
    Upon a summer morning.

By all, thy beauty is confessed,
    In form thou'rt like a fairy,
Were I of all the world possessed,
    I would not leave my Mary.

Though I a palace did receive,
    And were with riches laden
I'd have thee for my Queen, believe,
    My own sweet Auburn Maiden.

MO RUN GEAL, DILEAS.*

Mo rùn geal, dìleas, dìleas, dìleas,
　Mo rùn geal, dìleas, nach till thu nall?
Cha till mi féin riut, a ghaoil cha 'n fhaod mi ;
　Ochòin a ghaoil 's ann tha mise tinn,

Is truagh nach robh mi an riochd na faoilinn
　A shnàmhadh aotrom air bhàrr nan tonn ;
'Us bheirinn sgrìobag do 'n eilean Ileach,
　Far bheil an rìbhinn 'dh' fhàg m' inntinn trom.

Is truagh nach robh mi 's mo rogha céile,
　Air mullach shléibhte nam beanntan mòr,
'S gun bhi ga 'r n-éisdeachd ach eòin na speura,
　'S gu 'n tugainn fhéin di na ceudan pòg !

Thug mi còrr agus naoi miosan,
　Anns an h-Innsean a b' fhaide thall ;
'S bean bòidh'chead d' aodainn cha robh ri fhaotainn
　'S ged gheibhinn saoghal cha 'n fhanainn ann.

Thug mi mios ann am fiabhrus claoidhte,
　Gun dùil rium oidhche gu'm bithinn beò ;
B'e fàth mo smaointean a là 's a dh-oidhche,
　Gu 'm faighinn faochadh 'us tu bhi 'n chòir.

Cha bhi mi 'strì ris a' chraoibh nach lùb leam,
　Ged chinneadh ùbhlan air bhàrr gach géig ;
Mo shoraidh slàn leat ma rinn thu m' fhàgail,
　Cha tàinig tràigh gun mhuir-làn 'n a déigh.

---

* See Note (a) in Appendix.

MY FAITHFUL FAIR ONE.

*For Music see "*CELTIC LYRE,*" Part 1.*

My faithful fair one, my own, my rare one,
  Return my fair one, O, hear my cry !
For thee, my maiden, I'm sorrow laden :
  Without my fair one I'll pine and die !

O, could I be love, in form of sea-gull,
  That sails so freely across the sea ;
I'd visit Islay, for their abiding,
  Is that sweet kind one I pine to see.

O, could we wander where streams meander,
  I'd ask no grandeur from foreign clime ;
Where birds would cheer us, and none would hear us,
  I'd kiss my dear one and call her mine.

In foreign regions I lived a season,
  And none could see there with thee to vie ;
Thy form so slender, thy words so tender,
  I will remember until I die.

In fevered anguish, when left to languish,
  No human language my thoughts could tell,
I thought, my dearie, if thou wert near me
  To soothe and cheer me, I'd soon be well.

I won't contend with a tree that bends not,
  Though on its tendrils rich fruit should grow ;
If thou forsake me I wont upbraid thee,—
  The greatest ebb tide brings fullest flow.

NIGHEAN BHAN GHRULAINN.

Thug mi rùn, 's chuir mi ùigh
   'S an te ùir a dh' fhàs tlà ;
Maighdean chiùin dh' an tig gùn,
   Cha b'e 'n t-ioghnadh leam d' fhàilt'.

'S ann an Grùlainn fo 'n Sgùrr
   Tha mo rùn 'gabhail tàimh ;
Maighdean ùr a tha ciùin,
   'S i mo rùn-sa thar chàich.

Gu'n do bhruadair mi 'n raoir
   A bhi 'd chaoimhneas a ghràidh,
'S 'n uair a dhùisg mi á m' shuain
   B' fhada bhuam thu air sàil'.

Tha do shlios mar chanach lòin
   No mar eala òig air tràigh ;
Gruaidh a's deirge na 'n ròs,
   Beul a's bòidhche 'ni gàir'.

Pearsa dhìreach gun chearb,
   Aghaidh mheanbh-dhearg a ghràidh :
Mar ghath gréine 's an fhairg'
   Tha do dhealbh a measg chàich.

Dosan liobharra réidh
   'S e gu h-éibhinn a' fàs ;
Tha e sìos ort na 'chléit
   'S air gach té bheir thu bàrr.

'N uair a rachainn-sa gu féill
   Bu leat fhéin seud no dhà ;
'S bhiodh tu cinnteach á gùn
   As na bùithean a b'fheàrr.

Ged bu leamsa le còir
   Na tha dh'òr anns a' Spàinnt,
Liùbhrainn bh' uam e le deòin
   Airson pòig bho 'n té bhàin.

THE FAIR MAID OF GRULAIN.

I have loved thee my maid,
　　With a love that's sincere ;
Dressed in grandeur so rare,
　　I would welcome my dear.

'T was at Grulain near Sgùr
　　That my fair one was born,
I have loved her for years
　　And her absence I mourn.

Yester-night in a dream,
　　I held converse with thee ;
When at morn I awoke
　　Thou wert far o'er the sea.

Cannach white is thy breast,
　　Pure as swan on the shore ;
Cheeks that vie with the rose,
　　Thy sweet smiles I adore.

Pure and faultless thy mould,
　　Oh thy form is divine !
Thou art brighter by far
　　Than the sunbeams that shine.

Round thy shoulders are seen
　　Golden ringlets in play ;
As they shine in the sun,
　　Who the like can display !

When to market I've gone
　　I would mind thee when there ;
And would bring to my love
　　Something handsome and rare.

Though the wealth of a king
　　At my feet now were laid,
I would part with it all
　　For one kiss of the maid.

Dh'aindeoin tuaileas luchd-bhreug
Tha gach ceill riut a' fàs,
Tha thu fìrinneach réidh
Bho'n là 'cheum thu air làr.

A' CHUAIRT-SHAMHRAIDH.

Le Seumas Munro.

Hug óro, mo leannan,
Thig mar-rium air chuairt
Do dh-ùr-choill' a' bharraich
'S an tathaich a' chuach ;
Hug óro, mo leannan,
Thig mar-rium air chuairt.

Tha gruaman a' Gheamhraidh
Air fàgail nam beannta,
'S e 'sruth anns gach alltan
'Na deann-ruith a nuas.
Hug, etc.

Tha aodann nan sléibhtean
A' deàrrsadh gu ceutach ;
'S na lusana peucach
Ag éirigh le buaidh.
Hug, etc.

Tha Samhradh an òr-chuil
A' riaghladh le mòr-chuis,
'S an saoghal ri sòlas
Gu 'n d' fhògair e 'm fuachd.
Hug, etc.

Heed not slander and lies
From the foes that upbraid.
I have found thee sincere
O my sweet Grulain maid,

THE SUMMER RAMBLE.

For Music see " CELTIC LYRE," Part I.

Oh come now my darling
   Alone let us stray,
For the notes of the cuckoo
   Are heard from the spray ;
Oh come then my darling,
   No longer delay !

The bright sun from heaven
The winter has driven,
And freedom's been given
   The streamlets to play.
            Oh come now, etc,

The hill are resuming
Their beauty, and blooming,
With flowers perfuming
   The glad summer day.
            Oh come now, etc.

Dark winter is waning,
Bright summer is reigning,
The world is regaining
   Its beauty in May.
            Oh come now, etc.

Na h-eòin 's iad ri coireal
Feadh ghrianan na coille,
'S na sòbhraichean soilleir
  'Cur loinn' air gach bruaich.
     Hug, etc.

Tha 'ghrian feadh nan glacagan
Gormanach, fasgach,
'S gu 'm b'aoibhinn bhi leatsa,
  A' dearc' air an snuadh !
     Hug, etc.

'S do shnuadh féin cho greannihor
Ri gàire an t-Samhraidh
Feadh fhlùran a' dannsadh
  'S na gleanntan mu 'n cuairt !
     Hug, etc.

O ! tiugainn, a leannain,
Do choille nam meangan,
'S gu 'n ùraich sinn gealladh
  'Bhi tairis gu buan.
     Hug, etc.

The wild woods are ringing
With birds sweetly singing,
Where dew-drops are clinging
   To flow'ret and spray.
        Oh come now, etc.

The sunshine entrances
My heart when it dances,
And glimmers and glances,
   Through greenwood so gay.
        Oh come now, etc.

Though sweet be the flowers,
Refreshed by the showers,
In yonder green bowers
   Thou'rt fairer than they.
        Oh come now, etc.

Where ring-doves are cooing
Come list to my wooing,
My love-vows renewing—
   To bind me for aye.
        Oh come now, etc.

OIGH CHILL-IAIN.

LE IAIN MAC-A'-CHLEIRICH.

Mo rùn air an òigh ud
    Tha chòmhnuidh 'n Cilliain,
Bho 'n fhuair mi ort eòlas
    'S tu òg bhean mo mhiann,
Mur faigh mi nis còir ort
    Le pòsadh a chiall,
Bidh mise na 'm fhògarach
    Brònach a' triall.

Their cuid rium gu spòrsail
    Gur gòrach mo smaoin,
'Us géill thoirt do 'n òg-bhean,
    Gur dòigh e ro fhaoin;
Na'm meallainn-sa sòlas
    Mar 's còir do gach aon,
Mi 'sheachnadh na h-òigh ud,
    A còmhradh 's a gaol.

Ach có 'bheir air grian
    Gun dol siar anns an là,
No air fairge nan liath-shruth
    Gun iarraidh gu tràigh;
Ri bruthach có stiùras
    Abhainnn Dù'lais gu bràth
'Us có e le dùrachd
    A mhùchas an gràdh!

Ach O, 's ann tha 'n gaol
    Do gach neach tha fo nèamh,
Mar shnothach do 'n chraoibhe
    'S e sgaoileadh gu sèimh;
Ma bhacas tu 'dhìreadh,
    No spìonas tu 'fhreumh;
Cha 'n fhàg thu da-rìreadh
    Ach crìonach gun sgèimh.

THE MAID OF CILLIAN.

O bear ye my love,
 To the maid of Cillian,
The prettiest maiden
 I ever have seen ;
If I may not woo her
 And claim her as mine,
I'll wander dejected,—
 In sorrow I'll pine.

They tell me 'tis folly
 For me to aspire
To the hand of that maiden
 I fondly admire,
If I would be happy
 And cheerful as they,
All thoughts of that fair one
 To banish for aye.

But the sun in its motion
 No voice will obey,
And the waves of the ocean
 No mortal can stay,
As the flow of the river
 Can never be stayed,
So nothing will vanquish
 My love for the maid.

For O, what is love
 But like sap to the tree,
Giving beauty and grace
 That are charming to see ;
If the root you destroy
 Or the sap you restrain.
Then quickly 't will wither
 Nor flourish again.

Cha 'n e gorm-shùilean àillidh,
  No bàn-mhuineal mìn,
No beul o 'm binn gàire
  A thàlaidh riut mi ;
Ach maitheas 'bha ghnàth leat,
  'Us àrdan neo-chlì,
An caoimhneas bha 'd nàdur,
  'S am blàth's a bha 'd chrìdh'.

C'AITE 'N CAIDIL AN RIBHINN ?*

O, c'àite 'n caidil an rìbhinn an nochd,
  O, c'àite 'n caidil an rìbhinn ?
Far an caidil luaidh mo chrìdh'
  Is truagh nach robh mi fhìn ann !

Tha 'ghaoth a séideadh oirn' o'n deas,
  'S tha mise deas gu seòladh;
'S nan robh thu leam air bhàrr nan stuagh
  A luaidh cha bhithinn brònach.

Bha mi deas 'us bha mi tuath,
  'S gu tric air chuairt 's na h-Innsean
'S bean-t-aogais riamh cha d'fhuair mi ann,
  No samhladh do mo nìgh'naig.

'S ann ort féin a dh'fhàs a ghruag
  Tha bachlach, dualach, rìomhach,
Fiamh an òir a's bòidhche snuagh
  'S e dol 'n a dhuail 's na clrean.

Cha tog fiodhall, 's cha tog òran,
  'S cha tog ceòl na pìoba,
No nìgh'nag òg le cainnt a beòil
  Am bròn 'tha 'n diugh air m' ìnntinn.

---

* See Note (b) in Appendix.

It was not thine eyes, love,
  Though charming they be ;
Nor thy voice, though the sweetest,
  That drew me to thee ;
'Twas the meekness and modesty
  In thee combined,—
The charm of thy nature,
  A heart that is kind.

O! WHERE ART THOU, MY DEARIE?

For Music see "Celtic Lyre," Part II.

Oh, where art thou, my love to-night?
  Where sleepest thou, my dearie?
Where'er thou art my lady bright,
  O, would that I were near thee!

My ship is floating on the tide,
  And prosperous winds are blowing;
If thou wert only by my side,
  My tears would not be flowing.

I long have braved the stormy sea
  To distant lands oft sailing,—
No maiden have I seen like thee ;
  Thine absence I'm bewailing.

How fair thy locks are to behold,
  When in the sunbeams shining ;
In colour they will vie with gold,
  That oft has stood refining.

In song or dance I take no part,
  And music cannot cheer me ;
No maiden's smile can raise my heart,
  Since absent from my dearie.

'Se dh' iarrainn riochd na h-eala bhàin
A shnàmhas thair a' chaolais,
'Us rachainn féin troimh thonnaibh breun
A chuir an céill mo ghaol dhuit.

Tha nis gach nì a réir mo dheòin,
Gach achfhuinn 's seòl mar dh' iarrainn,
'S gun mhaille théid mi air a tòir,
'Us pòsaidh mi mo nigh'nag.

— — ·◁·◁·· ·· —

EILEAN AN FHRAOICH.

LE MURACHADH MACLEÒID

A chiall nach mise
'Bha 'n Eilean an Fhraoich!
Nam fiadh nam bradan,
Nam feadag, 's nan naosg!
Nan lochan, nan òban,
Nan òsan 's nan caol—
Eilean innis nam bò,
'S àite-còmhnuidh nan laoch!

Tha Leòghas bheag riabhach,
Bha i riamh 's an Taobh-tuath,
Muir tràghaidh 'us lìonaidh
'G a h-iadhadh mu 'n cuairt;
'N uair a dhearrsas a' ghrian oirr'
Le riaghladh o shuas
Bheir i fàs air gach sìol
Airson biadh dha an t-sluagh.

An t-Eilean ro mhaiseach,
Gur pailt ann am biadh;
'S e Eilean a's àillt' air 'n
Do dhealraich a' ghrian;

If, like the swan, I now could sail
  Across the trackless ocean ;
Ere break of day my love I'd hail
  And prove my heart's devotion.

My sails art set, blow breezes blow !
  All thoughts of danger scorning:
Where dwells my love I'll quickly go
  And wed her in the morning.

THE ISLE OF THE HEATHER.

I wish I were now
  In that isle of the sea,
The Isle of the Heather,
  And happy I'd be ;
With deer in the mountains
  And fish in its rills ;
Brave heroes have lived
  'Mong its heath-covered hills.

The Island of Lewis
  Stands now as of yore,
With the brine of the ocean
  Encircling its shore :
The warmth of its summer
  Makes all things to grow,
Till store house and barn
  With abundance o'er flow.

This dearest of isles
  Is so fertile and fair :
That no other island
  May with it compare :

'S e Eilean mo ghràidh-s' e,
   Bha 'Ghàidhlig ann riamh ;
S cha 'n fhalbh i gu bràth
   Gus an tràigh an cuan siar !

'N àm éiridh na gréine
   Air a shléibhtibh bith'dh ceò,
Bidh a' bhanarach ghuanach
   'S a' bhuarach 'n a dòrn,
Ri gabhail a duanaig
   'S i cuallach nam bò
'S mac-talla nan creag
   Ri toirt freagairt d' a ceòl.

Air feasgair an t-Samhraidh
   Bidh sunnd air gach spréidh ;
Bith'dh a' chuthag 'us fonn oirr'
   Ri òran dhi fhéin ;
Bidh uiseag air lòn
   Agus smeòrach air géig,
'S air cnuic ghlas' 'us leòidean
   Uain òga ri leum.

Gach duine 'bha riamh ann
   Bha ciatamh ac' dha,
Gach ainmhidh air sliabh ann,
   Cha 'n iarr as gu bràth ;
Gach eun 'théid air sgiath ann
   Bu mhiann leis ann tàmh ;
'S bu mhiann le gach iasg
   A bhi 'cliathadh ri 'thràigh.

Na'm faighinn mo dhùrachd
   'S e 'lùgainn bhi òg,
'S gun ghnothach aig aois rium
   Fhad 's a dh' fhaodainn bhi beò,
Bhi 'n am bhuachaill' air àiridh
   Fo sgàil nam beann mòr'
Far am faighinn an càis'
   'S bainne blàth airson òil.

Here Gaelic was spoken
  In ages gone by,
And here it will live
  Till the ocean runs dry.

At dawning of day
  When there's mist on the hill
The milk-maids go skipping
  By fountain and rill,
When milking their cattle,
  They raise a sweet song,
And softly the echoes
  The chorus prolong.

The notes of the cuckoo
  Are welcomed in May,
And the blackbird sings blithe,
  'Mong the silvery spray ;
The lark and the mavis
  Pour forth their sweet lay,
While the lambs in the meadows
  Are sprightly at play.

The man who is born
  In this Isle of the main
Would not leave it for honour,
  For title, or gain ;
The birds here that wander,
  They leave it no more,
And the fish of the sea
  Linger close by its shore.

Could I get my wish,
  And be once more a boy,
I'd thither return
  And its pleasures enjoy,
A shepherd, to wander
  O'er heather-clad hills,
And drink a cool draught
  From its bright mountain rills.

Cha 'n fhacas air talamh
  Leam sealladh a's bòidhch'
Na 'ghrian a' dol sios
  Air taobh siar Eilean Leòghas;
'N crodh-laoigh anns an luachair,
  'S am buachaill' 'n an tòir,
'G an tional gu àiridh
  Le àl do laoigh òg'.

Air feasgar a' gheamhraidh
  Théid tionndadh gu gnìomh
Ri toirt eòlais do chloinn
  Bidh gach seann duine liath;
Gach iasgair le 'shnàthaid
  Ri càradh a lìon,
Gach nighean ri càrdadh
  'S a màthair ri snìomh.

B'e mo mhiann bhi 's na badan
  'S 'na chleachd mi bhi òg,
Ri dìreadh nan creag
  Anns an neadaich na h-eòin;
O'n thàinig mi 'Ghlaschu
  Tha m' aigneadh fo bhròn,
'S mi call mo chuid claistneachd
  Le glag'rich nan òrd.

There ne'er was a picture
  More lovely to see,
Than the sun as he sinks
  In the blue western sea;
When homeward the cattle
  Are wending their way,
And all things are still,
  At the close of the day.

In the long winter evenings
  We sit by the fire,
And the children are taught
  By their hoary-haired sire,
A story is told, as
  Our fish nets we darn,
While the maidens, with distaff,
  Are spinning the yarn.

If I had my wish
  I would sail o'er the main,
And return to the Isle
  Of the Heather again;
Since coming to Glasgow
  I've always been sad,
And the clanging of hammers
  Is driving me mad.

CUMHA AN T-SEANA GHAIDHEIL

Le Niall Mac Leoid,

Ughdar "Clarsach an Doire."

Tha sgiathan na h-oidhche
   Ga 'n sgaoileadh a nall,
'S an ceò air a lùbadh
   Mu stùcan nam beann;
Tha deòir air mo shùil-sa
   'S gun m'aigne ach fann,
Air m' fhàgail am aonar
   A' caoineadh 's a' ghleann.

Tha eunlaith nan geugan
   A' gleusadh an rann,
'S a' leumnaich le sòlas.
   'S ri ceòl feadh nan crann;
Tha 'n àlach mu 'n cuairt doibh
   Gu h-uallach a' danns',
Ach àlach mo ghaoil sa,
   Gach aon diubh air chall!

Tha mo chiabhagan tana,
   'S tha claisean 'am ghruaidh,
Oir tha céile mo ghràidh sa
   'N a sìneadh 's an uaigh,
Agus triùir dhe mo phàisdean
   Bu bhlàthmhoire greann,
'N an sìneadh fo leacan
   A' chlachain ud thall.

Ged tha eòin bheag a' Chéitein
   A' tréigsinn nan tom,
'N uair a chòmhdaicheas reòdhtachd
   'Us dòruinn am fonn,
Bheir Samhradh mu 'n cuairt iad
   Gu bruachaibh nan allt,—
Ach càirdean mo ghaoil-sa
   Cha taobh iad an gleann.

THE DESERTED GAEL'S LAMENT.

The darkness descends
　From the wings of the night,
And the mist is encircling
　The steep mountain height :
The friends of my childhood
　Have from me been torn ;
Alone in this valley
　They've left me to mourn.

The birds 'mong the branches
　Are singing their lay,
And leaping with joy
　'Mong the dew-covered spray ;
Their offspring around them
　Are happy and gay,
But mine have, by death,
　All been taken away.

My brow now is furrowed
　And shaded with gloom,
For my help-mate, once cheerful,
　Is laid in the tomb ;
And three little children,
　Our joy and reward,
Now sleep in the churchyard
　Beneath the green sward.

When Winter, stern tyrant,
　Makes all things look bare,
To a kindlier climate
　The songsters repair ;
Returning when Summer
　Decks valley and lea ;—
But seasons can ne'er bring
　My friends back to me !

Tha na fàrdaichean blàth
  A bha 'g àrach nan sonn,
Bu shuilbhire gàire
  'S bu bhàigheile com,
Far am b' fhàbharach càirdeas
  Do 'n ànrachan lom,
'N an làraichean fàsail
  Air cnàmh gus am bonn.

Cha 'n fhaicear am buachaill'
  A' ruagail mu 'n chrò ;
No banarach ghuanach,
  Le buaraich 'n a dòrn ;
Bu bhinn leam a duanagan
  Uallach, gun ghò,
Le cuailean m'a guaillibh
  Mar dhualaibh de 'n òr.

Cha 'n 'eil clàrsach no seannsair
  Ga 'r dùsgadh le ceòl ;
'S tha mactalla 'n a shuain ann
  An uaimhibh nam fròg ;
'S na laoich a bha lùghor
  Mu stùcan a' cheò,
Rinn fòirneart an sgiùrsadh
  Bho dhùthaich an òig'.

Ach sìth do na dh'fhalbh,
  Agus buaidh leis na seòid !
Tha m' fheasgar-s' air ciaradh
  'S mo ghrian fo na neòil ;
Cha 'n fhad' gus an crionar
  Mo chiabhan fo 'n fhòid,
Far an caisgear gach pian,
  'S an téid crioch air gach bròn.

The homes of our fathers
  Are bleak and decayed,
And cold is the hearth
  Where in childhood we played ;
Where the hungry were fed
  And the weary found rest,
The fox has his lair,
  And the owl has her nest.

No herd-boy's shrill whistle
  Is heard in the vale,
No milk-maid at gloaming
  Hies out with her pail,
Where oft I have heard
  Her sweet song to the fold—
Her rich golden ringlets
  How fair to behold !

The chanter is silent ;
  No harper is found
To waken the echoes
  From slumbers profound :
The lads, once so buoyant
  In innocent mirth,
Oppression has reft
  From the land of their birth.

Success to the living,
  And peace to the dead ;
The gloaming of life
  Now encircles my head ;
In the grave I'll soon rest
  With the friends gone before,
Where sorrow and pain
  Shall oppress me no more.

THUG MI GAOL DO 'N T-SEOLADAIR.

Air feasgar Sàmhraidh Sàbaid dhomh,
   'S mi gabhail sràid leam fhéin,
Na smeòraich bha gu ceilearach,
   'S iad àrd air bhàrr nan géug—
Mi cuimhneach' air an àrmunn
   A's àillidh tha fo 'n ghréin—
Nach truagh nach robh mi còmhla riut
   A' còmhradh greis leinn fhéin !

Bho 'n thàinig mi do 'n dùthaich so
   Gur beag mo shunnd ri ceòl,
Bho 'n dh' fhàg mi tìr nan àrd-bheann,
   Far 'n d' fhuair mi m' àrach òg,
Far am biodh féidh 's na firichean,
   'Us bric air linne lòin,
Far 'm biodh na h-òighean uaibhreach
   'Dol do 'n bhuaile le 'n laoigh òg'.

Tha m' athair 'us mo mhàthair,
   'S mo chàirdean rium an gruaim ;
'S ann tha gach h-aon dhiubh 'g ràdhtainn
   " Gu bràth an tig ort buaidh ?
An di-chuimhnich thu 'ghòraich
   Bho d' òige 'thog thu suas ?"
'S ann thug mi gaol do 'n t-seòladair
   'Tha seòladh thar a' chuain !

Tha 'anail leam cho cùbhraidh
   Ris na h-ùbhlan 's mi ga 'm buain ;
A dheud cho geal 's an ìbhri,
   A chneas mar fhaoilinn cuain ;
A ghruaidhean mar an caorann,
   'S a chaol-mhala gun ghruaim—
O, thug mi gaol nach diobair dhuit
   Gus 'n sìnear mi 's an uaigh !

I LOVE THE SAILOR LAD.

One lovely Summer evening,
  As in the fields I strayed,
The mavis all melodious
  Among the branches played,
My thoughts were on the fairest one
  On whom the sun e'er shone,
Oh, could I now but roam with thee
  Among the woods alone.

Oh, sad my lot and dreary is,
  In silence oft I mourn!
E'er since I left that lovely strath,
  And glen where I was born;
The deer roam o'er its mountains steep,
  The fish swim in its rills;
And pretty maidens tend the calves
  That gambol by the hills.

My friends are with me angry;
  My parents me despise,—
They say unto me constantly,
  "Oh, wilt thou ne'er be wise?
Forget for aye the thoughtlessness
  From youth that clung to thee,"—
Because I love that sailor boy
  Who sails the stormy sea.

Thy breath to me more fragrant is
  Than apples ripe and rare;
Thy teeth are white as ivory,
  Thy face is sweet and fair;
Thy cheeks will vie with rowans bright,
  Thine eyebrows free from gloom;
Oh, I will love thee faithfully
  Till laid within the tomb!

Gur lìonmhor mais' ri àireamh
   Air an àrmunn 'dh' fhàs gun mheang ;
Gu 'n aithnichinn fhéin air fàireadh thu,
   'S tu àrd air bhàrr nam beann ;
Bu deas air ùrlar-clàraidh thu,
   'N uair thàirneadh tu 'n tigh-dhanns'
Troigh chuimir am bròig chluaiseinich—
   'S gach gruagach ort an geall !

Tha'r leam gur mi bha gòrach
   'N uair a thòisich mi ri dàn ;
Cha bhàrd a dheanadh òran mi,
   'S cha chòir dhomh dol 'n a dhàil :
Tha ni-eigin air m' inntinn-sa
   'S cha 'n fhaod mi innse' do chàch,
Gu 'n tug mi gaol do 'n t-seòladair
   Air long nam mòr-chrann àrd.

Ach ìnnsidh mise 'n fhìrinn duibh—
   Mur bheil mo bharail faoin—
Tha gaol nam fear cho caochlaideach,
   'S e 'seòladh mar a' ghaoith,
Mar dhriùchd air madainn Chéitein,
   'S mar dhealt air bàrr an fheòir ;
Le teas na gréine éiridh e
   'S cha léir dhuinn e 's na neòil.

'S ma 's nì e nach 'eil òrdaichte,
   Gu 'n còmhlaich sinn gu bràth,
Mo dhùrachd thu bhi fallain,
   'S mo roghainn ort thar chàich !
Ma bhrist thu 'nis na cùmhnantan
   'S nach cuimhne leat mar bha,
Guidheam rogha céile dhuit
   'Us laidhe 's éirigh slàn !

Thy merits are so many, love,
  I cannot on them dwell;
I'd know thee far on mountain heights,
  Or coming down the dell;
When joining in the giddy dance,
  Who can with thee compare?
Thy form and movements elegant
  Steal hearts from ladies fair!

'Twas folly of me to begin
  In rhyme to sound thy praise;
That I can claim no bardic fame,
  This effort now displays.
Although my heart is burdened sore,
  To few I must confide
The love I bear the sailor lad
  Who sails the rolling tide.

The truth to you I'll now unfold—
  Oh, deem me not unkind!
The love of man unsettled is
  And restless as the wind;
Like dew which falling in the night,
  Or at the break of day,
Will flee before the noonday glare
  And quickly pass away.

And if stern Fate has ordered so
  That we shall meet no more;
And if by thee forgotten are
  Our vows upon the shore;
I'll pray that health and happiness
  May ever with thee stay,
A charming wife to comfort thee
  And cheer thee on thy way.

Air feasgar Di-màirt
Gu 'n deach mi 'n tigh-òsda
A dh-òl a deoch-slàint'.

'S e so an treas turas
Dhomh féin a bhi falbh
A dh' ionnsaidh na luinge
Le sgiobair gun chearb,
Le còmhlan math ghillean
Nach tilleadh roimh stoirm—
'S 'na 'm biodh agam botal
Gu 'n cos-lainn sud oirbh !

I'LL SORROW FOR THEE.

For Music see " CELTIC LYRE,*,' Part I.*

Thy loss, my sweet maiden,
    I'll ever deplore ;
Thou hast left me to pine,
    But I love as of yore;
If thou should'st return,
    My true love thou would'st be :
Receiving thy letter,
    I'd hasten to thee.

Far over the ocean
    Between us that lies ;
O, bear ye my greetings
    To her that I prize,
With neatly-arch'd eye-brows
    Unshaded with gloom,
And breath in its fragrance
    Like roses in bloom.

When lately we parted,
    How sad the farewell ;
Our words were but few,
    But our thoughts who can tell?
When lost to my vision
    Afar on the brine,
I drank thee success
    In a goblet of wine.

Three times have I crossed
    To the ship as she lay
Becalmed on the breast
    Of the silvery bay ;
My crew are the bravest
    That handle an oar ;
Unawed by the tempest,
    They laugh at its roar.

Ged théid mi gu danns',
   Cha bhi sannt agam dha ;
Cha 'n fhaic mi té ann
   A ni samhladh do m' ghràdh ;
'N uair dhìreas mi 'n gleann,
   Bith'dh mi sealltainn an àird
Ri dùthaich nam beann
   'S a bheil m' annsachd a' tàmh.

Bheir i bàrr air na ceudan,
   An té 'tha mi 'sealg ;
I 'n gnùis mar an reul
   A bheir leus fad' air falbh ;
Mar ròs air a' mheangan,
   Tha 'n ainnir 'n a dealbh ;
'S ged sgàineadh mo chridhe,
   Cha 'n innis mi 'h-ainm.

No ball-room can tempt me
　Or raise my despair;
There is none in the dance
　That with thee can compare;
When climbing the mountains
　I gaze o'er the tide,
To the land where my fair one
　Has gone to reside.

In beauty there's none
　With the maiden can vie;
She's bright as the stars
　In the blue-vaulted sky;
She's fair as the lily
　And sweet as the rose ;
But nothing can tempt me
　Her name to disclose.

FAILTEACHAS BHARDAIL.

A chuir Iain Caimbeul, Bàrd na Leideig, a dh'ionnsaidh a charaid
Niall Mac Leòid ann an Dùn-éideann. Còmhla ris na rannan, bha
badan fraoich, neòinean agus sòbhrach.

Thàinig sinn' bho thìr nan àrd-bheann,
Tìr a' chaoimhneis, tìr a' chàirdeis,
'Dh' fhaicinn fear a dh' fhàg ar n-àite
  'S a thòirt na dh' fhàs ann 'ris gu 'chuimhn'.

Badan fraoich bho thaobh nam mòr-bheann,
Neòinean bàn, 's an t-sòbhrag òr-bhuidh',
'Thilleas Earrach caomh ar n-òige
  'Rìs 'n ar còir am measg nan gleann.

'N uair a gheibh thu 'n taod mu d' ghuaillibh,
Stiùir do cheum do 'n tìr 'n iar-thuath so,
'Us gheibh thu fàilte nach bi fuar
  'S an Leideig uain' ri taobh nan tonn.

Nèill-'ic-Leòid, Ughdar "*Clarsach an Doire.*"

Ciad fàilt' ort fhéin, a bhadain fhraoich
  Bho thìr nan aonach àrd,
An tìr a dh' àraich iomadh laoch—
  Ge sgaoilt' an diugh an àl—
Tha snuadh mo dhùthcha air do ghruaig:
  Seasaidh tu fuachd 'us blàth's ;
'S e 'mheudaich dhomh cho mór do luach
  Gu'n d' fhuair mi thu bho 'n bhàrd.

'Us thusa 'neòinean bhig gun ghò,
  Cho bòidheach, bileach, tlàth,
Ge duilich leam thu bhi cho òg
  Air t-fhòg'radh fad' o chàch ;

BARDIC SALUTATIONS.

VERSES

Sent by Mr John Campbell, Ledaig, along with a sprig of heather,
a daisy and a primrose to his friend and brother bard, Mr. Neil
MacLeod, Edinburgh.

We have come from stern Loch Etive,
Land of kindness and good cheer,
To salute an absent native
Of the Highlands we love dear.

Heather sprig from misty mountain,
A sweet daisy wet with dew
And a primrose from the fountain
Scenes of boyhood to renew.

When you have a moment's leisure,
Hither come and merry be ;
Friends will welcome you with pleasure
In green Ledaig by the sea.

REPLY

By Mr Neil MacLeod, Edinburgh.

A thousand welcomes, heather sprig,
From high-lands dear to me,
That land which nurtured heroes trig
Though scattered now they be.
My country's hue adorns thy brow :
Both heat and cold thou'lt ward :
But this endears thee most, I trow—
I got thee from the bard.

Thou daisy meek, of modest mien,
Still wet with dewy spray,
Much I regret that thou hast been
Torn from thy comrades gay ;

Tha eagal orm gu 'n searg do ghruaidh,
  'S nach bi thu buan no slàn,
Ach gheibh thu càirdeas, bàigh 'us truas,
  Bho 'n fhuair mi thu bho 'n bhàrd.

'Us sòbhrach fhìnealta nam bruach
  'Bu tric a bhuain mo làmh,
'N uair 'bha mi aotrom òg, gun ghruaim
  A' cluaineis mu na blàir;
'S ann leam is ait do theachd air chuairt
  Cho luath bho thìr mo ghràidh,
'S ni mise d'altrum suas le uaill
  Bho 'n fhuair mi thu bho 'n bhàrd.

'Us mar a thachair dhuibh 'n 'ur trì
  Bhur tìr a chall cho tràth,
'S bhur sgaradh bho na comuinn grinn
  'Bha leibh bho là gu là,
Sin mar a thachair dhòmhsa féin,
  Ach 's éiginn géilleadh dha ;
'Bhi caoidh na dh' fhàg sinn as ar déigh,
  Cha dean e feum no stàth.

Gu 'n robh gach lus is àile cliù
  'S an Leideig chiùin a' fàs ;
Biodh dreach an gnùis fo dhealt an driùchd,
  Mar lòn do shùil a' bhàird ;
Biodh gaoth nam beann, 'us gàir nan allt,
  Le 'n crònan fann gun tàmh,
Mar cheòl d'a chluais 'g a dhùsgadh suas
  A dheanamh dhuan 'us dhàn.

I fear that thou wilt droop and die
　Despite my fond regard ;
But I will tend thee well, for why—
　I got thee from the bard.

And thou, sweet primrose, young and fair,
　Oft plucked with boyish glee
In bygone days, when free from care
　I roamed the grassy lea.
I'm proud indeed to see thy face,
　Fresh from thy native sward,
Just after leaving the embrace
　Of my dear friend the bard.

In early youth you three have left
　That land you loved so well,
And of those comrades were bereft
　That smiled in yonder dell ;
Your mournful lot has just been mine,
　But we must yield to fate,
To dream of happy days langsyne
　Will not improve our state.

May every flower of fairest hue
　Adorn green Ledaig's braes,
All sparkling in the morning dew,
　Fit feast for bardic gaze ;
May smiling vale and laughing rill
　The poet's soul inspire,
And like sweet music move his will
　Afresh to tune the lyre.

SEONAID A' CHUIL REIDH.

LE SEUMAS MUNRO.

SEISD.—Dh' fhàgadh mi fo bhròn
O'n a phòs an té
Air an robh mi 'n tòir,
Seònaid a' chùil réidh.

Chaidh mi 'n dé 'n a còdhail,
'S bhòidich i bhi 'm réir,
"Chaoidh nan caoidh cha phòs mi
Oigear ach thu féin,"
Ach 'n uair chaidh i dhachaidh—
Bean na gaise bréig!—
Bhris i air a bòid,
Chòrd i ri fear spréidh'!

'S trom a dh' fhàg i m' inntinn,
'S fonn mo chrìdh' gun ghleus,
'Chionn a' bheairt a rinn i,
'S nach do thoill mi beud;
Thug mi gaol mo chrìdh' dhi,
'S dhìbir i mo spéis;
Bhris i air a bòid,
'S chòrd i ri fear spréidh'!

'S gòrach fear 'bheir gaol
Do mhnaoi a ta fo 'n ghréin,
'S iad cho carach, luaineach
Ri gaoith-chuairt nan speur!
'S dearbh gur fìor an ailis
Air mo leannan bréig';
Bhris i air a' bòid;
Phòs i am fear spréidh.

JESSIE I LOVED WELL.

For Music see " CELTIC LYRE,*" Part 1.*

CHORUS.—Sad indeed am I,
Who my grief can tell?
For my love I sigh,
Jessie I loved well.

Yestereve when roving
By the river side;
Jessie fondly told me,
"I will be your bride,"
But my faithless charmer
Ere the dawn of day,
To a wealthy farmer,
Gave her heart away.

O, my heart is weary,
Sad and full of woe;
Now my days are dreary
Since she used me so;
Much I loved my charmer,
But her love grew cold,
And a wealthy farmer
Bought her heart with gold.

At my fate take warning,
Bearing this in mind—
Woman's heart is fickle,
Changeful as the wind.
Think upon my charmer,
Faithless, false, and bold;
Married to a farmer,
For his land and gold.

D

ALLT-AN-T-SIUCAIR.

Le Alastair Mac Dhomhnuill.

A' dol thar Allt-an-t-siùcair,
  'Am madainn chùbhraidh Chéit,
'Us paidirean geal dlùth-chneap,
  De 'n driùchd ghorm air an fheur ;
Bha *Richard* 's *Robin* brù-dhearg
  Ri seinn, 's fear dhiubh 'na bheus ;
'S goic-mhoit air cuthaig chùl-ghuirm
  'S gugùg aic' air a' ghéig.

Tha 'n smeòrach cur nan smùid dhi,
  Air bacan-cùil leath' fhéin ;
An dreathan-donn gu sùrdail,
  'S a rifeid-chiùil 'na bheul ;
Am bricean-beithe 's lùb air,
  'S e gleusadh lùth a theud ;
An coileach-dubh ri dùrdan,
  'S a' chearc ri tùchan réidh.

Na bric a' gearradh shùrdag,
  Ri plubraich dhlùth le chéil',
Taobh-leumraich mear le lùth-chleas,
  A bùrn le mùirn ri gréin ;
Ri ceapadh chuileag shiùbhlach,
  Le m' bristeadh lùthmhor fhéin ;
Druim lann-ghorm, 's ball-bhreac giùran,
  'S an lainnir-chùil mar léig.

Burn tana, glan, gun ruadhan,
  Gun deathaich, ruaim, no ceò,
Bheir anam-fàs 'us gluasad
  D' a chluaineagan mu 'bhòrd,
Gaoir bheachan buidhe 's ruadha,
  Ri diogaladh chluaran òir ;
'S cìr-mheala 'g a cur suas leò
  'N céir chuachagan 'n an stòir.

THE SUGAR BROOK.*

When passing o'er this streamlet,
  One fragrant morn in May,
The meadows wet with dew drops,
  Shone bright at dawn of day ;
The crimson-breasted Robin
  Was pouring forth his lay,
The cuckoo's note of gladness,
  Rose from the scented spray.

The mavis warbles loudly
  From yonder leafy tree,
The wren now joins the chorus,
  And chirps aloud with glee ;
The chaffinch is preparing
  His cheerfulness to show,
While black-cocks greet their partners
  With cooing soft and low.

Thy limpid waters laving
  Rich banks of bonny green,
Where in his silv'ry splendour
  The salmon oft is seen ;
He leaps in all his glory
  To catch the flies at play,
And lashes with his playing
  Thy waters into spray.

Thy crystal stream goes flowing
  Through many a grassy lea,
Supplying sap and fragrance
  To every herb and tree ;
The honey-bee is roaming
  In yonder flowery dell,
The nectar from thy roses
  He stores within his cell.

* See Note (c) in Appendix.

Gur sòlas an ceòl-cluaise,
  Ard-bhàirich buair mu d' chrò ;
Laoigh cheann-fhionn, bhreac, 'us ruadha,
  Ri freagradh nuallan bhò ;
A' bhanarach le buaraich,
  'S am buachaill' dol 'n an còir,
Gu bleoghan a' chruidh ghuaillfhinn
  Air cuaich a thogas cròic.

O, TILL, A LEANNAIN!

Le Eobhan Mac Colla.

O, till, a leannain, O, till! O, till!
O, till, a leannain, O, till! O, till!
  Dean cabhaig a Mhali,
  Bho dhùthaich nan Gallach,
No théid mi le h-aimheal do 'n chill, do 'n chill.

O thus' a gheibh sealladh do m' ghaol, do m' ghaol,
Thoir fios dhi gu 'n robh i dhomh féin, dhomh féin,
  Mar chridhe do m' bhroillcach,
  Mar iùl-chairt do 'n mharaich',
Mar ait-ghréin an Earraich do 'n t-saogh'l, do 'n t-saogh'l

O, c' àite 'm bheil coimeas do m' luaidh, do m' luaidh?
Mar ròs air uchd cala tha 'gruaidh, tha 'gruaidh ;
  Clàr aghaidh a's gile
  Na 'm bainne 'g a shileadh,
No ghrian 's i gu luidhe 's a' chuan, 's a' chuan.

Na 'm faiceadh tu 'pearsa gun mheang, gun mheang—
Na 'n cluinneadh tu 'labhairt gun sgraing, gun sgraing—
  Na 'm biodh tu le m' chruinneig
  'N àm togail nan luinneag,
Gu 'n lasadh do chridhe gun taing, gun taing.

How pleasant is the lowing
Of cattle by the fold,
Their calves around them playing
How pleasant to behold!
The milk-maid sings her chorus
To cattle in the dale,
While they to overflowing
Soon fill the milking-pail.

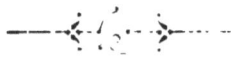

RETURN, MY DARLING!

Return, my darling, return, return!
Return, my darling, return, return!
   O! haste thee, my fair one,
   Return now, my rare one,
Nor leave me thus daily to mourn, to mourn.

If ever my loved one you see, you see,
O, tell her that she was to me, to me,
   A chart for life's ocean,
   A heart for each motion,
My sun and my portion was she, was she.

O, what with my love may compare, compare,
Not the swan or the rose is so fair, so fair,
   Much whiter I trow,
   Than snow is her brow.
Or the sun setting low, so fair, so fair.

If you on my dear one should gaze, should gaze,
If you were to hear what she says, she says,
   If you heard my pretty
   One singing her ditty,
Your bosom would get in a blaze, a blaze.

Mo chridhe-sa! 's tusa 'bhios truagh, 'bhios truagh,
Mar pill is' 'thog oirre gu Cluaidh, gu Cluaidh:—
    Gu 'm b' fheàrr na bhi maille
    Ri té cil' air thalamh,
'Bhi sìnte ri m' Mhali 's an uaigh, 's an uaigh!

GILLE MO LUAIDH.

Le Iain Caimbeul 's an Leideig.

Seinnidh mi duan do ghille mo luaidh,
    A thàinig mu 'n cuairt an dé;
Bu bhlàth leam a shùil, 'us b'aoidheil a ghnùis,
    Mo rùn e am measg nan ceud.

Ged tha thu 's an tìom glé fhada bho 'n tìr,
    'S am b'àbhaist do d' shìnnsear 'bhi tàmh;
Tha 'n Gàidheal 'ad chrìdh' 's cha ghabh e cur sìos,
    Le nì sam bith ach am bàs.

'S ann an Apuinn nan stuadh a thuinnich do shluagh,
    Na Stiùbhartaich uasal, àrd;
'S ann doibh a bu dual 'bhi colgarra cruaidh,
    Is iad nach tilleadh 's a' chàs.

Ged sgaipte 's an uair na fàilleinean uain',
    A thàinig bho shluagh nam beann;
Tha 'n spiorad mar bha, 'us bithidh gu bràth,
    A' ruith anns gach àl do'n clann.

Gach lusan do'n fhraoch tha sgaipte 's an t-saoghal,
    'N uair ruigeas e taobh nam beann;
Tha smuaintean a chrìdh' a' tilleadh gun strì,
    A dh' ionnsaidh na tìom a bh' ann.

Mo chead leat an dràsd', O, 'ille mo ghraidh!
    'Us till ruinn gun dàil mu thuath;
'S gu 'n cuir sinn ort fàilt' le furan 'us àgh,
    'S le cridheachan blàth' 'g a luaidh.

But if she forsake me, my gloom, my gloom !
All pleasure and strength shall consume, consume,
   And rather than stray,
   With another away,
I would lie with my May in the tomb, the tomb.

.-<·÷·——

THE LAD I LOVE WELL.

My harp to me bring, of my love I will sing
   Who yesterday came me to see ;
With countenance bright, his eyes flash with light—
   My choice among thousands is he.

Though distant retired from the land of thy sires,
   Where they lived in the brave days of old,
The Gael from thy heart shall never depart,
   Till silent, and laid in the mould.

From Appin they came—in history famed—
   The Stewarts of high pedigree ;
Courageous and bold when facing the foe,
   They never were known to flee.

Though scattered have been the branches so green.
   Brave sons of the mountains wild !
The spirit remains for ever the same,
   Descending from parent to child.

Each sprig of green heather, that long has been severed
   On reaching the mountain so green,
His spirit revives, in the land of his sires,
   As he thinks of the days that have been.

I must now bid farewell to the lad I love well,
   Come back again soon to the North ;
Here a welcome thou'lt find, both hearty and kind,
   From hearts overflowing with mirth.

FIOS THUN A' BHAIRD.

Le Uilleam Mac Dunleibhe.

Tha 'mhaduinn soilleir, grianach,
   'S a' ghaoth 'n iar a' ruith gu réidh,
Tha 'n linne sleamhuinn, sìochail,
   O 'n a chiùinich strì nan speur.
Tha 'n long 'n a h-éideadh sgiamhach,
   'S cha chuir sgìos i dh' iarraidh tàmh,
Mar a fhuair 's a chunnaic mise,
   'Toirt an fhios so thun a' Bhàird,
     Thoir am fios so thun a' Bhàird,
     Thoir am fios so thun a' Bhàird,
Mar a fhuair 's a chunnaic mise,
   Thoir am fios so thun a' Bhàird.

So crùnadh mais' a' mhios',
   'S an téid do 'n dìthreabh treudan bhò,
Do ghlinn nan lagan uaigneach,
   Anns nach cuir 's nach buainear pòr,
Leab-innse buar nan geum,
   Cha robh mo roinn diubh 'n dé le càch
Mar a fhuair 's a chunnaic mise,
   Thoir am fios so thun a' Bhàird.

Tha mìltean spréidh air faichean,
   'S caoirich gheal air creachain fhraoich,
'S na féidh air stùcan fàsail,
   Far nach truaillear làr na gaoith,
An sìolach fiadhaich, neartmhor,
   Fliuch le dealt na h-oiteig thlàth,
Mar a fhuair 's a chunnaic mise,
   Thoir am fios so thun a' Bhàird.

Tha'n còmhnard 's coirean garbhlaich,
   Còrs' na fairg' 's gach gràinnseach réidh,
Le buaidhean blàthas na h-iarmailt,
   Mar a dh' iarramaid gu léir,

TIDINGS TO THE BARD.*

AIR—" *When the kye comes hame.*"

The morning's fair and sunny,
The west wind softly blows,
O'er a smooth and peaceful haven
Since the skiey strifes repose,
The gay-clothed ships are sailing
Which no weariness retard ;
What I hear and see around me
Bear as tidings to the Bard.
Tell the tidings to the Bard,
Tell the tidings to the Bard,
All I hear and see around me
Bring as tidings to the Bard.

Beneath the month's bright coronet
The lowing herds now go
To glens and lonely valleys,
Where no crop will ever grow ;
But my kine have left the meadows,
And my calves the grassy sward ;
All I hear and see around me
Bring as tidings to the Bard.

While cattle spot the valleys
And sheep the heather braes
The wild deer deck the high wastes
Where the breeze still keenly strays,
Their herd in early morning
Proudly tread the mountains hard,
What I hear and see around me
Bring as tidings to the Bard.

The meadows and the mountains,
The ploughland by the sea,
Are, under Heaven's good blessing
As we'd wish them all to be,

* See Note (*d*) in Appendix.

Tha 'n t-seamair thiadhain 's neòinein,
   Air na lòintean feòir fo'm blàth,
Mar a fhuair 's a chunnaic mise,
   Thoir am fios so thun a' Bhàird.

Na caochain fhìor-uisg' luath,
   A' tighinn a nuas o chùl nam màm,
Bho lochain ghlan gun ruadhan,
   Air na cruachan fad' o'n tràigh,
Far an òl am fiadh a phailteas,
   'S bòidheach caltan lach 'g an snàmh,
Mar a fhuair 's a chunnaic mise,
   Thoir am fios so thun a' Bhàird.

Tha Bogha-mòr an t-sàile,
   Mar a bha le reachd bith-bhuan,
Am mòrachd maise nàduir
   'S a cheann-àrd ri tuinn a' chuain,
A riombal geal seachd mìle,
   Gainmhean sìobt' o bheul an làin,
Mar o fhuair 's a chunnaic mise,
   Thoir am fios so thun a' Bhàird.

Na dùilean, stéidh na cruitheachd,
   Blàthas 'us sruithean 's anail neul,
Ag altrom lusan ùrail,
   Air an luidh an driùchd gu sèimh,
'N uair a thuiteas sgàil na h-oidhche,
   Mar gu 'm b' ann a' caoidh na bha,
Mar a fhuair 's a chunnaic mise,
   Thoir am fios so thun a' Bhàird.

Ged a roinneas gathan gréine,
   Thus nan speur ri blàth nan lòn,
'S ged a chithear spréidh air àiridh,
   'Us buailtean làn de dh-àlach bhò,
Tha ILE 'n diugh gun daoine,
   Chuir a' chaor' a bailtean fàs,
Mar a fhuair 's a chunnaic mise,
   Thoir am fios so thun a' Bhàird.

The clover and the daisy
   Bedeck the dewy sward,
What I hear and see around me
   Bring as tidings to the Bard.

The clear and gurgling streamlets
   Gaily, down the hill-side play,
And leave their rock-girt lakelets
   Far retired from surging bay,
There the deer can drink in plenty,
   And the wild duck chase the pard,
What I hear and see around me
   Bring as tidings to the Bard.

Bowmore, with ages hoary
   Crowns the seaside, bold and brave,
Ever decked in charms of nature
   Fearlessly it meets the wave,
Standing mid its sandy circlet
   Like a sentinal on guard,—
What I hear and see around me
   Bring as tidings to the Bard.

The ever changing elements,
   Bright streams and balmy sky,
The tender flowerets nurture,
   Where the gentle zephyrs sigh,
All lulled to sleep at gloaming
   With the dew drops for reward,
What I hear and see around me
   Bring as tidings to the Bard.

Though sunbeams still distribute
   Light and heat to far and near,
Though still at eve the fold is seen
   With calves they fondly rear ;
Yet men grow scarce in Islay,
   And sheep find more regard,
What I hear and see around me
   Bring as tidings to the Bard.

Ged 'thig ànrach aineoil,
　　Gus a' chala, 's e 's a' cheò,
Cha 'n fhaic e soills' o 'n chagailt,
　　Air a' chladach so ni 's mò,
Chuir gamhlas Ghall air fuadach,
　　Na tha bh' uainn 's nach till gu bràth,
Mar a fhuair 's a chunnaic mise,
　　Thoir am fios so thun a' Bhàird.

Ged a thogar feachd na h-Alba,
　　'S cliùiteach ainm air faich' an àir,
Bithidh bratach fhraoich nan Ileach,
　　Gun dol sìos, 'g a dìon le càch,
Sgap mì-run iad thar fairge,
　　'S gun ach ainmh'ean ballbh 'na 'n àit',
Mar a fhuair 's a chunnaic mise,
　　Thoir am fios so thun a' Bhàird.

Tha tighean seilbh na dh' fhàg sinn,
　　Feadh an fhuinn na 'n càrnan fuar,
Dh' fhalbh 's cha till na Gàidheil,
　　Stad an t-àiteach, cur 'us buain,
Tha stéidh nan làrach tiamhaidh
　　A' toirt fianuis air 's ag ràdh,
Mar a fhuair 's a chunnaic mise,
　　Leig am fios so thun a' Bhàird.

Cha chluinnear luinneag òighean,
　　Séisd nan òran air a' chléith,
'S cha 'n fhaicear seòid mar b' àbhaist,
　　A' cuir bàir air faiche réidh,
Thug ainneart fògraidh bh' uainn iad,
　　'S leis na coimhich buaidh mar 's àill,
Leis na fhuair 's na chunnaic mise,
　　Biodh am fios so aig a' Bhàrd

Cha 'n fhaigh an déireeach fasgadh,
　　No 'm fear astair fois 'o sgìos,
No soisgeulach luchd-éisdeachd,
　　Bhuadhaich eucoir, Gaill 'us cìs,

If now a stranger voyager
   Should to our shores draw nigh,
Not many bright hearths blazing
   Would greet his wistful eye ;
Oppression wrecked the homesteads
   And naught the spoilers marred, -
What I hear and see around me
   Bring as tidings to the Bard.

Though Albin's host should gather
   To the famous field once more,
The heather badge of Islay
   Would shine not as of yore ;
The heroes have been banished
   By those for whom they warred—
What I hear and see around me
   Bring as tidings to the Bard.

Their old, abandoned steadings
   Like cold cairns mark the land,
Oh, the Gael are gone for ever,
   And their farm-work's at a stand ;
Their lonely ruins mouldering
   Ever claim our fond regard,
What I hear and see around me
   Bring as tidings to the Bard.

The maiden's voice is silent,
   And wide scattered is the band
Of lads, who oft assembled
   With their shinty in their hand ;
While Saxons lease wide acres,
   The Celt's refused a yard,
What I hear and see around me
   Bring as tidings to the Bard.

The needy finds no shelter,
   Nor the weary rest at eve ;
The preacher finds no people
   His glad message to receive.

Tha 'n nathair bhreac 'n a lùban
Air na h-ùrlair far an d' fhàs,
Na fir mhòr a chunnaic mise,
Thoir am fios so thun a' Bhàird.

ORAN FEASGAIR A' BHAIRD.

LEIS AN LIGHICHE MAC LACHAINN.

'So 'n am shìneadh air an t-sliabh,
   'S mi ri iarguin na bheil bh'uam,
'S tric mo shùil a' sealltuinn siar,
   Far an luidh a' ghrian 's a' chuan.

Chi mi thall a h-àiteal caomh,
   'Deàrrsadh caoin ri taobh na tràigh,
'S truagh nach robh mi air an raon
   Far an deach' i claon 's an àillt.

'S truagh nach robh mi féin an tràs'
   Air an tràigh a's àirde stuadh,
'G éisdeachd ris a' chòmhradh thlàth
   Th' aig an òigh a's àillidh snuagh.

Aig an òigh a's àillidh dreach,
   'S gile cneas, 's a's caoine gruaidh;
Mala shìobhalt', mìn-rosg réidh
   Air nach éireadh bréin', no gruaim.

O ! nach innis thu 'ghaoth 'n iar,
   'N uair a thriallas tu thar sail',
Ciod an dòigh a th' air mo ghaol,—
   'Bheil i 'smaointinn orms' an tràs' ?

The spotted snake is twining
On the hearth round which was heard
The stirring tales of heroes,
Bring these tidings to the Bard.

THE BARD'S EVENING SONG.

Resting on the mountain side
Thinking of my absent friends,
Oft I gaze across the tide
Where the orb of day descends.

Now I see its golden glare
Fading in the distant west,
Would O, would that I were there
Where my thoughts would be at rest.

Could I now take wings and fly
Where the crested billows roar,
There I'd hear the tender sigh
Of the maiden I adore.

Of the maiden pure and kind,
On her cheeks the roses bloom,
On whose brow you'll never find
Aught of discontent or gloom.

Western breezes won't you tell
As you sail across the sea,—
If my lady bright is well,
Is she thinking now of me?—

'N uair a shìn mi dhuit mo làmh
  Air an tràigh a' fàgail tìr,
'S ann air éiginn rinn mi ràdh,
  "Soraidh leat, a ghràidh mo chrìdh'."

'N uair a thug mi riut mo chùl
  Chunnaic mi thu 'brùchdadh dheur;
Ged a shuidh mi aig an stiùir
  'S ann a bha mo shùil 'am dhéigh.

Chaidh a' ghrian fo stuaidh 's an iar,
  Dh' fhàg i fiamh air nial a' chuain:
'S éiginn dhomh o'n àird 'bhi triall—
  Sguir an ianlaith féin d' an duan.

Mìle beannachd leat an nochd—
  Cadal dhuit gun sprochd, gun ghruaim:
Slàn gun acaid feadh do chléibh,
  Anns a' mhaduinn 'g éirigh suas.

Standing on the silvery strand
 Words were vain our thoughts to tell,
When I gave to thee my hand
 Scarcely could we breathe "farewell."

When I parted from my dear
 Bitter tears her eyes did blind,
Though I sought the boat to steer
 Oft indeed I gazed behind.

All is still, the orb of day
 Sleeps beneath the ocean's crest,
Now the birds have ceased their lay,
 Here I must no longer rest.

To my love I'll wish "good night,"
 Pleasant dreams and sweet repose,
May thou waken with the light
 Smiling like a summer rose.

A GHLINN UD SHIOS.

Leis an Lighiche Mac Lachainn.

A ghlinn ud shìos, a ghlinn ud shìos,
  Gur trom an diugh mo shùil,
A' dearcadh air do lagain àigh
  Mar b' àbhaist dhoibh o thùs.

Do choill' tha fhathast dosrach, àrd,
  'S gach sìthein àillidh, uain';
'S fuaim an lùb-uillt nuas o d' fhrìth'
  'N a shuain cheòl sìth 'am chluais.

Tha 'n spréidh ag ionaltradh air do mhàgh,
  Na caoraich air an raon ;
Tha 'churra 'g iasgach air do thràigh,
  'S an fhaoileann air a' chaol.

Tha guth na cuthaig air do stùchd,
  An smùdan air do ghéig,—
Os ceann do lòn tha 'n uiseag ghrinn
  Ri ceileir binn 's an speur.

Tha suaimhneas anns gach luibh fo bhlàth,—
  Bàigh air gach creig 'us cluain,
A' toirt 'am chuimhne mar a bha
  'S na làithean 'thàrladh uainn.

Fuaim do chaochain, fead na goith',
  'Us luasgan àrd nan geug,
'G ath-nuadhachadh le còmhradh tlàth
  Nan làithean àigh a thréig.

Ach chì mi d'fhàrdaich air dol sìos,
  'N an làraich', fhalamh, fhuar ;
Cha'n fhaic fear-siubhail, bhàrr nan stùchd
  Na smùidean 'g éiridh suas.

O, LOVELY GLEN!

O, lovely glen! as through a haze
　Of tears, that dim mine eye ;
Upon thy fertile fields I gaze,
　Fair, as in days gone by.

Thy stately pines their tall heads rear
　O'er fairy knolls and braes,
Thy purling streamlets now I hear
　Like music's sweetest lays.

Thy herds are feeding as of yore
　With sheep upon the lea,
The heron fishes in the shore,
　The white-gull on the sea.

The cuckoo's voice is heard at dawn,
　The dove coo's in the tree,
The lark, above thy grassy lawn,
　Now carols loud with glee.

Repose, supremely reigns o'er all,
　Love crowns the mountains hoar,
And vividly they now recall
　The days that are no more.

Thy gurgling brooks, and winds that fleet
　Through groves of stately pine,
Awaken with their converse sweet,
　Sad thoughts of auld langsyne.

Thy peaceful dwellings, once so bright,
　In dreary ruins lie,
The travellers sees not from the height
　The smoke ascending high.

Do ghàradh fiadhaich 'fas gun dreach,
  Gun neach g'a chur air seòl,
Le fliodh 'us foghnain ann a' fàs,
  'S an fheanntag 'n àite 'n ròis.

O! c'àit' am bheil gach caraid gaoil
  'Bu chaomh leam air do learg
A chuireadh fàilte orm a' teachd,
  'Us beannachd leam a' falbh?

Tha 'chuid a's mò dhiubh anns an ùir,
  'S an t-iarmad fada bh'uainn,
Dh' fhàg mis' am aonaran an so,
  'N am choigreach nochdta, truagh.

'N am choigreach nochdta, truagh, gun taic
  'S an aiceid ann am chliabh,—
N aiceid chlaoidhteach sin nach caisg—
  'G am shlaid a chum mo chrìch'.

'G am shlaid a chum mo chrìch le bròn;
  Ach thugam glòir do 'n Tì,
Cha tug e dhòmhsa ach mo chòir—
  Ri 'òrdugh bitheam strìochdt'.

Tha lòchran dealrach, dait' nan speur
  Air tearnadh sìos do 'n chuan,
'Us tonnan uain' na h-àirde 'n iar
  Ag iadhadh air mu 'n cuairt.—

Sgaoil an oidhch' a cleòc' mu 'n cuairt,—
  Cha chluinn mi fuaim 's a' ghleann;
Ach ceàrdabhan, le siubhal fiar,
  Ri ceòl a's tiamhaidh srann.

A ghlinn ud shios, a ghlinn ud shios,
  A ghlinn a's ciataich' dreach,
A' tionndadh uait 'dhol thar do shliabh
  Mo bheannachd sìorruidh leat!

To yonder garden, once thy pride,
  No one attention shows,
And weeds grow thickly side by side,
  Where bloomed the blushing rose.

Where are the friends of worthy fame,
  Their hearts on kindness bent ;
Whose welcome cheered me when I came,
  Who blessed me as I went.

Full many in the church-yard sleep,
  The rest are far away,
And I forlorn in silence weep,
  With neither friend nor stay.

Death in my breast has fixed his dart,
  My heart is growing cold,
And from this world I'll soon depart
  To rest beneath the mould.

Though here alone, with comforts few,
  The glory Lord be Thine,
Thou only gavest what was due,
  Why should I then repine ?

You glorious orb now seeks repose
  Beneath the ocean's crest,
The heaving billows round it close,
  Far in the distant west.

Night's sable mantle falls around,
  And silence reigns serene,
The droning beetle's eerie sound
  Alone, disturbs the scene.

O, lovely glen, O, lovely glen !
  The fairest eye can see,
Descending from thy lofty ben
  My last farewell to thee !

SECOND PART.

ENGLISH—GAELIC.

WE ARE BRETHREN A'.

By the Late Robert Nicol.

A happy bit hame
   This auld world would be,
If men, when they're here,
   Could make shift to agree,
An' ilk said to his neighbour,
   In cottage an' ha',
"Come, gi'e me your hand—
   We are brethren a'."

I ken na why ane
   Wi' anither should fight,
When to 'gree would make
   A' body cosie an' right,
When man meets wi' man,
   'Tis the best way ava
To say, " Gi'e me your hand—
   We are brethren a'."

My coat is a coarse ane,
   An' yours may be fine,
And I maun drink water
   While you may drink wine;
But we baith ha'e a leal heart
   Unspotted to shaw;
Sae gi'e me your hand—
   We are brethren a'.

The knave ye would scorn,
   The unfaithfu' deride;
Ye would stand like a rock,
   Wi' the truth on your side;

IS BRAITHREAN SINN UILE.

O, b'àluinn an dachaidh
  'Bhiodh againn 's an t-saogh'l,
Na'n sguireadh-mid còmhla
  D' ar cònuspuidean faoin',
'S gu'n abradh gach duine
  Ri 'urra, le bàigh,—
" Is braithrean sinn uile,
  Fair dhòmhsa do làmh."

Nach brònach an sgeul e,
  Gu'm feum sinn 'bhi 'strì,
'N uair dh' fhaodadh-mid còrdadh,
  'S tigh'n beò ann an sìth :
Le fàilte 's le furan
  Bu duineil 'bhi 'g ràdh,—
" Is bràithrean sinn uile,
  Fair dhòmhsa do làmh."

Tha mo chòta-sa molach,
  'S tha d' éideadh-sa mìn,
Bith'dh mise 'g òl uisge,
  'S bith'dh tusa 'g òl fìon ;
Ach cridheachan tairis
  Tha againn a ghnàth,
Is braithrean sinn uile.
  Fair dhòmhsa do làmh.

Is beag ort an cealgair,
  Le feallsachd 'n a chrìdh'
'S tu sheasadh an fhìrinn
  'S nach géilleadh 's an strì ;

Sae would I, an' nought else
  Would I value a straw ;
Then gi'e me your hand—
  We are brethren a'.

Ye would scorn to do falsely
  By woman or man ;
I haud by the right aye,
  As well as I can ;
We are ane in our joys,
  Our affections, an' a' ;
Come gi'e me your hand—
  We are brethren a'.

Your mither has lo'ed you
  As mithers can lo'e ;
And mine has done for me
  What mithers can do ;
We are ane, hie an' laigh,
  An' we shouldna be twa ;
Sae gi'e me your hand—
  We are brethren a'.

We love the same Simmer day,
  Sunny and fair ;
Hame !—Oh how we love it,
  An' a' that are there !
Frae the pure air o' heaven
  The same life we draw,
Come, gi'e me your hand—
  We are brethren a'.

Frail, shakin' auld Age,
  Will soon come o'er us baith,
An' creeping alang
  At his back will be Death ;
Syne into the same
  Mither-yird we will fa' ;
Come, gi'e me your hand—
  We are brethren a'.

Bith'dh mise ri d' ghualainn,
  Gu buaidh no gu bàs,
Is bràithrean sinn uile,
  Fair dhòmhsa do làmh.

Cha deanadh tu eucoir
  Air creutair fo 'n ghréin,
'S i slighe a' Cheartais
  A's taitnich' leam fhéin ;
Is aon sinn 'n ar sòlas,
  'N ar dòchas, 's n' ar gràdh,
Is bràithrean sinn uile,
  Fair dhòmhsa do làmh.

Mu 'n ghaol 'thug do mhàth'r dhuit,
  Is gnàth leat 'bhi 'luaidh,
Fhuair mise 'n gràdh ceudna
  O 'n té tha 's an uaigh :
Eisd cagar na fìrinn
  Ri losal 's ri àrd,—
Is bràithrean sinn uile,
  Fair dhòmhsa do làmh.

Is ait leinn an Céitean,
  Is éibhinn a ghnùis ;
Is toigh leinn ar dachaidh—
  O, cagailt mo rùin !
'S a' ghrian, anns na speuran,
  Tha 'g éirigh gach là,
Is bràithrean sinn uile,
  Fair dhòmhsa do làmh.

Gu luath thig an Aois oirnn',
  'S an t-Aog air a cùl,
'S gun dàil théid ar càradh
  Gu sàmhach 's an ùir ;
'S a' chill ni sinn cadal
  Gu maduinn là 'bhràth,
Is bràithrean sinn uile,
  Fair dhòmhsa do làmh.

O WHISTLE AND I'LL COME TO YOU.

By Robert Burns.

O whistle and I'll come to you, my lad,
O whistle and I'll come to you, my lad,
Tho' father and mother, and a' should gae mad,
O whistle and I'll come to you, my lad.

But warily tent when you come to coort me,
And come na' unless the back-yett be ajee ;
Syne up the back style and let naebody see,
And come as ye were na' comin' to me.

At kirk or at market whene'er ye meet me,
Gang by me as though that ye cared na' a flie,
But steal me a blink o' your bonnie black e'e,
Yet look as ye were na' lookin' at me.

Aye vow and protest that ye care na' for me,
And whyles ye may lightly my beauty a wee ;
But coort na' anither, though jokin' ye be,
For fear that she wyle your fancy frae me.

DEAN FEAD 'US THIG MISE.

Dean fead 'us thig mise ga d' ionnsaidh a luaidh,
Dean fead 'us thig mise ga d' ionnsaidh a luaidh,
Biodh m' athair 's mo mhàthair 's na càirdean an gruaim,
Dean fead 'us thig mise ga d' ionnsaidh a luaidh.

A' tarruing ga m' fhaicinn, bi faiceallach, ciùin,
'S na tig 'n uair a chì thu a' chachleith dùint',
Gabh 'nios am frìth-rath'd 'us ceil air gach sùil
Gu 'bheil thu a' tighinn ga m' fhaicinn-se 'rùin.

Aig féill, no 's a' chlachan ged 'chì thu mi ann,—
Na seas rium a' bhruidhinn 's na crom rium do cheann,
Thoir sùil thar do ghualainn 's reach seachad le deann,
'S na gabh ort gu 'n d' aithnich thu idir co bh' ann.

Gu 'r coma leat mise, sìor àicheadh gu dlùth
'S ma 's fheudar e, labhair gu tàireil mu m' ghnùis,
Ach feuch ri té eile nach tog thu do shùil,—
Air eagal 's gu 'n tàlaidh i thusa a rùin.

JOCK O' HAZELDEAN.

By Sir Walter Scott.

Why weep ye by the tide, ladye?
Why weep ye by the tide?
I'll wed ye to my youngest son,
And ye shall be his bride,
And ye shall be his bride, ladye,
Sae comely to be seen—
But aye she loot the tears down fa',
For Jock o' Hazeldean.

Now let this wilfu' grief be done,
And dry that cheek so pale,
Young Frank is chief of Errington,
And Lord of Langly-dale.
His step is first in peaceful ha',
His sword in battle keen—
But aye she loot the tears down fa',
For Jock o' Hazeldean.

A chain o' gold ye shall not lack,
Nor braid to bind your hair,
Nor mettled hound, nor managed hawk,
Nor palfrey fresh and fair;
And you, the foremost o' them a',
Shall ride our forest queen—
But aye she loot the tears down fa',
For Jock o' Hazeldean.

The kirk was decked at morning tide,
The tapers glimmered fair,
The priest and bridegroom wait the bride,
The dame and knight are there.
They sought her both by bower and ha',
The ladye was not seen;
She's owre the border, and awa'
Wi' Jock o' Hazeldean.

FEAR LAG-NAN-CNO.

C'arson, a ghaoil, 'tha 'n deur 'ad shùil,
   'S thu tùrsach taobh na tràigh' ?
Do m' mhac a's òige bheir mi thu,
   'S gu mùirneach gheibh thu 'làmh.
Gu mùirneach gheibh thu 'làmh gun dàil,
   'S air d' àilleachd cha tig sgleò ;—
Ach thuit a deuraibh goirt gu làr,
   Air sgàth fear Lan-nan-cnò.

Leig dhiot am bròn, a mhàldag chaomh,
   'Us siab a thaobh do dheòir ;
Mo mhac tha 'n seilbh air fearann saor,
   'S tha aige maoin gu leòir ;
Ged tha e ciùin an talla sìth,
   'S an strì tha e mar leògh'n ;
Ach thuit a deuraibh goirt gu làr
   Air sgàth fear Lag-nan-cnò.

Bith'dh agad airgiod agus òr
   'Us steud-each bòidheach, treun ;
Bith'dh agad gille 'nì do dheòin
   Mar dh' òrdaicheas tu fhéin.
Air reult nan òg-bhan bheir thu bàrr,
   'Cuir oirre sgàil le d' ghlòir ;
Ach thuit a deuraibh goirt gu làr
   Air sgàth fear Lag-nan-cnò.

Gun dàil chaidh banais 'chur air bonn,
   'S bha fonn air sean 'us òg ;
Bha 'm fiùran grinn an sin, 's a' chléir,
   Ach sgeul cha robh mu 'n òigh.
Ged 'chaidh a h-iarraidh 'bhos 'us shuas,
   Gun buannachd bha an tòir ;
'S a' mhaduinn mhoich rinn ise triall,
   Le 'ciall, fear Lag-nan-cnò.

MY GUID AULD HARP,

OR SCOTLAND YET.

Gae bring my guid auld harp ance mair,
    Gae bring it free and fast,
For I maun sing anither sang
    Ere a' my glee be past,
And trow ye, as 1 sing my lads,
    The burden o't shall be—
Auld Scotland's howes, and Scotland's knowes,
    And Scotland's hills for me ;
I'll drink a cup to Scotland yet,
    Wi' a' the honours three!

The heath waves wild upon her hills,
    And foaming through the fells,
Her fountains sing of freedom still
    As they dash down the dells ;
And weel I lo'e the land, my lads,
    That's girded by the sea—
Then Scotland's vales and Scotland's dales
    And Scotland's hills for me ;
I'll drink a cup to Scotland yet,
    Wi' a' the honours three!

The thistle wags upon the fields,
    Where Wallace bare his blade,
That gave her foemen's dearest bluid
    To dye her auld grey plaid ;
And looking to the lift my lads,
    He sang the doughty glee—
Auld Scotland's richt, and Scotland's micht,
    And Scotland's hills for me ;
I'll drink a cup to Scotland yet,
    Wi' 'a the honours three !

MO SHEAN CHRUIT-CHIUIL.

O, fair a nall mo shean chruit-chiuil,
  O, fair i dlùth gun dàil!
Oir 's fheudar dhòmhsa 'cur an gleus,
  M' an triall gu lèir mo chàil.
'S air m' fhacal 'n uair bhios clìth 'am chom
  Gu 'n éirich fonn mo dhàin,
Mu thìr nam beann 'us tìr nan gleann,
  An tìr a's anns' gu bràth;
Nis òlaim cuach do thìr nan cruach,
  Le iolach uallach, àrd!

Tha 'm fraoch a' luasgadh air gach bruaich
  'S ri taobh nam fuar-bheann àrd;
Am measg nan cluain tha 'h-uillt a' luaidh
  Air saorsa luachmhoir, àidh.
Thoir dhòmhsa thar gach tìr fo 'n ghréin,
  An té mu 'n iadh an sàil',
'S i tìr nam beann 'us tìr nan gleann,
  An tìr a's anns' gu bràth;
Nis òlaim cuach do thìr nan cruach,
  Le iolach uallach, àrd!

Tha 'n cluaran dosrach air an raon
  Far 'n robh na laoich a' strì;
Air taobh a' cheartais 'us na còir'
  A' dhòirteadh fuil an crìdh'.
Ach fhuair iad buaidh le buillean cruaidh
  'Us dh' éirich suas an dàn,—
"'S i tìr nam beann 'us tìr nan gleann,
  An tìr a's anns' gu bràth;"
'Us chuir iad cuach le seirc mu 'n cuairt
  Do thìr nam fuar-bheann àrd!

F

They tell o' lands wi' brichter skies,
   Where Freedom's voice ne'er rang,
Gie me the land whaur Ossian dwelt
   And Coila's minstrel sang—
For I've nae skill o' lands my lads,
   That ken na to be free—
Then Scotland's richt, and Scotland's micht,
   And Scotland's hills for me;
I'll drink a cup to Scotland yet,
   Wi' a' the honours three!

GAE BRING TO ME A PINT O' WINE.

By Robert Burns.

Gae bring to me a pint o' wine,
   And fill it in a silver tassie,
That I may drink before I go,
   A service to my bonnie lassie.
The boat rocks at the pier o' Leith,
   And loud the wind blaws frae the ferry,
The ship rides by the Berwick Law,
   And I maun leave my bonnie Mary.

The trumpets sound, the banners fly,
   The glittering spears are ranked ready:
The shouts o' war are heard afar,
   The battle closes deep and bloody!
It's no the roar o' sea or shore
   Wad mak' me langer wish to tarry,
Nor shouts o' war that's heard afar,
   It's leaving thee, my bonnie Mary.

Gun cheò, gun neul, ged chithear speur
  An dùthchaibh cèin nan tràill,
Thoir tìr a' cheò dhomh fhéin ri m' bheò
  'S na seòid nach géill gu bràth ;
An tìr a dh' éisd ri Oisein binn
  A' seinn an linn nam Bàrd,—
"'S i tìr nam beann 'us tìr nan gleann,
  An tìr a's anns' gu bràth";
Nis òlaim cuach do thìr nan cruach,
  Le iolach uallach, àrd !

THOIR DHOMHSA CUACH.

Thoir dhòmhsa cuach a nis gu luath
  'Us lìon i 'suas gu ruig a mullach,
'S gu 'n òl mi làn, 's mi triall gun dàil,—
  Do m' rìbhinn mhàlda Màiri lurach.
Tha 'nis am bàta 'n cois na tràigh',
  'S tha na siùil bhàn' ga 'n càradh rithe,
A' ghaoth le gàir' ga 'n lìonadh làn,—
  'Us fheudar d' fhàgail 'ghràidh mo chridhe !

Tha 'bhratach uaibhreach 'nis a suas,
  'S tha 'n trombaid chruaidh gu luath ga 'r tional
A thriall gun dàil a dh' ionnsaidh 'bhlàir,
  'S gu buaidh no bàs gu làidir, duineil.
Cha gheilt roimh stoirm no tonnan borb
  A bheireadh ormsa nis 'bhi fuireach ;
'S cha 'n eagal bàis a tha ga m' chràdh,—
  Ach 's e 'bhi fàgail Mhàiri luraich.

JAMIE'S ON THE STORMY SEA.

From "Minstrel Melodies."

Ere the twilight bat was flitting,
In the sunset at her knitting,
Sang a lonely maiden sitting
    Underneath her threshold tree ;
And, ere daylight died before us,
And the vesper star shone o'er us,
Fitful rose her tender chorus,
    " Jamie's on the stormy sea."

Warmly shone the sunset glowing ;
Sweetly breath'd the young flow'rs blowing ;
Earth, with beauty overflowing,
    Seem'd the home of love to be,
As those angel-tones ascending,
With the scene and season blending,
Ever had the same sweet ending,
    "Jamie's on the stormy sea."

Curfew bells remotely ringing,
Mingled with that sweet voice singing,
And the last red ray seem'd clinging
    Ling'ringly to tow'r and tree ;
Nearer as I came, and nearer,
Finer rose the notes, and clearer—
O ! 'twas Heaven itself to hear her—
    " Jamie's on the stormy sea."

How could I but list, but linger,
To the song, and near the singer,
Sweetly wooing Heaven to bring her
    Jamie from the stormy sea ?
And, while yet her lips did name me,
Forth I sprang—my heart o'ercame me—
"Grieve no more, sweet ! I am Jamie,
    Home returned to love and thee !"

THA MO GHAOL AIR AIRD A' CHUAIN.

Feasgar ciùin 'an tùs a' Chéitein,
'N uair bha 'n iadtag anns na speuran,
Chualam ribhinn òg 's i deurach,
    'Seinn fo sgail nan geugan uain'.
Bha a' ghrian 's a' chuan gu sioladh.
'S reult cha d' éirich anns an iarmailt,
'N uair a sheinn an òigh gu cianail,—
    " Tha mo ghaol air àird a' chuain."

Thòisich dealt na h-oidhch' ri tùirling,
'S lùb am braon gu caoin am fùran :
Shéid a' ghaoith na 'h-oiteig chùbhraidh
    Beatha 's ùrachd do gach cluain.
Chleus an nìgh'nag fonn a h-òrain,
Séimh 'us ciùin mar dhriùchd 'san òg-mhios
'S bha an t-séisd so 'g éiridh 'n còmhnuidh—
    "Tha mo ghaol air àird a' chuain."

Chiar an là 'us dhearrs na reultan,
Sheòl an ré 'measg neul nan speuran,
'S shuidh an òigh, bha 'bròn 'g a léireadh,
    'S cha robh 'déigh air tàmh no suain.
Theann mi faisg air reult nan òg-bhean
'Sheinn mu 'gaol air 'chuan 'bha 'seòladh,
O ! bu bhinn a caoidhrean brònach,—
    " Tha mo ghaol air àird a' chuain."

Rinn an ceòl le deòin mo thàladh
Dlùth do ribhinn donn nam blàth-shul ;
'S i ag ùrnuigh ris an Ard rìgh
    " Dìon mo ghràdh 'th' air àird a' chuain."
Bha a crìdh' le gaol gu sgàineadh.
'N uair a ghlac mi fhéin air làimh i. —
" Siab do dheòir, do ghaol tha sàbhailt'
    Thill mi slàn bhàrr àird a' chuain."

Now those angel-tones ascending,
With the scene and season blending,
Ever have this same sweet ending—
   "Jamie's now come back to me."

THE MINSTREL BOY.

By Thomas Moore.

The minstrel boy to the war has gone,
   In the ranks of death you'll find him ;
His father's sword he has girded on,
   And his wild harp slung behind him.
"Land of Song!" said the warrior bard,
   "Though all the world betrays thee,
One sword at least thy rights shall guard,
   One faithful harp shall praise thee!"

The minstrel fell !—but the foemen's chain
   Could not bring his proud soul under;
The harp he lov'd ne'er spoke again
   For he tore its chords asunder;
And said, " No chains shall sully thee,
   Thou soul of love and bravery !
Thy songs were made for the brave and free,
   They shall never sound in slavery !"

's tric fo sgàil nan geugan bòidheach
'Chleusar duanag ghaolach, cheòlmhor,
'S bith'dh an t-séisd so 'g éiridh 'n còmhnuidh ;
   "Thill mo ghaol bhàrr àird a' chuain."

AN GILLE-CLARSAIR. *

Chaidh 'n Gille-clàrsair dh' ionnsuidh 'bhlàir,
   'S gu dàn do theas na tuasaid ;
Tha claidheamh athar aig' 'n a làimh,
   'S a chlàrsach thar a ghualainn.
" A thìr nam Bàrd ! " 's e thuirt an sàr,
   " Ged 'bhrathas càch 's an uair thu,
Aon lann bith'dh dìleas dhuit gu bràth,
   'S aon chlàrsach bith'dh a' luaidh ort !'

Ged 'thuit an clàrsair, 'chaoidh do nàmh
   A spiorad àrd cha ghéilleadh ;
A chlàrsach dh' fhàg e balbh gu bràth
   Oir gheàrr e aisd' na teudan,
Ag ràdh, " Cha deanar ort-sa tàir,
   O anaim gràidh 'us saorsa !
'S ann measg nan treun bha ceòl do theud,
   'S co ghleusadh thu an daorsa ! "

---

* See Note (c) in Appendix.

MY HIELAN' HAME.

I canna leave my Hielan' hame,
Nor a' the clans that bear my name,
I canna leave the bonnie glen,
Nor a' I lo'e nor a' I ken,
For what would this poor heart then do,
Gin it would lose its worth I trow?
Flowers may bloom fair yont the sea,
But oh! my Hielan' hame for me.

My faither sleeps beneath the sod,
My mither shares his cauld abode,
You sunny shielin' on the brae
Has oft heard sounds o' grief and wae,
And I, its tenant, left alane,
Lamenting o'er the days lang gane.
Flowers may bloom fair yont the sea,
But oh! my Hielan' hame for me.

They tell me I'll get wealth an ease,
Wi' nocht tae vex but a' tae please,
They tell me I'll get gold and fame,
They tempt me wi' a glorious name—
But what can a' their wealth impart
To me who has a broken heart?
Flowers may bloom fair yont the sea,
But oh! my Hielan' hame for me.

Each flower that blooms on foreign fell,
Would mind me o' my heather bell,
Each little streamlet, nook or turn,
Would mind me o' Glenorick's burn—
How can I leave a scene so dear
Without a sigh, without a tear?
Flowers may bloom fair yont the sea,
But oh! my Hielan' hame for me.

TIR NAM BEANN.

O, 's mi nach fhàgadh tìr nam beann,
'S na càirdean gaoil 'tha chòmhnuidh ann !
O, 's mi nach fhàgadh gleann au fhraoich
Airson gach nì a tha 's an t saogh'l.
Mo chridhe bochd bhiodh briste, brùit',
Ri tìr nam beann na 'n cuirinn cùl,—
Ged 's àluinn, cliùiteach dùthchaibh céin,
Thoir tìr nam beann 's nan gleann dhomh fhéin.

Tha m' athair sìnte, fuar 's a' chill,
'S mo mhàthair ri thaobh. 's gu bràth cha till ;
Le m' chàirdean 's tric a bha mi bròn,
Na dream a dh' eug 's a tha fo 'n fhòid.
Ach nis am aonar tha mi caoidh,
Na 'n làith'n a dh' aom 's nach till a chaoidh.
Ged 's àluinn, cliùiteach dùthchaibh céin,
Thoir tìr nam beann 's nan gleann dhomh fhéin.

Ga m' mhealladh their iad rium gu dàn,
Gu 'm faigh mi sòlas, 's sògh gach là,
'S gur leam gach nì a's feàrr fo 'n ghréin,
Ma sheòlas mi gu dùthchaibh céin ;
Bith'dh cridhe briste, brùite 'm chom
Ma 's fheudar dhomh dol thar nam tonn ;
Ged 's àluinn, cliùiteach dùthchaibh céin,
Thoir tìr nam beann 's nan gleann dhomh fhéin.

Gach lus a chì mi thar an tuinn,
'S ann bheir e 'm fraoch 's an roid 'am chuimhn',
'N uair chì mi 'n sud na h-uillt 's na cluain
'S ann dh' éireas tìr mo ghaoil am smuain.
Cha 'n ioghnadh mi 'bhi tùrsach, fann,
Ma bheir mi cùl ri tìr nam beann ;
Ged 's àluinn, cliùiteach dùthchaibh céin,
Thoir tìr nam beann 's nan gleann dhomh fhéin.

THE MARINER,

OR WILLIE'S ON THE DARK BLUE SEA.

My Willie's on the dark blue sea,
    He's gone far o'er the main,
And many a weary day will pass
    Ere he'll come back again.

Then blow gently winds o'er the dark blue sea,
    Bid the storm king stay his hand,
And bring my Willie back to me,
    To his own dear native land.

I love my Willie best of all,
    He e'er was true to me,
But lonesome, dreary are the hours,
    Since first he went to sea.

There's danger on the water now,
    I hear the blood-bills cry,
And moaning voices seem to speak
    From out the cloudy sky.

I see the vivid lightning's flash,
    And hark! the thunder's roar;
Oh! Father, save my Willie from
    The storm-king's mighty power.

And as she spoke, the lightning ceased,
    Hushed was the thunder's roar;
And Willie clasped her in his arms,
    To roam the sea no more.

Now blow gentle winds o'er the dark blue sea,
    No more, we'll stay thy hand;
Since Willie's safe at home with me,
    In his own dear native land.

AM MARAICHE.

Mo ghaol tha 'n dràsd 'measg chaoiribh bàn,
  Air bhàrr nan tonnaibh uain' ;
'S cha dhùisgear aiteas ann am chrìdh',
  Gu crìoch a thurais cuain,

A Rìgh-nan dùl O, séid gu ciùin
  'S na siùil an oiteag chaoin
A bheir mo leannan dhachaidh slàn
  Gu broilleach blàth a ghaoil.

Do 'n mharaich' thug mi gaol mo chrìdh',
  'Bha daonnan dìleas dhòmhs' ;
Ach 's cianail airtneulach gach uair
  O'n chaidh mo luaidh air bòrd.

Tha cunnart air a' chuan an dràsd,
  Cluinn guileag àrd nan ian ;
Tha borbhanaich nan speuran dubh
  'Cò-fhreagairt guth nan sian.

An cluinn thu 'n tàirneanach a nis,—
  Faic dealan clis nan speur ;
O, 'Athair dìon mo leannan bochd,
  Bi leis a nochd na 'fheum !

A thiota laidh na siantan garbh,
  'S air fairge cha robh greann ;
'Us phaisg am maraiche a ghràdh
  Ri 'bhroilleach blàth, gu teann.

Ged shéideas doinionn air a' chuan
  Cha ghluaisear mi ni's mò,
Mo leannan thàinig dhachaidh slàn
  'S cha 'n fhàg e mi ri 'bheò.

MARY OF ARGYLL.

I have heard the mavis singing
  Its love-song to the morn,
I have seen the dew-drops clinging
  To the rose just newly born.
But a sweeter voice has cheered me
  At the evening's gentle close,
And I've seen an eye still brighter
  Than the dew-drop on the rose;
'Twas thy voice my gentle Mary,
  And thy winsome winning smile,
That made this world an Eden,
  Bonny Mary of Argyll.

Though thy voice may loose its sweetness,
  And thine eye its brightness too,
Though thy step may loose its lightness,
  And thy hair its sunny hue;
Yet to me thou wilt be dearer
  Than all this world can own,
For I've loved thee for thy beauty,
  But not for that alone;
I have proved thy heart dear Mary,
  And its goodness was the wile
That made thee mine for ever,
  Bonny Mary of Argyll.

MAIRI EARRAGHAIDHEAL.

O, chualam smeòraich bhòidheach
 Ri ceòl air maduinn Chéit,
'Us chunnam driùchd a' tùirling
 Air ùr-ròs tlàth 's a' ghréin.
Ach 's tric a dh' éisd mi briodal
 O bheul a's milse ceòl,
'Us chunnam sùil a's àillidh
 Na 'n driùchd air blàth an ròis,—
O, 's e do ghuth 's do ghàire,
 'S do chridhe blàth gun fhoill
'Rinn dhòmhsa 'n saogh'l na Phàrras,
 A Mhàiri Earraghaidheal.

'Ad shùil ged thigeadh fàilinn,
 'S ged dh' fhàgadh sgairt do cheum ;
Ged liath'dh do chiabhan òr-bhuidh',
 'S ged thréigeadh ceòl do bheul,
Cha lughdaicheadh mo spéis dhuit,
 'S cha tréiginn thu, a rùin.
Cha mhaise, 'mhàin a' Mhàiri,
 A thàlaidh mi riut dlùth ;
O, 's e do ghean 's do ghàire,
 'S do chridhe blàth gun fhoill
'Thug dhòmhsa còir gu bràth ort
 A Mhàiri Earraghaidheal.

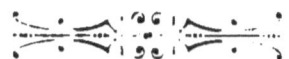

FLORA MACDONALD'S LAMENT.

Far over yon hills of the heather sae green,
   And down by the corrie that sings to the sea,
The bonnie young Flora sat sighing her lane,
   The dew on her plaid, and the tear in her e'e.
She looked at a boat, with the breezes that swung,
   Away on the wave, like a bird of the main,
And aye as it lessen'd, she sighed and she sung,
   Fareweel to the lad I maun ne'er see again,
Fareweel to my hero, the gallant and young,
   Fareweel to the lad I shall ne'er see again.

The moorcock that craws on the brow of Ben Connal,
   He kens o' his bed in a sweet mossy hame ;
The eagle that soars on the cliffs of Clanronald,
   Unawed and unhunted, his eyrie can claim ;
The solan can sleep on the shelve of the shore,
   The cormorant roost on his rock of the sea ;
But oh ! there is one whose hard fate I deplore,
   Nor house, ha', nor hame, in this country has he.
The conflict is past, and our name is no more ;
   There's nought left but sorrow for Scotland and me.

The target is torn from the arm of the just,
   The helmet is cleft on the brow of the brave,
The claymore for ever in darkness may rust ;
   But red is the sword of the stranger and slave.
The hoof of the horse, and the plume of the proud,
   Have trod o'er the plumes on the bonnet of blue.
Why slept the red bolt in the breast of the cloud,
   When tyranny revell'd in blood of the true ?
Farewell, my young hero ! the gallant and good,
   The crown of thy fathers is torn from thy brow.

CUMHA FHLOIRI NIC-DHOMHNUILL.

Am measg an fhraoich uaine air gualainn a' mhonaidh.
'S ri taobh nam bras alltan 'tha ruith air a chùl,
Tha Flòiri Nic-dhòmhnuill gu dubhach an còmhnuidh.
    An driùchd air a breacan 's an deura 'n a sùil ;
'Sior shealltainn air luingeas 'tha uaipe a' seòladh,
    'S mar eala air chuantan a' gluasad gu sàmh'ch
Tha i togail na séisd so, 's am bàt' dol a 'sealladh,—
    O slàn leis an òigear nach faic mi gu bràth,
    O slàn leis an àrmunn tha òg agus bòidheach,
    O slàn leis an òigear nach faic mi gu bràth !

An coileach 'tha 'dùrdail air stùcan Beinn-Chonuill,
    Tha brath aig 's an fheasgar air leaba 'bhios blàth,
Am fireun tha 'còmhnuidh an creagan Chlann-Raonuill
    Gheibh tàmh anns an oidhche gun chùram, gun sgàth
Air broilleach a' chuain tha 'n sùlair gu seasgair,
    'S an sgarbh air a' chladach aig laidhe na gréin',
Ach tha aon anns an tìr, 'us aig ciaradh an fheasgair
    Tha esan gun dachaidh 's an rìogh'chd is leis fhéin ;
Tha'n strì a nis seachad, 's tha crìoch air an deasbair,
    'S cha 'n fhaighear ach àmhghar an Albainn nan treun.

Tha 'n sgiath air a srachadh bho ghàirdean na gaisge,
    'S a' chlogaid tha sgoilte air maladh an àill',
Tha'n claidheamh air meirgeadh's tha bhratach nis paisgt
    Ach dearg le fuil chàirdean tha làmhan nan tràill.
Le crudh an eich mharcaich, tha 'm breacan ga 'shracadh
    'Us éideadh nan gaisgeach bha cliùiteach 'am blàr,
C'arson sin nach d' éirich an doinionn ga'm bacadh,
    'N uair bha ceartas ga 'shaltairt le ainneart gu làr
'Ad fhòg'rach gun fhasgath, tha d' arm air a sgapadh
    'S cha chrùnar am feasd thu 'an Albainn nan sàr.

WAE'S ME FOR PRINCE CHARLIE!

A wee bird cam' to our ha' door,
    It warbled sweet and clearly,
And aye the o'ercome o' its sang,
    Was, " Wae's me for Prince Charlie."
O when I heard the bonnie, bonnie bird,
    The tears cam' drappin' rarely,
I took my bonnet aff my head,
    For weel I lo'ed Prince Charlie.

Quo' I, " My bird, my bonnie, bonnie bird,
    Is that a sang ye borrow,
Are these some words ye've learnt by rote,
    Or a lilt o' dool and sorrow ? "
" Oh ! no, no, no," the wee bird sang,
    " I've flown sin' mornin' early,
But sic a day o' wind an' rain —
    Oh ! wae's me for Prince Charlie !"

" On hills that are by richt his ain,
    He roves a lonely stranger,
On ilka hand he's press'd by want,
    On ilka side by danger.
Yestreen I met him in a glen,
    My heart maist burstit fairly,
For sadly changed indeed was he—
    Oh ! wae's me for Prince Charlie !"

" Dark night cam' on, the tempest howled,
    Loud owre the hills and valleys,
An' where was't that your prince lay doun
    Wha's hame should been a palace ?
He row'd him in a Highland plaid,
    Which covered him but sparely,
An' slept beneath a bush o' broom—
    Oh ! wae's me for Prince Charlie !"

MO THRUAIGH PRIONNS' TEARLACH!

Gu m' fhàrdaich thàinig eun beag, binn,
  'Us sheinn e fonn bha àluinn,
'S b'i so an t-séisd a bha e 'luaidh
  " Mo chreach 's mo thruaigh Prionns' Teàrlach !
'N uair chuala mi an ealaidh bhròin
  Ghrad bhrùchd mo dheòir 's mi cràiteach,
'Toirt ùmhlachd, chrom mi 'sìos mo cheann
  'S mo chrìdh' an geall air Teàrlach.

'Us thuirt mi " 'eòin as bòidhche snuadh,
  O, c' àite 'n d' fhuair thu t-òran,
Am bheil do chrìdh' air chinnt fo leòn,
  No 'n ceòl so 'rinn tha 'fhòghlum ?"
" Cha 'n e, cha 'n e," ghrad sheinn an t-eun,
  " Air sgéith 's glé mhoch a dh' fhàg mi,
B' e sin an là le uisge 's fuachd,
  Mo chreach 's mo thruaigh Prionns' Teàrlach !"

" Air feadh nam beann 's leis fhéin mar chòir
  Tha e gun treòir, 'n a fhòg'rach,
Fo mhì-ghean 's cùram tha an triath,
  'S an nàmh gu dian an tòir air.
'N uair chunnaic mi e 'n raoir 's a' ghleann
  Bha aogasg fann le àmradh,
'S cha mhòr nach d' fhàg sud mi gun tuair,
  Mo chreach 's mo thruaigh Prionns' Teàrlach !"

" 'N uair chiar an là 's a shéid a ghaoth
  Measg ghleannan caol 'us stùcan,
O, c' àite 'n d' fhuair an t-òigear tàmh
  'Bu chòir 'bhi 'pràmh 'n a lùchairt ?
'N a bhreacan-guaille laidh an laoch
  Air leaba fhraoich 's an fhàsach,
Fo sgàile faoin nam preas 's nam bruach
  Mo chreach 's mo thruaigh Prionns' Teàrlach !"

G

And now the bird saw some red coats,
    An' shook his wings wi' anger,
"Oh this is no a land for me ;
    I'll tarry here nae langer ! "
A while he hovered on the wing
    Ere he departed fairly,
But weel I mind the fareweel strain
    Was, " Wae's me for Prince Charlie ! "

THE FISHERMAN'S CHILD.

A baby was sleeping,
    Its mother was weeping,
For her husband was far on the wild raging sea ;
    And the tempest was swelling,
    Round the fisherman's dwelling,
And she cried, " Dermot, darling, oh come back to me ! "

Her beads while she numbered,
    The baby still slumbered,
And smiled in her face as she bended her knee ;
    " O blest be that warning,
    My child, thy sleep adorning,
For I know that the angels are whispering with thee ! "

"And while they are keeping
    Bright watch o'er thy sleeping,
Oh, pray to them softly, my baby, with me !
    And say thou would'st rather
    They'd watch o'er thy father !
For I know that the angels are whispering with thee ! "

The dawn of the morning
    Saw Dermot returning,
And the wife wept with joy her babe's father to see ;
    And softly caressing
    Her child, with a blessing
Said, "I knew that the angels were whispering with thee ! "

An t-cun thug sùil, 's bha luchd-nan-lann
A' dlùth'chadh teann mu 'n cuairt air,
"Cha 'n àite so 's am faod mi tàmh,
Is feàrr dhomh nis bhi 'gluasad,"
Ag éiridh chuartaich e mi dlùth
Mu 'n tug e cùl ri m' fhàrdaich
'S b' e 'n caoidhrean brònach 'dh' fhàg e 'm chluais,
"Mo chreach 's mo thruaigh Prionns' Teàrlach !"

LEANAMH AN IASGAIR.

'N a shuain bha am pàisdean,
'S a mhàth'r bhochd gu cràiteach
A' caoidh cor a gràidh 's e 'measg ànradh a' chuain,
'S 'n uair dh' éirich na siantan
Bha ise fo iargain
'S a smaointean air Diarmad 'bha triall nan tonn uain'.

'N uair theann i ri ùrnuigh
Bha 'pàisdean gun dùsgadh,
'Us gàir' air a ghnùis 'n uair a lùb i a glùn ;
"Do mhìog-shùilean bòidheach
Tha 'g innseadh nis dhòmhsa
Mu ainglean na glòire bhi 'còmhradh ri m' rùn !"

"'S 'n uair tha iad a' gluasad
Gu sàmhach mu d' chluasaig,
'S mar fhreiceadain uasal mu 'n cuairt ort ga d' dhion ;
Dean iarraidh le dùrachd
Nach tréig iad an iùrach,
N' am fear 'tha 'g a stiùireadh measg ùspairn nan sian !"

Aig bristeadh na fàire
An t-iasgair thill sàbhailt',
'S 'o mhnaoi fhuair e fàilte, le bàigh agus mùirn ;
A pàisdean ghràd phòg i,
'Us luidh i le sòlas—
" Bha ainglean na glòire a' còmhradh ri m' rùn !"

THE BRAES O' MARR.

The standard on the braes o' Marr,
  Is up and streaming rarely ;
The gath'ring pipe on Lochnagar,
  Is sounding loud and sairly.
The Hielandmen frae hill and glen,
  Wi' belted plaids and glitt'ring blades,
Wi' bonnets blue, and hearts sae true,
  Are coming late and early.

I saw our chief come o'er the hill,
  Wi' Drummond and Glengarry,
And through the pass came brave Lochiel,
  Panmure, and gallant Murray.
Macdonald's men, Clanranald's men,
  Mackenzie's men, Macgilvray's men,
Strathallan's men, the Lowland men,
  O' Callandar and Airley.

Our prince has made a noble vow,
  To free his country fairly,
Then wha would be a traitor now,
  To ane we lo'e so dearly?
We'll go, we'll go to seek the foe,
  By land or sea, where'er they be ;
Then man to man, and in the van,
  We'll win, or dee for Charlie !

CRUINNEACHADH NAN GAIDHEAL.

Gu dosrach ard air Braighe Mhar
 Tha bratach aluinn sgaoilte ;
'S tha sgal na pìob' aig Loch-na-garr
 A' tional tràthail nan daoine.
Tha sliochd nam beann á monadh 's gleann,
 Le 'm breacain teann, 's le dearrsadh lann,
Le 'm boineid ghuirm a' tigh'n le foirm,
 'S le neart mar stoirm a' tearnadh.

O, chì mi 'n sonn tigh'n thar nam beann,
 Le Drumon 'us Gleann-Garradh ;
'S troimh 'n ghlaic 's a' ghleann Lochiall 'na dheann,
 Panmùre, 'us smior Chlann-Mhoradh.
Clann Dòmhnuill nam buadh, Clann Choinnich cruaidh.
 Clann Rao'ill mo chrìdh' nach géill 's an strì ;
Sliochd 'Illebhràth, 'us Gall no dhà,
 A Calasraid 'us Arladh.

'S i so a' bhòid a thug ar Prionns'—
 " Mo dhùthaich 's mi gun sàbhail."
Cò iad a nis nach lean an sàr—
 Biodh iad gu bràth na 'n tràillean !
Théid sinn gun dàil air tòir ar nàmh,
 Air muir no tìr ged bhios an strì ;
'Sin làmh ri làmh théid sinne 'n sàs
 Gu buaidh no bàs le Teàrlach !

GOLDEN GLOAMIN'.

By R. Tannahill.

The midges dance abune the burn,
  The dew begins to fa';
The paitricks doun the rushy holm
  Set up their ev'ning ca'.
Now loud and clear the blackbird's sang
  Rings through the briery shaw;
While flitting gay the swallows play,
  Around the castle wa'.

Beneath the golden gloamin' sky,
  The mavis mends her lay;
The redbreast pours his sweetest strains
  To charm the ling'ring day.
While weary yeldrins seem to wail
  Their little nestlings torn;
The merry wren, frae den to den
  Gaes jinking through the thorn.

The roses fauld their silken leaves,
  The foxglove shuts its bell;
The honeysuckle and the birk
  Spread fragrance through the dell.
Let others crowd the giddy court
  Of mirth and revelry,
The simple joys that nature yields
  Are dearer far to me.

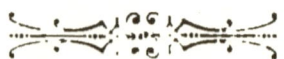

FEASGAR OIRDHEARC.

(From " The Killin Collection," by permission.)

Gur mear na cuileagan mu 'n allt,
    'S an dealt a' tuiteam dlùth ;
'Chearc-thomain anns an luachair uain'
    Ri fuaim 's an fheasgar chiùin.
Nach cluinn thu òran an lòin-duibh
    'S a ghuth cho bòidheach, binn ;
Mu 'n tùr tha 'n gobhlan-gaoithe clis,
    Ag itealaich gu grinn.

Fo bhrat nan speur th'air dhath an òir,
    Tha 'n smeòrach aig a dàn ;
'S am bruth-deargan le cheilear àrd,
    'Cur dàil 'an ciaradh là.
Tha 'bhuidheag bhochd a' caoidh 's a' ghéig,
    A h-àl a reub luchd-foill ;
'S an dreathan-donn bho phreas gu preas
    Ri cleasachd anns a' choill.

'Nis dhùin an ròs a bhilean mìn,
    Chrom lus-ban-sìth a cheann ;
Tha lus-na-meala 's beithe ùr
    Cur fàile cùbhr' 's a' ghleann.
Roghnaicheadh càch an luchairt mhòr
    Le 'gòraiche 's 'mi-chéill,
'S e m' annsachd féin gach gean gun ghò
    Tha 'n glòir a' chruinne-ché.

STAR OF PEACE.

Star of Peace to wand'rers dreary,
  Bright the beams that shine on me ;
Cheer the pilot's vision dreary,
    Far, far at sea.

Star of Hope gleam on the billow,
  Bless the soul that sighs for thee ;
Bless the sailor's lonely pillow,
    Far, far at sea.

Star of Faith, when winds are mocking
  All his toil, he flies to thee ;
Save him on the billows rocking,
    Far, far at sea.

Star Divine, O safely guide him,
  Bring the wanderer home to thee ;
Sore temptations long have tried him,
    Far, far at sea.

HYMN.

Lord, while for all mankind we pray,
  Of every clime and coast,
O, hear us for our native land,—
  The land we love the most.

Our fathers' sepulchres are here,
  And here our kindred dwell ;
Our children too:—how should we love
  Another land so well?

O, guard our shores from every foe,
  With peace our borders bless ;
With prosperous times our cities crown,
  Our fields with plenteousness.

REUL NA SITH.

'Reul na Sìth do 'n dream 'tha claoidhte,
Tha do shoillse ghlòrmhor buan ;
Stiùir an seòladair le d' bhaoisge,
Nochd dha caoimhneas air a' chuan.

'Reul an Dòchais, deàrrs 's an iarmailt.
Ciùinich iarganaich a bhròin ;
Beannaich tàmh an fhir a thriallas
'Measg nan siantan, 's e gun treòir.

'Reul a' Chreidimh, 'n uair a dh' éireas
Tonnan breun le 'n gàiraich mhòir,
Riutsa bith'dh a' ghlaodh 'n a éigin,
Thoir dha éisdeachd 's air san fòir.

'Lòchrain Nèamhaidh, stiùir am fòg'rach.
O, dean tròcair air 'n a fheum ;
Sheas e deuchainn ghoirt, 'us dòruinn,-
Treòraich e a'd' ionnsuidh fhéin.

LAOIDH.

A Thighearn 'n uair ghuidheamaid le deòin
Air son nan slògh gu léir,
Eisd ruinn, 'us beannaich tìr nam beann,
'S i 's annsa leinn fo 'n ghréin.

Ar n-aithrichean tha 'n so 's a' chill,
Ar dìlsean tha aig làimh,
'S ar clann 'n am fiùrain 'fàs ri 'r taobh,
So tìr ar gaoil 's ar daimh.

O, dìon ar cladach 'o gach nàmh,
Cuir sìth 'us bàigh measg sluaigh ;
Biodh lànachd anns na bailtean mòr,
'Us pailteas pòir 's gach cluain.

Unite us in the sacred love
  Of knowledge, truth, and Thee :
And let our hills and valleys shout
  The songs of liberty.

Lord of the nations, thus to Thee
  Our country we commend ;
Be thou our refuge, and our trust,
  Our everlasting friend.

———·◇·◇·——

PEACE!
(From the Latin.)

Fierce was the wild billow,
  Dark was the night,
Oars laboured heavily,
  Foam glimmered white ;
Trembled the mariners,
  Peril was nigh ;
Then said the God of gods,
  " Peace ! it is I ! "

Ridge of the mountain wave,
  Lower thy crest.
Wail of Euroclydon,
  Be thou at rest.
Sorrow can never be,
  Darkness must fly,
Where saith the Light of Light,
  " Peace ! it is I ! "

Jesu, Deliverer,
  Come Thou to me ;
Soothe Thou my voyaging,
  Over life's sea.
Then, when the storm of Death,
  Roars, sweeping by,
Whisper, O Truth of Truth,
  " Peace ! it is I ! "

Riut Féin, le còlas, fìrinn 's gràdh
O, tàlaidh sinn gu dlùth,
'Us scinnidh beanntan agus glinn
Le caithream bhinn do chliù.

A Dhé nan slògh, fo sgàil do sgéith
Ar tìr féin earbaidh sinn ;
Bi Thus' a' d' thearmunn dhi 'n a feum,
'S 'n ad charaid ré gach linn.

———·⋖·⋗·———

S I T H !
(From "The Killin Collection.")

———

Borb bha na garbh thonnan,
    Dorcha bha 'n oidhch',
Raimh bha gu farumach,
    'S caoir gheal 'toirt soills' ;
Fiamh air na maraichean,
    'S cunnart dhaibh teann ,
'N uair 'thuirt an Tighearna,
    " Sìth ! 's mise 'th'ann ! "

'Chìrean nan stuaghan àrd,
    Leig bhuait 'bhi crosd',
'Ghaoir chruaidh Euroclydon
    Bìth-sa 'n ad thosd ;
Bròn agus dorchadas
    Teichidh na 'n deann,
'N uair 'their an Soillse féin,
    " Sìth ! 's mise 'th'ann ! "

Iosa ar Slànuighear,
    Rium-sa thig dlùth,
Stiùir mi troimh 'n bheatha-so
    'S bìth 'ad reul-iùil ;
'N sin 'n uair bhios stoirm an Aoig
    'G éiridh le greann,
Their cagar na Fìrinn rium
    " Sìth ! 's mise 'th'ann ! "

THE REAPER.

By H. W. Longfellow.

There is a reaper, whose name is Death,
 And with his sickle keen,
He reaps the bearded grain at a breath,
 And the flowers that grow between.

"Shall I have nought that is fair?" saith he;
 "Have nought but the bearded grain;
Though the breath of these flowers is sweet to me
 I will give them all back again."

He gazed at the flowers with tearful eyes,
 He kissed their drooping leaves;
It was for the Lord of Paradise
 He bound them in his sheaves.

"My Lord has need of these flowerets gay,"
 The reaper said, and smiled;
"Dear tokens of the earth are they,
 Where he was once a child.

"They shall all bloom in fields of light,
 Transplanted by my care;
And saints upon their garments white,
 These sacred blossoms wear."

And the mother gave, in tears and pain,
 The flowers she most did love;
She knew she should find them all again
 In the fields of light above.

Oh, not in cruelty, not in wrath,
 The Reaper came that day;
'Twas an angel visited the green earth
 And took the flowers away.

AM BUANAICHE.

Tha buanaiche d' an ainm am Bàs
  Le 'fhàl 'tha guineach, geur,
A' toirt nan diasan garbh gu làr
  'S gach blàth 'tha fàs mu 'm freumh.

" Am faigh mi," deir e, " ni a' bhuain,
  Ach diasan cruaidh gun bhrìgh !
Ged 's toigh leam anail chaoin nam flùr,
  Liùbhram iad suas a rìs."

Thog e na flùrain, shil a dheòir,
  'Us phòg e 'n duilleach uain',
Is ann do Thighearna nam feart
  A thaisg e iad 'n an sguaib.

" Mo Mhaighstir tha am feum nam blàth,"
  Gu 'n d' rinn e ràdh le aoidh,
" Mar chuimhneachain air làithean òig'
  'N uair chòmhlaich e measg dhaoin'.

" Ath-chuiream iad 's a' Phàrras nuadh
  'S gu buadhar ni iad fàs,
'S bith'dh iad mu thrusgan geal nan naomh
  A' boisg. adh mar an là."

Liùbhair a mhàthair, 's deur 'n a sùil
  A fiùrain lurach òg,
An dùil ri 'm faicinn uile slàn
  'An Aros Rìgh na Glòir.

Am Buanaiche cha robh fo ghruaim
  Ged 'bhuain e blàthan sèimh ;
'S e aingeal glòrmhor 'thàinig 'nuas,
  'S 'thug leis iad suas do nèamh.

LEAD KINDLY LIGHT.

Lead, kindly Light, amid the the encircling gloom
    Lead Thou me on ;
The night is dark, and I am far from home,
    Lead Thou me on ;
Keep Thou my feet; I do not ask to see
The distant scene ; one step enough for me.

I was not ever thus, nor prayed that Thou
    Shouldst lead me on ;
I loved to choose and see my path ; but now
    Lead Thou me on !
I loved the garish day, and, spite of fears,
Pride ruled my will: remember not past years.

So long Thy power has blest me, sure it still
    Will lead me on
O'er moor and fen, o'er crag and torrent, till
    The night is gone,
And with the morn those angel-faces smile
Which I have loved long since, and lost awhile.

SOILLSE 'N AIGH.

A Shoillse 'n àigh, 's a' cheò, le d' bhaoisge caoin
    Stiùir Thusa mi ;
Tha 'n oidhche dorch', 's mi fad' o'm dhachaidh ghaoil.
    O treòraich mi ;
Stiùir mi gach là, cha 'n iarr mi rathad réidh
Gu Tir-an-àigh, is leòir leam ceum air cheum.

Cha robh mi ghnàth mar so, 's cha b'e mo mhiann
    Thu 'bhi 'd reul iùil ;
Do m' thogradh féin gu'n tug mi tric an t-srian,
    'S cha b' fhiù leam Thu ;
An geall air mùirn, 's mo chridhe uailleil, faoin,
A dh'ain-deòin fiamh : na cuimhnich làith'n a dh'aom.

Gu ruig a so a'd' thròcair bha Thu leam,
    O stiùir mi 'ghnàth ;
Feadh chreagan cruaidh 'us shloc gu ruig an t-àm
    'S am brist an là.
'S am faic mi gnùis nan càirdean a chaidh uam,
A chaill mi seal, 's d'an tug mi gaol 'bha buan.

ORIGINAL

GAELIC POETRY.

AN RIBHINN ALUINN.

For Music see "CELTIC LYRE," *Part I.*

Ochòin a Rìgh, 's i mo rìbhinn donn,
'Dh' fhàg mi fo mhìghean 'us m' inntinn trom !
Gur e a bòidhchead
A rinn mo leònadh,
'S cha bhi mi beò gun mo rìbhinn donn.

Is truagh an dràsda nach robh mi 'm bhàrd
A ghleusadh clàrsach 's a sheinneadh dàn,
'S gu 'n ìnnsinn buadhan
Na maighdinn uasail.
Mu 'bheil mo smuaintean gach oidhche 's là.

Is tric a bha mi mu luidhe gréin'
Le m' nìgheanaig àluinn fo sgàil nan geug,
Sinn ri sùgradh
Fo'n bharrach chùbhraidh,
Ach 's cianail tùrsach mi 'n diugh na déigh.

'N uair thig an Céitein do ghleann an fhraoich
Gu 'n toir e fàs air gach blàth-lus raoin,
'Us gheibh mi samhladh
An sin do m' annsachd,
Am flùran greannar a dh' fhàs cho caoin.

Mar chanach mòintich tha cneas mo luaidh,
Dearg mar chaorunn tha dreach a gruaidh,
A beus 's a nàdur
Mar neòinean màlda,
No sòbhrag 'dh' fhàsas fo sgàil nam bruach.

Gur bòidheach, dualach an cuailean mìn
A th'air a ghruagaich a bhuair mo chrìdh',
Gur binne 'còmhradh
Na guth na smeòraich ;
'S tha mise brònach o'n 'dh 'fhàg i mi.

THE CHARMING MAIDEN.

TRANSLATED BY THE AUTHOR.

Ochoin a ree ! my sweet auburn maid,
I'm daily pining, I quickly fade !
   Since first I knew thee
   Thy beauty drew me ;
I cannot live from my auburn maid.

Were I a bard I would tune the lay,
And raise a song to my maiden gay ;
   In accents tender
   Her praise I'd render ;
'T would be my burthen both night and day.

How oft at gloaming we loved to stray
In yonder green-wood 'neath budding spray.
   And heard the chorus
   Of songsters o'er us ;
But now, alas ! thou art far away.

When Spring returns to the heather dell,
And flowers awake by its fairy spell,
   I'll there find semblance,
   And fond remembrance,
Of that sweet floweret I love so well.

Like moorland canach my love is fair,
Her cheeks like rowans when ripe and rare :
   My modest daisy,
   I'll ever praise thee ;
To dainty primrose I'll thee compare.

Like sunbeams dancing thy ringlets play ;
Thy countless charms stole my heart away ;
   If I were near thee
   Thy voice would cheer me—
Wilt thou be absent, sweet love, for aye ?

'N uair 'chì mi 'n iarmailt aig ciaradh là,
Gu'n iarr mo shùil-sa reul-iùil an àigh,
    A's grinne soillse,
    'S a's caoine baoisge;
Mar sud bha 'mhaighdean a rinn mo chràdh.

Ged 'tha mo ghrian-sa a' triall fo sgleò,
'Us mise 'm bliadhna mar ian 's a' cheò,
    Togaidh 'n sgàile
    'S ni ise deàrrsadh,
'S gu 'm faigh mi slàinte gach là ri m' bheò.

ORAN MULAID.*

*For Music see "*CELTIC LYRE," *Part I.*

SEISD,—Hù o, tha mi tinn!
    Tha mi 'caoidh mo leannain,
    'S mòr a thug mi 'ghaol
    Do 'n té 's caoile mala,
    Hù o, tha mi tinn!

Thar gach té fo'n ghréin
    Thug mi spéis do m' chailin;
Nis o'n fhuair i bàs,
    'Chaoidh cha'n fhàs mi fallain,
    Hù o, tha mi tinn!

Bha thu màlda còir,
    Suairceil, òrdail, banail;
Nàdur fialaidh, ciùin—
    Oiteag chùbhraidh d'anail.
    Hù o, tha mi tinn!

* See Note *(f)* in Appendix.

When twilight closes I view the sky ;
The guiding star soon attracts my eye,
　　Its beams excelling,
　　All clouds dispelling ;
Such was the Venus for whom I sigh.

My guiding-star now is hid away,
And like a bird in a cloud I stray ;
　　Soon reappearing,
　　The clouds fast clearing,
Her beams shall cheer me on Life's dark way.

A SONG OF GRIEF.

TRANSLATED BY MR. L. MACBEAN.

CHORUS.—Sick and sad am I,
　　　　　Sick and sorrow laden,
　　　　　For my love I sigh,
　　　　　For my dearest maiden.
　　　　　　　Sick and sad am I !

Over every maid
　　Did I fondly love her ;
Now she's lowly laid,
　　I shall ne'er recover.
　　　　　Sick and sad am I !

In my love combined
　　Every gift that pleases—
Modest, sweet, and kind ;
　　Breath like fragrant breezes.
　　　　　Sick and sad am I !

Ortsa bha gach buaidh,
  Bha thu uasal dreachmhor;
B' àluinn thigeadh ceòl
  A' d' bheul bòidheach, meachar.
      Hù o, tha mi tinn!

Anns a' chòisir bhinn,
  'N am bhi seinn nan luinneag,
Thug thu bàrr gu léir
  Air na ceudna cruinneag.
      Hù o, tha mi tinn!

'S tric bha mi 's mo ghràdh
  Ann an sgàil na coille;
Thogadh ise ceòl,
  'S dh' éisdeadh còin na doire.
      Hù o, tha mi tinn!

Chuir iad thu 's an ùir,
  Socair, ciùin ad laidhe;
'S mis' cha 'n fhaic mo rùn,
  Gus an dùisg mi 'n Flaitheas.
      Hù o, tha mi tinn!

Bhithinn-se le m' luaidh
  Taobh nam bruach 's nan gleannan,
Tha i nis 's an uaigh—
  O, cha ghluais mo leannan!
      Hù o, tha mi tinn!

Dhòmhsa bha mo rùn
  Mar reult-iùil mo bheatha;
Thug mi dhi mo ghràdh,
  'S dh' falbh mo shlàinte leatha.
      Hù o, tha mi tinn!

'S goirid bhios mi beò,
  'S mi ri bròn 'us mulad;
Rinn do bhàs mo leòn,
  'S fòghnaidh dhòmhs' am buill' ud.
      Hù o, tha mi tinn!

Every grace abode
  On my best and fairest ;
Mellow music flowed
  From her lips the rarest.
      Sick and sad am I !

In the tuneful choir
  When sweet strains were ringing,
Nought could I admire
  Save my darling's singing.
      Sick and sad am I !

Oft in greenwood shade,
  She sang as I lay near her ;
Birds from every glade
  Gathered, mute to hear her.
      Sick and sad am I !

Silent in the mould,
  Thou thy sleep art taking,
Ne'er may I behold
  Thee until thy waking.
      Sick and sad am I !

Often did we stray
  By each brae and river ;
Now she rests for aye—
  Motionless for ever !
      Sick and sad am I !

Life's bright star she shone,
  Shone to cheer and guide me ;
I must drift alone—
  Now Death's shadows hide thee.
      Sick and sad am I !

Short my life must be,
  Now that she has left me ;
Love and grief for thee
  Have of health bereft me.
      Sick and sad am I !

D'àite-se am chrìdh'
Nì cha lìon air thalamh ;
Ann an tìr an àigh
Dhòmhs' cum àite falamh.
Hù o, tha mi tinn !

Dh' fhalbh mo leannan fhéin,
'S tha mi deurach, dubhach
Tha mi 'triall na 'ceum,
Ciod am feum bhi fuireach ?
Hù o, tha mi tinn!

AN GAIDHEAL AIR LEABA-BAIS.

Fad air falbh bho thìr nan àrd-bheann,
Tha mi'm fhòg'rach 'an tìr chéin ;
Am measg choigreach 's fad' o m' chàirdean.
Tha mi'm laidhe so leam fhéin.
Tha mo chridhe briste, brùite,
Saighead bàis a nis am chom,
'N ùine gheàrr mo shùil bith'dh dùinte
'S aig a Bhàs mi'm chadal trom.

'S tric ag éirigh suas am chuimhne
Albainn àillidh, tìr nam beann ;
Chì mi sud an lèanag uaine,
'Us am bothan anns a' ghleann.
Tha gach nì fo bhlàth gu h-ùraidh,
Aig an allt' tha crònan fann,
Air a' ghaoith tha fàile cùbhraidh
'Tigh'n o fhlùrain nach 'eil gann.

Earth can ne'er supply,
  Aught to soothe or cheer me;
Keep a place on high
  For thy lover near thee.
        Sick and sad am I!

Nought can ease my pain;
  Now she is departed,
Why should I remain,
  Sick and broken-hearted?
        Sick and sad am I!

THE GAEL ON HIS DEATH-BED.

TRANSLATED BY THE AUTHOR.

Far away from bonnie Scotland,
  On a restless bed I moan,
Far from friends, in midst of strangers,
  I am pining all alone.
O! I'm sad and broken-hearted,
  With Death's arrow in my breast,
Now I feel my eyelids closing,
  And I soon shall be at rest.

In my memory oft arises
  Scotia, land of heath-clad ben,
Now I see its verdant pastures,
  And the cottage in the glen.
Nature there is sweet and lovely,
  Hark! the burnie's rapid flow,
While the air is richly scented,
  By the flowers that yonder grow

'S ann a sud a fhuair mi m' àrach ;
  'S mi neo-lochdach mar na h-uain ;
Ach 's lom a dh'fhàgadh nis an làrach
  Bho 'n a sheòl mi thar a' chuain.
Thar leam gun cluinn mi guth nan smeòrach,
  'Seinn gu ceòlar feadh nan crann ;
'S òran binn nan uiseag' bòidheach,
  Ard 's na speuran os mo cheann.

Chì mi chill aig bun a' bhruthaich,
  Taobh an uillt tha ruith gu lùgh'r,
'S tric a bha mi sud gu dubhach,
  Caoidh nan càirdean tha fo 'n ùir.
Mo mhàthair 's m' athair tha 'n an sìneadh,
  'N cadal sìorruidh anns an uaigh ;
'S chaidh mo chopan searbh a lìonadh
  'N uair a d' fhàg mi 'n sud mo luaidh.

Nis cha léir dhomh tìr nam àrd-bheann,
  Air mo shùil tha ceò air fàs ;
Am measg choigreach 's fad' o m' chàirdean,
  Tha mi feitheamh air a' bhàs.
Thusa 'spioraid bhochd, tha'n daorsa,
  Ach cha 'n fhada bhios tu ann ;
Thig, a Bhàis, 'us thoir dhomh saorsa,
  Beannachd leat, a thìr nam beann !

'Twas in yonder cottage humble
 I the light at first did see ;
Desolation there is reigning
 Since I sailed across the sea.
Methinks I hear the mavis singing,
 Perched upon the branches high,
And the lark now warbles sweetly
 From the blue etherial sky.

Yonder is the churchyard lonely,
 And the streamlet as of yore ;
Often have I there been weeping,
 For the friends that are no more.
Both my parents there are sleeping,
 Precious gifts by heaven bestowed !
When my partner was laid near them,
 Then my cup of grief o'er flowed.

From my vision now is fading
 All that once was dear to me ;
Far from friends, in midst of strangers,
 I am longing, Death, for thee.
Thou, poor spirit, art in bondage,
 Come O Death ! and set it free ;
Albion, land of early childhood,
 Oh farewell, farewell to thee !

DH' FHALBH MO LEANNAN FHEIN.*

For Music see "CELTIC LYRE," *Part II.*

Dh' fhalbh mo leannan fhéin,
  Dh' fhalbh mo chéile lurach,
Misneach mhath na dhéigh,
  Dhòmhsa b' éiginn fuireach ;
    Dh' fhalbh mo leannan fhéin !

'N uair a thog thu siùil
  Bha mo shùil a' sileadh ;
Dhuit-se ghuidh gach beul,
  " Slàn gu'n dean thu tilleadh."
    Dh' fhalbh mo leannan fhéin !

Ghoid thu leat mo shlàint',
  'S rinn thu m' fhàgail dubhach ;
'S gus an till thu 'ghràidh,
  'Chaoidh cha 'n fhàs mi subhach—
    Dh' fhalbh mo leannan fhéin !

Tha mi ghnàth ga d' chaoidh,
  'S mi ga m' chlaoidh le fadal ;
Bho 'n a' sheòl thu, 'rùin,
  Tha mo shùil gun chadal—
    Dh' fhalbh mo leannan fhéin !

Thàinig sgeul gu tìr
  Leòn mo chridh' mar shaighead,
Gu'n robh thusa, 'luaidh—
  'N grunnd a' chuain a'd' laidhe ;
    Dh' fhalbh mo leannan fhéin !

'S cianail leam an sgeul ;
  Ciod am feum bhi fuireach ?
Bith'dh mi leat gun dàil,
  'S gheibh mi fàilte 's furan—
    Dh' fhalbh mo leannan fhéin !

---

* See Note (*y*) in Appendix.

MY OWN DEAR ONE'S GONE.

TRANSLATED BY MR. A. M. ROSE.

My own dear one's gone,
   My true love's departed,
Happy be his lot,
   Though I'm broken-hearted.
      My own dear one's gone !

When thy sails unfurled,
   I with tears had stayed thee,
While each friendly lip
   " Safe returning " prayed thee.
      My own dear one's gone !

All my weal went then,
   Naught remained but sadness.
Till thou come again
   I can ne'er know gladness.
      My own dear one's gone !

Wailing aye for thee,
   I'm heart-sick with sorrow,
Sleepless now my eyes
   From the eve till morrow.
      My own dear one's gone !

Sad ! sad ! news I hear,
   Piercing like an arrow,
That beneath the wave
   Sleeps " my winsome marrow."
      My own dear one's gone !

Sad the tale to me,
   Need I longer tarry ?
Death, to rest, and thee,
   Soon my soul will carry.
      My own dear one's gone !

DEALACHADH LEANNAIN.

For Music see " Celtic Lyre," *Part I.*

SEISD.—Dhealaich mise 'nochd ri m' leannan,
   Dhealaich mi ri m' leannan fhéin;
   Dhealaich mise nochd ri m' leannan,
   Mìle beannachd as a déigh!

Och mo thruaigh! cha d' fhuair mi fanachd
   Leis a' chaileag 'mheal gach buaidh,
Theich an uair air sgiath na cabhaig'
   'S b' fheudar dealachadh ri m' luaidh.

Ceart mar thriallas sgàil an tanaisg,
   No mar dhealan anns an speur:
'S ann mar sin a chaill mi sealladh
   Air an ainnir 'fhuair mo spéis.

O 'n a chuir mi fhéin ort aithne
   Bha thu beusach, banail, ciùin,
'Chaoidh cha 'n fhaic mo shùil air thalamh
   Té cho airidh air gach cliù.

Blàth-shuil chaoin a's caoile mala,
   Cuailean mìn nan camag donn;
Deud geal, grinn fo bhilean tana,
   Cneas mar cala bhàn nan tonn.

Cha téid mise 'chùirt nan gallan,
   Cha 'n 'eil aighear dhomh fo 'n ghréin;
'S ann a bhios mo chrìdh' fo smalan
   Gus an till mo leannan fhéin.

A LOVER'S PARTING.

TRANSLATED BY THE AUTHOR.

CHORUS.—I have parted with my lassie,
　　Yester eve she went away ;
　　Sad I parted with my lassie,
　　Heaven's blessing with her stay !

I had scarce exchanged the greeting
　　Of the maid I loved so well,
For the moments quickly fleeting
　　Made us breathe a sad " farewell."

With a vision's rapid motion,
　　Or like lightning in the sky,
Fled the dream of my devotion,
　　Leaving me to weep and sigh.

Since I knew thee dearest maiden,
　　Thou wert faithful, kind, and free ;
Now I'm sad and sorrow-laden,
　　For thy like I ne'er shall see.

Auburn maid so blithe and merry,—
　　Would that I could see thee now,—
Cheeks that vie with rowan-berry ;
　　White as snow thy gentle brow.

Naught on earth can give me pleasure,
　　Mirth and music cause me pain ;
Never, till I see my treasure,
　　Shall I be myself again !

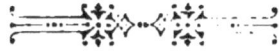

GUR TROM, TROM MO CHEUM!

*For Music see "*CELTIC LYRE,*" Part II.*

O, gur trom, trom mo cheum
O'n là 'chaill mi do spéis !
'S tric na deòir ann am shùil
'S mi gu tùrsach a'd' dhéigh.

'Fhleasgaich dhuinn fhuair mo ghràdh,
'S truagh mo chridh' air do sgàth,
O'n a thréig thu mi 'rùin
Thuit mo shùgradh gu làr.

Gheall thu dhòmhsa, a luaidh,
Gaol 'bhiodh fìrinneach, buan,
Ach 's ann shearg e mar bhlàth
Dh' fhàgas fàl air a' chluan.

Thug mi gaol dhuit 's mi òg,
'S bhithinn dìleas ri m' bheò,
Chaidh na saighdean 'am chridh'
'G éisdeachd briodal do bheòil.

Ciod a b' aobhar, a rùin,
Thu 'thoirt rium-sa do chùl ?
Sud a dh' fhàg mi gun tuar,
Mi 'bhi suarach a'd' shùil.

O'n nach d'fhuair mi do làmh,
O, cha dual dhomh 'bhi slàn !
Cuiridh 'm bròn mi do 'n chill
As nach till mi gu bràth.

Gus an dùinear mo shùil
Anns a' chlò as nach dùisg,
Bith'dh mo ghaol ort gach là
Fhir nam blàth-shuilean ciùin.

FUADACH NAN GAIDHEAL.

Air Fonn—"*Lord Lovat's Lament.*"

Gur a mise 'tha tùrsach,
A' caoidh cor na dùthcha,
'S nan seann daoine cùiseil
    Bha cliùiteach 'us treun ;
Rinn uachdrain am fuadach,
Gu fada null thar chuantan,
Am fearann chaidh thoirt uapa,
    'S thoirt 'suas do na fèidh.

'S e sud a' chulaidh-nàire,
Bhi faicinn dhaoine làidir,
" Ga 'm fuadach thar sàile
    Mar bhàrrlach gun fheum ;
'S am fonn a bha àluinn,
Chaidh 'chur fo chaoirich bhàna,
Tha feanntagach 's a' ghàradh
    'S an làrach fo fheur.

Far an robh mòran dhaoine,
Le 'm mnaithean 'us le 'n teaghlaic!
Cha'n 'eil ach caoirich-mhaola
    Ri fhaotainn na 'n àit',
Cha 'n fhaicear air a' bhuaile,
A' bhanarach le 'buaraich,
No idir an crodh guaill-fhionn,
    'S am buachaille bàn.

Tha 'n uiseag anns na speuran,
A' seinn a luinneig ghleusda,
'S gun neach ann g'a h-èisdeachd,
    'N uair dh' éireas i àrd ;
Cha till, cha till na daoine,
Bha cridheil agus aoibheil,
Mar mholl air latha gaoithe,
    Chaidh 'n sgaoileadh gu bràth.

I

A' MHAIGHDEAN ALUINN.

AIR FONN—"*Slan gu'n till na Gaidheil ghasta.*"

SEISD.—Seinneam duan a nis do 'n mhaighdinn,
A tha aoibheil, cridheil, caoimhneil,
'S lionmhor fear a bheireadh oighreachd
Air son roinn do ghràdh a crìdh'.

Tha mo leannan dreachmhor, dìreach,
'Us na gluasad socair, siobhalt',
Cha 'n 'eil maighdean anns an sgìreachd,
Thig a nìos riut ann an gnìomh.

'S ann fo sgàile nam beann-àrda,
Dh' fhàs an rìbhinn a tha àluinn,
Labhraidh i gu blasda 'Ghàidhlig
'Chainnt a's feàrr a tha 's an tìr.

Dh'fhàs i suas mar shòbhraig bhòidhich,
Modhail, màlda mar an neòinein,
Cha d' fhuair amaideachd na gòraich
Aite-còmhuaidh riamh na crìdh'.

Tha a gruaidhean mar na ròsan.
Gur e sud 'rinn mise 'leònadh—
Cha 'n 'eil 'h-aon anns an Roinn-Eòrpa
'Théid cho òrdail ris gach sìon.

Tha mo ghaol-sa cridheil, ceòlmhor,
Có 'na cuideachd a bhiodh brònach?
'N uair a theannas i ri òrain
Faodaidh 'n smeòrach a bhi bìth.

Falt a' cinn na dhualan òrdail,
Dheth cha 'n ioghnadh i 'bhi spòrsail,
Ceum gu bràth nach dochainn feòirnein,
Meòir a's bòidhche air an sgrìobh',

Cha 'n 'eil maighdean anns an dùthaich,
Tha cho measail no cho chliùiteach,
'S iomadh h-aon a' thug dhuit ùmhlachd,
 'Us a lùb dhuit anns gach nì.

O'n a chuir mi fhéin ort eòlas,
'S tric a bha sinn cridheil còmhla,
Ach tha mis' an diugh am ònar
 Dubhach, brònach, 'us thu 'm dhìth.

'S ged a tha mi fad' air faontradh,
Thall 's a bhos air feadh an t-saoghail,
Air mo spéis dhuit cha tig caochladh,
 Thug mi gaol dhuit 'bhios gun chrìch.

THIRD PART.

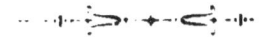

GAELIC READINGS.

135

GAELIC READADINGS.

—:>·+·<:—

DA MHINISTEAR MAIDE.

LITIR A CEANN-AN-TUILM.

FHIR MO CHRIDHE,
Thoir dhomh do làmh aon uair eile. Is fhada o'n
dà latha sin. Na bitheadh eagal ort gu bheil mi dol a
thòiseachadh air na leisgeulan. 'S mi nach 'eil. Is fìor
an sean-fhacal, 'Cha leigheis bròn breamas,' ged nach abair
mi nach 'eil fìrinn anns an ràdh, 'Thig math à mulad.'
Ged nach robh thu faotainn fios à Ceann-an-tuilm cha bu
mhòr do chall, oir 'Is math an naigheachd a bhi gun
naigheachd,' agus gus a so fhéin cha robh ni ùr no annas-
ach a' gabhail àite anns an sgìreachd, ré an t-Samhraidh.
Ach a mhic chridhe! ma bha sinn sìtheil, sàmhach roimhe
so cha 'n ann mar sin a tha sinn a nis; 's ann a tha 'n
sgìreachd air ghoil, a' toirt am chuimhne Coire-'bhreacain.
Cuiridh mi mo bhoineid ùr an geall ('s cha 'n e gu'm bu
mhath leam a call) nach tomhais thu ciod is aobhar
do'n bhuaireas so a tha cur campar air gach darna
duine 's an sgìreachd. 'An galar 's a' bhuntàta.' Taing
do 'n Fhreasdal cha 'n è. "Pòsadh mac Eòghain
Chiotaich ri Màiri Chaluim Chrotaich." Cha 'n è idir,
ged a bha uair 's chaidh gu leòir a ràdh mu 'n
phòsadh neònach sin ; ach chuir Calum Ruadh a' chlach-
mhullaich air a' ghnothach 'n uair a thubhairt e, " Ma
phòsas mac an fhir chiotaich nighean an fhir chrotaich
ciamar a nis a bhios an t-isean, ach gu misgeach, ciotach,
crotach?" Coma leat cha 'n è sin is aobhar seanachuis

aig an àm so ach na ministeirean. Tha 'dhà no trì dhiu am beul an t-sluaigh an dràsd agus théid mise 'n urras gu'm faod an cluasan a bhi teth. Tha beachd agad gu'n do chaochail am Ministeir Mòr a bha 'san Tom-uaine, deireadh an Earraich. Mo bheannachd leis! B'e sin an duine còir. Is math a bha fios agamsa nach bitheadh e farasda fear fhaotainn a lìonadh 'àite, agus tha bhlàth 's a' bhuil sin air cùisean an diugh. Ré an t-Samhraidh cha robh Dòmhnach nach robh 'Rìgh ùr air a' chathair,' mar a b' àbhaist dhuinn a ràdh anns a' chluich,—sgaoimire ùr anns a' chrannaig, gun fhios có bu leis e, no có as a thàinig e ; ach 's mòr m' eagal gur e

"Beannachd Chaluim Ghobha leat—
Ma thogair gar an till thu,"

a fhuair neart aca, agus cha 'n 'eil iongantas orm dheth sin. A nis ged nach toigh leam fhéin a bhi tabhairt breith air daoine airson an coltais,—mar a bha Eachunn Mór ag ràdh, 'A' faotainn coire do dh-obair a' Chruthachaidh,' cha 'n abair mi nach math leam duine sultor mar mhinisteir, fear a' lìonas a' chrannag ; ach 's iad sud fir cho meanbh 's a' chunnaic mo dhà shùil riamh ; a bheil ach an troichlean bochd anns an fhear a's coltaiche dhiu. Cha robh ach an fhìrinn aig Seumas Og 'n uair a thubhairt e, "Sìochairean gun mhath gun rath, frabhas gun fhiach, dhìrinn a' Bheinn Mhòr 's am fear a's fheàrr dhiu air mo mhuin." Ach cha 'n e an coltas idir cuid a's miosa. Droch Ghàidhlig aig an darna fear, 's droch Bheurla aig an fhear eile, agus a' h-uile h-aon diu cho leibideach 's a' chuala tu riamh ; an àite an darna fear a bhi ni 's *fearr* na 'm fear eile, 's ann a tha 'n darna fear ni 's *miosa* na 'm fear eile. Coma leat chaidh 'seotachan' 'us 'tapachan' a dheanadh de na chuala sinn agus cha 'n 'eil againn a nis ach ar roghainn do dhithist a ghabhail. Tha fhios agam gu'm bi iongantas ort 'n uair a chluinneas tu có iad so.

Tha fear dhiu á Muile, ged is ann an I a rugadh e,— Dùghall Phara-nan-corp ; agus Nì-Math ga chuideachadh, Iain Chaluim, mac do Sheònaid-nan-uibhean a bha 's an Oban Lathurnach. 'Nis tha 'n sgìreachd gu léir air a roinn

mu'n dà ghiullan so, gus a bheil daoine a bha na 'n dlùth
chàirdean air fàs na 'n dian naimhdean, agus cha 'n 'eil
fear a thachras ort nach 'eil 'g a mheas féin làn chomasach
air an fhear a's feàrr a thaghadh, ma tha feàrrad orra. Ma
théid thu do mhuilleann no do cheàrdaich cha chluinn thu
guth air ni ach ministeirean an Tuim-uaine, agus tha daoine
nach do chuir dragh air Eaglais o'n a's cuimhne le duine,
ann an teas na connspaid, mar a tha Calum Braoisgeach
nach robh 'an Eaglais o'n a chaidh a bhaisteadh, ma chaidh
riamh uisge air 'aodann, 's gu dearbh cha 'n 'eil moran
d' a choltas air. Thuit dhomh a bhi 's a' Cheàrdaich an
latha roimhe 's co thàinig a stigh ach Eachunn Ruadh agus
Para Mòr. Is gann a fhuair sinn fàilte chur air a chéile
'n uair a thòisich an connsachadh mu na ministeirean.
Feumaidh tu a thuigsinn nach buin an Gobhainn do
dh-Eaglais na sgìreachd, ach tha e 'n a dhuine geur, cùiseil,
agus dh' fheòraich mi fhéin deth ciod a bheachd air na
ministeirean òga a bha fa chomhair an t-sluaigh. "Cha
'n 'eil" ars' esan, " ach 'a' bharail a bh' aig a bhroc air a
ladhran, barail bhochd.' Tha 'Dùghall cho math ri Iain,
agus Iain cho math ri Dùghall,' cha 'n 'eil ann am fear air
bith dhiu ach an 'daor dhrolabhan,' mar a thuirt Niall
Neònach ri reult-na smùid a bh' againn am bliadhna,
'nuair a bha daoine 'ga coimeas ris an té mhòir a bha ri
fhaicinn fhichead bliadhna 'n ama so." "An e sin do
bharail orra," ars' Eachunn Ruadh, "shaoil leam gu'm
bitheadh taobh blàth agad ri d' fhear-dùthcha." " Na 'm
b' airidh air e bhitheadh," ars' an Gobhainn, "ach ge
nàrach ri innseadh e, cha 'n 'eil Gàidhlig fhéin aige. Is
fhada o'n a chuala mi 'Sasunnach a mhuinntir Mhuile,'
ach cha 'n fhaca mi gus a so e." " Is rìgh am Muileach
làmh ris an Lathurnach," arsa Para Mòr. " Cha 'n 'eil
mi cho chinnteach as a sin," ars' Eachunn, "an cuala tu
fhéin riamh fear is miosa leughas am Biobull na 'm
Muileach." " Dé tha ceàrr air an leughadh aige?" fhreag-
air Para Mòr. " A dhuine, 'dhuine, nach tu a chaill do
chluasan 's do thuigse," ars' Eachunn ; "a bheil cuimhne
agad air an t-searmoin a thug e dhuinn air 'dà ré gun

ghoid' an aite 'da reithe gun ghaoid' (Ecsodus, xxix-i).
"Tha gu math," fhreagair Para Mòr, "ach thuig a h-uile
duine ciod a bha 'n a bheachd ; ach ciamar thug an Lathur-
nach a mach an rann ud anns an dara-salm-deug-thar-an-
fhichead ?   "Na bi mar Mhuileach, no mar each," an àite
'muileid.'"   "Ghabhainn a leisgeul air a shon sin," ars'
Eachann, "bu math a luidh e air a' Mhuileach, ach tha
'bhochdainn uile air an Lathurnach anns a' Bheurla; tha
Seònaid Ghòrach cho math ris."   "Cha b' uilear ach
dhuitse bruidhinn mu Bheurla, 's gu'n agad dhith na dh'
iarradh deoch-an-uisge," fhreagair Para Mòr.   "A bheil
beachd agad air an latha a bha 'm Muileach a' bruidhinn
air Iònah," ars' Eachann, 'n uair a theirig a Ghàidhlig 's
a thug e dhuinn an colamadh mosach?—'A ! mo chàir-
dean,' ars' esan, ''n uair a bha Iònah ann am brù na
muice-mara cha robh e idir seasgair, oir bha, mar their
sinn 's a' Bheurla *stagnant water* 'n a broinn.' Nis nach bu
bhòidheach a' chainnt sin á beul ministeir ?"   "Thuigeadh
daoine sin," arsa Para Mòr, "na 's feàrr na 'Bheurla Mhòr
a chluinneas sinn aig cuid ; ach 's fhada mu'n urrainn do
d' charaid-sa móran d'a Bheurla a sheachnadh do mhuinntir
na Gàidhlig."
    Cha d' éisd mi ri tuille, ach chuala mi 'n déigh laimh
gu'n do theab na seòid leum air a chéile mu na ministeirean.
'Sann mar so a tha cùisean anns gach oisinn de'n sgìreachd.
Cha 'n 'eil fhios agad cò a chreideas tu na cò as a dh'
earbas tu, mar a bha Niall Neònach ag ràdh "Cha'n fhaod
thu earbsa chur ann an duine beò, *even* cadhoin do bhràthair
fhéin."   Nach bochd an gnothach gu'm feum daoine a bhi
strì 's a' cònnsachadh mu chùisean de 'n t-seòrsa so, agus
gu 'n tòisich iad air bàrdachd a sgrìobhadh mu na gnoth-
aichean ud.   Nach 'eil 'hùg ó'' aca air òran mu'n
Mhuileach bhochd,—so agad rann no dhà dheth—

O, dhuine thàin' á Muile,
O, dhuine thàin' á I ;
O, dhuine thàin' á Muile,
    Fuirich ann ad eilean fhìn.

139

Mur dean thu searmoin gun am paipear,
B' fheàrr dhuit a bhi 'n arm an Rìgh.
O, dhuine thàin' á Muile, &c.

B' fheàrr dhuit a bhi 'g iasgach bhradan,
Seadh, no sgadan an Loch-fìn'.
O, dhuine thàin' á Muile, &c.

Sasunnach a' tigh'n á Muile—
Leth-na-dunach air an tìr !
O, dhuine thàin' á Muile, &c.

Cha 'n 'eil fios aig duine ciamar a théid cùisean, ach cha sheas an strì so fada ; agus có air bith a gheobh àite a Mhinisteir Mhòir cha bhi farmad agam ris, oir cha bhi e farasda dha dol am measg an t-sluaigh. Cha 'n 'eil mise 'g ràdh gu bheil na ministeirean òga uile air an aon ruith, chionn tha fhios agam air atharrach. 'S aithne dhomh na h-urra-l dhiu tha glé ghleusda an dà chuid ann am Beurla agus ann an Gàidhlig.

Gabh mo leisgeul aig an àm so, agus cha'n abair mi nach cluinn thu 'uam gu goirid a rithist. Tha sinn uile beò slàn. A' guidhe d' fhaicinn slàn, is mi do charaid dìleas.

Fionn.

Oidhche Shamhna, 1881.

FAR AM BI AN TOIL BITH'DH AN GNIOMH.

Ruairidh Mor.—Maduinn mhath dhuit, a Cholla; tha toil agam turas a ghabhail an diugh, agus thàinig mi a dh-iarraidh tacan d' an làir bhàin agad.

Colla Ban.—Gheobhadh tu sin le deadh dheòin agus le m' uile chridhe, ach tha agam fhéin ri dol an mhuileann air tòir mine do 'n mhnaoi,

Ruairidh.—Cha 'n 'eil am muileann a' dol an diugh; chuala mi fhéin am muillear ag ràdh gu 'n robh an t-uisge ro iosal.

Colla.—Is ceàrr an gnothach sin. Feumaidh mi falbh do 'n bhaile-mhargaidh cho luath 's is urrainn domh, oir chuireadh mo bhean a mach as an tigh mi na 'm biodh an geàirneal falamh.

Ruairidh.—Caomhnaidh mise an dragh sin duit, oir tha pailteas mine agam; bheir mi dhuit an coinghioll na chuireas seachad sibh gus an atharraich an t-sìd, agus am bi uisge ann air son a' mhuilinn againn fhéin.

Colla.—Cha chòrdadh a' mhin agadsa ri m' mhnaoi-se; tha i ro dhuilich a thoileachadh ann am min.

Ruairidh.—Biodh i cho àilleasach 's a thogras i, còrdaidh i rithe; nach ann bh'uait féin a cheannaich mi an sìol, agus thuirt thu rium nach robh na b' fheàrr riamh agad.

Colla.—Ma's ann bh'uamsa a fhuair thu an sìol feumaidh e bhi math; cha robh droch shìol riamh am shabhal. Cha 'n 'eil duine air an t-saoghal, fhir mo chridhe, do 'm bu luaithe a nochdainn caoimhneas no do 'n deanainn comhstadh na dhuit fhéin; ach dhiùlt an làir bhàn a ceannag fheòir an diugh 's a' mhadainn, agus is mòr m' eagal nach 'eil i comasach air falbh leat.

Ruairidh.—Na biodh eagal ort; bheir mi fhéin dhi gu leòir de shìol air an rathad.

Colla.—Tha 'choltas air an latha a bhi ceòthar; bith'dh

an rathad sleamhainn, agus cha 'n 'eil fhios agam nach rachadh tu fhéin agus an làir as an amhaich.

RUAIRIDH.—Cha 'n eagal dhuinn ; tha an làir blàn math a chumail a cas—thoir a mach i.

COLLA.—Nach mi-fhortanach an gnothach gu bheil an diollaid air dol à sgaid ; agus tha an t-srian air fallbh ga 'càradh.

RUAIRIDH.—Tha an dà chuid diollaid agus srian agam fhéin.

COLLA.—Cha fhreagair do dhiollaid-sa do 'n làir bhàn.

RUAIRIDH.—Mur freagair gheobh mi coinghioll diollaid Iain Thòmais.

COLLA.—Cha fhreagair diollaid Iain Thòmais na 's fhearr na do dhiollaid fhéin

RUAIRIDH.—Théid mi a suas do 'n tigh-mhòr; is aithne dhomh fhéin an gille-stàbuill, agus tha fhios agam gu 'm faigh mi té am measg nam ficheadan a tha an sin a fhreag'ras do 'n làir bhàin.

COLLA.—Cha 'n 'eil teagamh nach fhaigh, a charaid ; cha 'n 'eil duine fo 'n ghréin do 'm bu deise mi gu comh-stadh a dheanamh na thu féin, agus gheobhadh tu an làir bhàn le m' uile chridhe, ach cha deachaidh cìr air a gath-muinge o chionn mios, agus na 'm faiceadh daoine i anns a' bhaile mar tha i, bheireadh e a nuas a prìs gu mòr na 'n rachainn ga 'reic.

RUAIRIDH.—Cha 'n fhada ghabhas duine a' cur eich an òrdugh. Ni an sgalag agam fhéin a h-uidheamachadh ann am beagan ùine.

COLLA.—Cha 'n 'eil teagamh air sin, ach ma 's math mo chuimhne tha i am feum a cruidheadh.

RUAIRIDH.—Cha 'n 'eil a' cheàrdach fad as.

COLLA.—An e gu 'n leiginnse leis a' ghobhainn mhòr an làir bhàn a chruidheadh ! Cha 'n earbainn m' asail ris. Cha leig mi le gobhainn sam bith ach fear an Tuim-uaine an làir bhàn a chruidheadh.

RUAIRIDH.—Nach fortanach gu bheil agam ri dol seachad air dorus na ceàrdaich sin ; gheabh mi a chruidh-eadh 's an dol seachad.

Colla (*Agus e a' faicinn a ghille-stabuill aig ceann an t-sabhail*).—An cluinn thu, Iain.

Iain.—Tha mi a' cluinntinn; 'd é b' àill leibh? (*Agus e a' tighinn a dh-ionnsuidh a mhaighstir.*)

Colla.—So agad Ruairidh Mór ag iarraidh coinghioll d' an làir bhàn; tha fios agad gu bheil creuchd air a druim cho mór ri m' bhois. (*Chaog e ri Iain.*) Seall an do leigheis i. (*Thuig Iain ciod a bu chiall do 'n chaogadh agus dh' fhalbh e.*) Tha mi a' smuaineachadh gu 'm bu chòir do 'n chreuchd a bhi slàn a nis. Tha mi toilichte gu bheil e am chomas comhstadh a dheanamh dhuit; feumaidh daoine a chéile a chuideachadh anns an t-saoghal so. Is briagh leam fhéin daoine fhaicinn càirdeil agus comhstach. Na 'n do dhiùlt mi thu an toiseach theagamh gu 'n deanamh tusa a' cheart leithid ormsa aig àm eile. Tha mise de nàdur cho soirbh nach urrainn domh caraid a dhiùltadh. (*Iain a' tilleadh as an stabull.*) A bheil a' chreuchd air leigheas?

Iain.—Air leigheas! Cha bhi craicionn slàn oirre an ceann mios. Thuirt sibhse gu 'n robh an lot mu mheud ur boise; cho mòr ri beantaig a bu chòir dhuibh a ràdh. Cha chuir an làir bhàn cas foidhpe air a' mhios so,

Colla.—Tha mi ro dhuilich, a charaid, gu bheil gnothaichean mar tha iad, oir bheirinn an saoghal air son do sheirbhiseachadh aig an àm so; ach tha thu fhéin a' faicinn nach 'eil e am chomas.

Ruairidh.—Tha mi ro dhuilich a chluinntinn air do sgàth fhéin. Bha litir agam bho 'n àrd mhaor-choille ag iarraidh orm tighinn a stigh do 'n bhaile na 'choinneimh; tha e 'dol a shuidheachadh gearradh na coille orm. B' fhiach so cuid mhath dhòmhsa, agus bha mi an dùil a' chairteireachd a thoirt duitse, agus b'fhiach sin leth do mhàil dhuit; ach—

Colla.—Leth mo mhàil! a dhuine chridhe!

Ruairidh.—Theagamh tuilleadh 's sin; ach bho nach urrainn duit an làir bhàn a thoirt dhomh is feàrr domh taghal air Iain Mòr a dh' fheuchainn an toir e dhomh an t-each glas.

Colla. Nàraichidh tu mise ma ni thu sin ; stad, stad, agus gheobh thu an làir bhàn. An e gu 'n diùltainn an caraid a's fheàrr a th' agam!

Ruairidh.—Ciod a ni thu air son mine do 'n mhnaoi?

Colla.—Tha 's a' ghearneal na dh' fhòghnas dhi gu ceann ceithir là deug fhathast.

Ruairidh.— Ach nach 'eil do dhiollaid à sgaid?

Colla. Is i an t-seann té a tha mar sin. Tha té ùr agam air nach do shuidh duine riamh, agus gheobh thu a' chiad latha dhi le 'm uile chridhe.

Ruairidh.— An cruidh mi an làir bhàn aig ceàrdach an Tuim-uaine anns an dol seachad?

Colla. Cha robh cuimhne agam gu 'n d' fhuair mi a cruidheadh aig a' ghobhainn mhòr a dh' fhaicinn ciod an dreach a chuireadh e oirre, agus, a dh-innseadh na firinn, rinn e an gnothach na b' fheàrr na shaoil mi a dheanadh e.

Ruairidh.—Nach d' thuirt Iain riut gu 'n robh creuchd air a druim cho mòr ri beantaig?

Colla.—Cha 'n eil annsan ach an t-abharsair breugach. Cuiridh mi geall nach 'eil a' chreuchd na 's mò na ionga d' òrdaig.

Ruairidh.—Feumaidh i a cìreadh co dhiu ; nach d' thuirt thu nach deachaidh cìr oirre o chionn mios?

Colla.— Mu thruaigh an gille-stàbuill mur cìreadh e i a' h-uile latha!

Ruairidh.—Thoir dhi siol, ma ta ; nach do dhiùlt i a boitean maidne?

Colla.—Ma dhiùlt is ann bho 'n fhuair i gu leòir de shìol. Na biodh eagal ort ; falbhaidh i mar a' ghaoth. Tha an rathad math ; cha 'n 'eil coltas uisge no ceò air. Turas sàbhailte dhuit, agus soirbheachadh math dhuit fhéin agus do 'n mhaor-choille. Tog ort ; leum a suas!

Fionn.

BLAR NA STAIRSNICH.

Is fuathasach an uaill 's an othail a bhios air daoine
mu' m blàraibh, an cuchdan-cogaidh, an gaisgich ainmeil,
chliùiteach, 's cha 'n 'eil fhios ciod ; agus cha 'n iad a
mhàin na blàraibh féin a tha iomraiteach—feumar farum
mòr a dheanamh mu eachdraidh nam blàr bho linn Oisein
a nuas gus an tuasaid mu dheireadh a thachair 'n ar linn
's 'n ar latha féin. Am fear a's deise 's a's eireachdaile
'chuireas an céill do 'n t-saoghal mu threubhantas nan
curaidh a sheas no 'thuit 's an strì, tha e air 'àrdachadh
gus an t-ionad a's àirde 'n am measg-san a tha air am
meas airidh air fleasg 's air suaicheantas na h-onoir. Cha
'n 'eil mi ach a' tighinn thairis air ga m' neartachadh ann a
bhi a' tagradh gu 'm faigheadh mo bhanacharaid labhrach,
Màiri Nic-an-Rothaich, a h-àite féin am measg na dream
a mheasar airidh air cliù nam bàrd 's nan eachdraiche ;
oir tha mi dearbhte nach 'eil i dad air dheireadh air an
fhear a's cumhachdaiche dhiu 'n uair a théid i an cinn-
seal sgeòil mu na batailtean a chunnaic a dà shùil féin.
Agus tha aon bhuaidh air a naidheachdan : tha iad a'
sruladh a mach as a beul gun umhail sam bith aice gu
bheil i a' cur an céill ni air bith ùr no annasach. Thachair
mi oirre an latha roimhe 's mi a' gabhail ceum a sios an
rathad. Dh'aithnich mi air a h-aodann gu 'n robh rud-
eigiun sònraichte air a h-inntinn. M'am b' urrainn domh
facal a ràdh thuirt i, " A bhean mo ghràidh, nach 'eil
naidheachd agam dhuit ! "

Arsa mise, " Ma 's naidheachd mhath i mar a's luaithe
chluinneas mi i 's ann a's fheàrr."

" Cha 'n 'eil 'fhios agam," ars' ise, "có dhiù their thu
gur math no gur h-olc i ; ach 'd é do bharail, 'n uair
dh' innseas mi dhuit gu 'n robh blàr na dunach air an stairs-
nich an dé eadar Anna bean Iain-Mhòir, Peigi bean
Dhonnachaidh Mhìcheil, agus Màiri bean Dhùghaill Mhic-
Phàrlain.

" Is naidheachd sin da-rìreadh," fhreagair mi. "Naidh-
eachd," ars' ise, " ris an robh sùil agam o chionn iomad
latha. Cha b' urrainn do 'n chàirdeas ud a bhi buan ; bha
iad dìreach gairsineach- 'n an gràin do 'n choimhears-
nachd gu h-iomlan—Nic-Ille-Mhìcheil 's an dara ceann,
bean Iain-Mhòir 's a' cheann eile, agus Nic-Phàrlain 's an
tigh mheadhoin. Bho mhoch gu dubh bha an dorsan
sìnte fosgailte, 's rachadh iad a mach 's a stigh, 's ghlaodh-
adh iad a mach 's ghlaodhadh iad a stigh, 's cha robh
creutair a thigeadh an rathad nach feumadh iad a bhi
mach aig na dorsan a' spleuchdadh air ; agus b' i Nic-
Phàrlain—o nach 'eil duine cloinne aice féin—a b'aon
tràill do 'n dithis eile : cha 'n fhaiceadh tu i o mhoch gu
feasgar nach robh cuid d' an iseanan aice air a gàirdean.
Ach cha 'n fhaca mi a bheag de mhath riamh ag éirigh 'o
'leithid so de chàirdealachd, 's cha mhò 'chunnaic mi e
a' marsainn fada. Bha, uime sin, ioghnadh orm cuin a
thigeadh e gu aon-cheann ; ach 's beag sùil a bh' agam gu
'n tigeadh e le cho beag aobhair. Tha e coltach gu 'n
robh an dà bhalachan, mac Peigi Mhìcheil, agus mac
Anna Iain-Mhòir, a' cluicheachd mu na dorsan agus air
son ni-eiginn faoin chaidh iad thar a chéile, mar is tric a ni
clann bheag, agus ghabh an dithis am badaibh a chéile.
Tha na balachain mu 'n aon aois, mar a tha fhios agad,
agus bha 'choltas air an strì gu 'm biodh i righinn. Tha
mac Anna cuid mhath na 's mò d' a aois na am fear eile
agus bha 'shaod air làmh an nachdar fhaighinn thairis
air Mac-Ille-Mhìcheil, 'n uair thàinig Peigi Mhìcheil a
mach agus thugaidh i sgaile 's an leth cheann do mhac
Anna Iain-Mhòir. Ach mo chreach 's mo sgaradh ! bu
mhath dhi na 'n do ghléidh i a dà làmh aice féin, oir có
'bha ag amharc oirre ach Anna i fhéin, agus gun fhacal
a ràdh, a mach thàinig i agus rinn i a leithid eile air mac
Peigi Mhìcheil, agus thòisich a' bhrionglaid ann an da-
rìreadh. Thuirt Peigi Nic Ille Mhìcheil 'gu 'm bu neòn-
ach leatha Anna Iain-Mhòir a dh' thuilingeadh do sgonn
balaich coltach ri a mac, buille 'thoirt do 'n leanabh.'
" ' An leanabh !' arsa Anna Iain-Mhòir, 'is i mo bharail

gu bheil e cho scan ris-san; agus na 'm biodh a chuid
bidh a' dol ann an craicionn cho fallain, dh' fhaodadh e
bhi a cheart cho mór ris; ach,' ars' ise, 'thàinig e de
chinneach truaillidh co dhiu.'

" ' Cinneach truaillidh !' arsa Peigi Mhìcheil.'

" ' Seadh direach cinneach truaillidh,' arsa Anna, ' ciod
a tha 'n a athair ach an troicheilean truaillidh, bochd ?'

" 'Is feàrr a bhi beag,' arsa Peigi Mhìcheil, 'agus a bhi
iomlan, na bhi mór agus a dh-easbhuidh cuid d' a bhuaidh-
ean ; taing do 'n Fhreasdal tha a chlaisteachd aige.'

" Bha so 'n a bhuille trom do dh-Anna; oir tha e colt-
ach gu bheil Iain-Mór ro mhaol 's a' chlaisteachd, agus
tha iad a' feuchainn r' a chumail uaigneach.   Cha' n' eil
fios cuin a sguireadh na mnathan mur tuiteadh do
Mhàiri Nic-Phàrlain tighinn a mach.   Ars' ise, ' Nach
sibh an da òinseach, a' deanamh a leithid de iorghuill mu
chònnspaidean cloinne. Shaoil mi gu 'n robh tuilleadh
gliocais agaibh.   Bith'dh a chlann a' falbh 's an làmhan
gu càirdeil mu amhaichean a chéile, agus sibhse a' cumail
suas gamhlais agus droch rùin ; ach na 'm biodh sibh a'
deanamh mar bu chòir dhuibh, agus 'g an gleidheadh
taobh a stigh nan dorsan, bhiodh na bu lugha chònnsachaidh
ann.'

" ' Nach ann agad a tha 'n dearg aghaidh,' arsa Anna
Iain-Mhòir.

" ' Cha 'n 'eil mi 'faicinn ciod e an gnothach a tha
agadsa buntainn ris a' chùis,' arsa Peigi Mhìcheil ; 'ach
cha ghnothach doirbh do chuid cloinne-se 'chumail aig an
tigh.'

" ' Cha 'n eadh gu dearbh,' arsa Anna Iain-Mhòir, ' cha
chuir iadsan, na truaghain bhochd, mòran dragh air a
choimhearsnachd !'

" ' Nis, tha fios agad fhéin nach 'eil Màiri Nic-Phàrlain
'n a boirionnach cònnspaideach ; thill i air a sàil, chaidh
i stigh, dhùin i an dorus, agus rinn an dithis eile mar an
ceudna.'

" Ach is fhada m' am b' e so a bu deireadh do 'n chluich;
bha aig Peigi Mhìcheil coinghioll poite bho Anna Iain-

Mhóir ; cha luaithe bha a dorus dùinte na thilg i fosgailte e, agus a' sin a' fosgladh dorus Anna, thilg i stigh a' phoit ag ràdh, 'So, sin agad do phoit '; agus, ciod a th' agad air, ach gu 'n do bhrist i a' phoit.

"Ach, air an laimh eile, bha Anna Iain-Mhòir gu bhi cho fada mach rithe féin ; oir tha e coltach gu 'n robh aice-se coinghioll d' an eachan aig Peigi Mhìcheil ; agus an uair a bha i 'g a shlaodadh a mach gu thilgeil a stigh mar a rinn an té eile air a' phoit, thàinig i tarsainn air ciobhull an doruis leis agus bhrist i e. Bha an dà chaill-each mar so air an aon ruith—rinn an t-eachan briste mu choinnimh na poite briste.

Dhùin iad an dorsan a rithist agus shaoileadh tu gu 'n robh gach nì thairis ; ach thachair gu 'n robh na trì fir phòsda, Donnachadh Mac-Ille Mhicheil, Iain-Mòr, agus Dùghall Mac-Phàrlain, a' tighinn dachaidh còmhla aig a' cheart àm ud agus sheas iad a bruidhinn car tiota mu choinnimh an doruis. Mar bha an còmhradh gu bhi thairis, a mach chuir Anna Iain Mhòir a ceann, agus ars' ise gu crosda. 'Iain-Mhoir, thig a stigh thun do bhroch-ain, agus na bi a' seasamh a' sin ri goileam gun seadh ; b'fheàrr leam gu 'n taghadh tu do chuideachd.'

Bha na trì fir a' tionndadh m' an cuairt le ioghnadh, an uair tharruing Peigi Nic-Ille-Mhìcheil an aire, ag ràdh gu h-athaiseach, diongmhalta, 'Seadh, a Dhonnachaidh Mhic-Ille-Mhìcheil, thig a stigh 'us gabh do *thea* agus leig le Iain-Mhòr dol a stigh a ghabhail a *bhrochain*—brochan, brochan, brochan a ghnàth ; cha 'n iongantach an duine truagh a bhi bodhar ; tha e chlaigeann tiugh, stallachdach air a dhinneadh làn brochain.'

"Fhreagair bean Iain Mhòir a cheart cho athaiseach agus neo-ar-thaing cho nimheil ris an té eile, 'Seadh Iain-Mhòir thig a stigh thun do *brochain*, agus leig le Donnach-adh Mìcheil dol a stigh thun a *thea ;* tha an duine truagh bochail mu 'n *tea ;* is e a' chiad fhear d' an t-sliochd no d' an ghinealach a bhlais riamh *tea ;* cha mhòr *tea* a fhuair athair, Dòmhnull, a bhàsaich an tigh-nam-bochd.'

"Bha Peigi Mhìcheil dol a' freagairt le rud-eiginn a

ràdh mu shìnnsireachd Iain Mhòir, a b'àbhaist, a réir
iomraidh, a bhi a' togail chorp; ach chuir an dà fhear
pòsda stad air an t-seanachas le 'fheòraich ciod air thalamh
a bu chiall do 'n chainnt sgainnealaich so. Thòisich an
dara té air cur as leth na té eile gu 'n do leth-mharbh i a
balachan; agus cha robh a shaod air na fir gu 'n tuigeadh
iad cùisean idir, 'n uair a chuir Dùghall Mac-Phàrlain,
aig a bheil teanga gle sgaiteach, a mach a cheann 's
thuirt e, ' Fhalbh, fhalbh, cha 'n 'eil ann ach dà chat a'
cur a mach air a chéile mu 'n cuid phiseag.'

"Thug so an gnothach gu aon-cheann; oir dhi-chuimhnich
an dithis bhan an cònnsachadh féin, leis a' chorruich anns
an do chuir iad iad féin a chionn de dhànadas a bhi aig
Mac-Phàrlain ' piseagan ' a ràdh ri 'n cuid cloinne-san.
Cha bu mhath leamsa tighinn thairis air a' chainnt a
ghnàthaich iad ris. Faodaidh tu bhi cinnteach nach do
dhi-chuimhnich iad innseadh dha nach 'eil 'piseagan'
idir a' cur dragh airsan. Tha mi dearbh-chinnteach gu
'm b'fheàrr le Mac-Phàrlain gu 'n do ghléidh e a thean-
ga 'n a phluic, oir bith'dh a cheann air liathadh m'an
cluinn e a' chuid mu dheireadh de ' na cait 's an cuid
phiseagan.' Coma co dhiu, tha na coimhearsnaich a'
cumail an dorsan dùinte 'nis, 's cha chreid mi nach faigh
sinn sìth gu dol a mach 's a stigh an dà latha so gun
sùilean a h-uile aon a bhi oirnn mar a b' àbhaist."

Sin agaibh naidheachd Mhàiri Nic-an Rothaich, facal
air an fhacal mar fhuair mise i; tha mi an dùil gu 'n
aidich sibh gur airidh am boirionnach gleusda air cùileig
bhig am measg na muinntir a dh'aithris dhuinn mu na
blàraibh ainmeil a choisinn cliù do 'r dùthaich.

Eadar. le I. B. O.

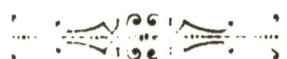

MAIRI AGUS AN T-*ADMIRAL*.

Is cleachda leis na Goill a bhi ri fochaid air na Gàidheal bhochd', air son cho aineolach, maol-theangach 's a gheibh ear iad an coitcheannas an uair a dh' fheuchas iad ris a' Bheurla ; agus, air uairibh, cha 'n 'eil teagamh nach bi iad a' deanamh thuislidhean agus mhearachdan glé neònach : ach dona 's mar tha na Goill, cha 'n 'eil daoine air bith ann a tha ni 's toithiche air a' bhi a labhairt deth a chéile, agus ri fala-dhà neo lochdach de gach seòrsa, na na Gàidheil iad féin. Tha an sgeula bhd bheag a leanas glé chumanta ann an cuid de cheàrnan de Earraghàidheal agus theagamh gu 'n toir i gàire air mo luchd-éisdeachd. Cha 'n 'eil mise 'dol a ràdh co dhiù a tha i fìor no nach 'eil ; ach ciamar 's am bith a bhàtar 's an àm a dh' fhalbh, is cinnteach mi nach faightear ann an ceàrna d' an Ghàidh-ealtachd an diugh, aon fhear no té cho fada air an ais 's nach bitheadh fios aca co dhiù 'bu bheathach no dhuine a bha ann an *Admiral*.

Bha aig boireannach deanadach, glic, aon uair, tabhartas beag de dh-uibhean ri chur a dh'ionnsuidh an Tigh-Mhòir, Air dhith an cur a suas gu tèarruinte ann am bascaid, ghairm i an searbhanta, caileag òg gun mhòran de dh eòlas an t-saoghail, agus dh' earailich 'us sheòl i dhi ciamar a ghluaiseadh i i-féin aig an Tigh-Mhòr. "Is bitheanta," ars' ise, "leis an *Admiral* e féin a bhi 'gabhail a shràid fo sgàil nan craobh anns an rathad-dhìomhair eadar an Tigh-Mòr agus an geata, agus ma thachras e ort feuch gu 'm bi thu fìor mhodhail 's gu 'n toir thu a' h-uile urram da. Ma dh' fheòraicheas e dhiot co as a tha thu, no c' àite am bheil thu 'dol no ciod a tha agad, innsidh tu dha gu pongail, 's bi cinnteach gu 'n abair thu, *Le 'r cead*, aig deireadh gach freagairt a bheir thu dha. Aithnichidh tu an t *Admiral* cho luath 's a chì thu e le cheum flathail. ail ; agus is àbhaist da sràidimeachd am bitheantas le 'churrachdoidhche dearg air mar chòmhdach cinn; agus a nis, a Mhàiri, bi 'falbh agus mo bheannachd a' d' chuideachd!" Thog a' chaileag bhochd orra gu sùrdail, làn de na comhairlean a fhuair i; ràinig i an geata mòr 's ghabh i a stigh. Air dhi a bhi 'dlùthachadh air an tigh faicidh i coileach Frangach briagh a' stcòcadh a nuas 'n a coinnimh cho moiteil 's ged a bu leis féin an oighreachd—earball sgaoilte 's e 'cur smùid as an talamh le bàrr a sgiathan—"Ma tha *Admiral* 's an dùthaich," thuirt i rithe féin, "is e so e. Cò nach faodadh aithneachadh le 'cheum mòrail, uasal, 's mar a tha e a' dlùthchadh orm, comharraichidh mi gu soilleir a churrachd dearg ceart mar a thuirt mo bhana-mhaighstir. Ach is mithich a bhi bogadh nan gad, so e 'tighinn!" Bhog an coileach a cheann mar fhìor dhuin'-uasal 's chuir e fàilte chridheil oirre. Arsa Màiri, agus i aig a' cheart àm a' deanamh a beic. "Tha mi á Lismòr, le 'r cead, le 'r cead." Thug an coileach an dara miolaran as,—"Tha mi 'dol d' an Tigh-Mhòr, le 'r cead, le 'r cead." An treas uair thug e guileag sunndach as, 's fhreagair Màiri, "Uibhean chearcan 'us gheadh, le 'r cead, le 'r cead." Le so leig e seachad i. Rinn i a gnothach 's thill i gun 'fhaicinn tuillidh. An uair a ràinig i dhachaidh dh'fheòraich a bana-mhaighstir ciamar a chaidh dhi. "Chaidh gu math 's gu ro-mhath." Am faca tu an t-*Admiral*?" "Is mi a chunnaic,—an t-uasal grinn, cùirteil, agus fhreagair mi a' h-uile ceisd a chuir e orm, ged is i *Fraingis* a labhair e!"

I. B. O.

TURAS PHARAIG DO'N TIGH-MHOR.

"Ciamar a chaidh dhuit 's an tigh-mhòr a Phàraig"?
" Ma ta, a Mhàiri, innsidh mi sin dhuit. Bha eagal orm,
le 'r cead," arsa mise, an déigh dhomh sùil a thoirt m' an
cuairt agus gun mi faicinn coltas bidh air bòrd no an àit'
eile ; "bha eagal orm gu 'n robh mi air dheireadh." "O,
cha 'n 'eil idir ;" ars' esan, agus e a' gàireachdaich, " cha
'n 'eil an dinneir againn aig àm sa bith gu seachd uairean;
ach tha mi toilichte gu 'n d' thàinig thu cho tràthail."
"Seachd!" arsa mise rium fhéin, "tha sin ceithir uairean
an uaireadair bh'uainn fhathast, agus mi an impis fann-
achadh leis an acras mar tha, an déigh tighinn a leithid a
dh-astar, agus gun sian saoghalta itheadh bho ochd uair-
ean anns a' mhadainn. Aon uair deug trasgaidh! ciod
air thalamh a ni mi? Bith'dh latha agus bliadhna m' am
faic iad mise a' tighinn gu m' dhinneir do'n tigh-mhòr a
rithist."
Bha mise ann a' sin, ma ta, a Mhàiri, a' seanachas agus
ag amharc m' an cuairt orm fad cheithir uairean fada an
uaireadair ; mi air tolladh leis an acras, agus cha leigeadh
mo mhodh no mo nàire leam facal a ràdhuinn. Mu dheir-
eadh, an uair nach mòr nach robh mi air toirt thairis,
dh' fhosgail an dorus, steòc duineachan-uasal grinn ann
an deise shìoda dheirg a stigh, agus dh' innis e dhuinn
gu 'n robh an dinneir deas. "Cha chuala mi ceòl riamh
aig eun anns an doire a's binne leam na sin," arsa mise,
agus mi ag éisdeachd ris. Le so dh' éirich gach duin'-uasal
a bha 'n sin air a chasan, shìn gach fear a ghàirdean do
mhnaoi-uasail air chor-eiginn agus a mach ghabh iad mar
gu 'm b' ann a dol a dhannsadh a bha iad Bha an dinneir
an sin deas, glan ; ach is e an rud a bu mhò 'thaitinn
rium na lasgairean a dh' ainmich mi cheana—luchd nan
deiseachan sìoda dearg. Ged a b' iad féin a b' eireachd-
aile agus a b' uaisle coltas anns a' chuideachd, bha iad ann

a' sin cho iriosal a' togail air falbh nan soithichean bhàrr a' bhùird, agus a' freasdal do gach math agus dona 'bha 'làthair.

Shuidh mi fhéin am broilleach na cuideachd. "Ciod a bhios agad, a Phàraig"? arsa Moraire Dhun-spàlaig rium fhéin. "Ma ta, le 'r cead," thuirt mi, "bho 'n is sibh féin fear-an-tighe, an rud a bhios agaibh is cinnteach gur c a's feàrr; gabhaidh mi cuid deth, ma 's e 'ur toil e." Shìn e dhomh cuid de 'n rud a bh' ann. Is gann a ràinig mi an darna lan-beòil an uair a thionndaidh e rium a rithist, ag ràdh, "A Phàraig, tha a' Bhana-Mhoraire ag amharc ort." "Ma tha, le 'r cead," arsa mise, 's gun fhios agam ciod a bha 'n a bheachd, "is e làn dìth a beatha, agus cha b' urrainn di dà shùil a bu bhòidhche bhi aice gu sin a dheanamh." Rinn a h-uile h-aon de na h-aoidhean glag gàire. "Is e tha mi a' ciallachadh, a Phàraig," fhreagair am Moraire a rithist, "gu bheil a' Bhana-Mhoraire deònach òl air do shlàinte." "O, tha mi agaibh a nis," thuirt mi ris, "le m' uile chridhe, a bhean-uasail mo ghaoil; air 'ur deadh shlàinte!" Ach, a Mhàiri, an uair a bha mi a' bruidhinn ris a' Bhana-Mhoraire, ciod a rinn fear de luchd nan còtaichean dearga ach gu 'n do chuir e a làmh a nall fo m' achlais, agus m' an deanadh tu fead, sgioblaich e air falbh an trùnnscir a bha air mo bheulaobh, 's gun ni ach gann air beantainn de mhìr de na bha air. Am peasan! na 'n d' fhuair mi greim air, dh' ithinn a h-uile mìr d' a chorp, gun ìm, gun salann!—ach bha nàire orm a ghairm air ais a rìs; agus m' an robh ùine agam air cuideachadh cile d' an itheannaich iarraidh, chaidh gach nì a bha air a' bhòrd a thogail gu glan, buileach air falbh, "Och mo chreach, a Phàraig," arsa mise rium fhéin, "an e so na tha thusa dol a dh-fhaighinn ri itheadh a nochd?" Ach m' an abradh tu trì facail, chaidh dìnneir ùr a chàradh air a bhòrd, agus 'n a taice ghabh iad cho dian 's a rinn iad roimhe.

Fhuair mi greim feòla, agus "A nis," thuirt mi, "tha dòchas agam gu 'n faigh mi cothrom làn beòil itheadh an sìth agus an suaimhneas," ach cluinnear am Moraire ag ràdh, "A Phàraig, so air do shlàinte!" "Le m' làn dhebin," arsa mise, agus mi a' cromadh mo chinn gu modhail ach beag a sìos thun a' bhùird. Am feadh a bha mise ag òl air a Mhoraire, ciod a chunnaic mi ach am fear dearg a dh' ainmich mi cheana a sèapadh a làimh a stigh gu bhi aig mo thrìnnseir a rithist, agus mi gun urad agus air deargadh air. Rug mi air le m' leth-làimh. "Air d' athais," arsa mise, "'ille mhaith, ma 's e do thoil e. Cha n' 'eil mi rèidh dheth so fhathast." Thòisich a chuideachd uile air gàireachdaich, gus nach mòr nach robh cuid do na mnathan-uaisle a' tuiteam bhàrr an cathraichean. Thàirg fear de na daoin'-uaisle òl orm fhèin, agus an sin fear eile, agus fear eile, air alt 's nach d' fhuair mi cothrom air aon mhìr fheuchainn gus an robh na bha air a' bhòrd air a sguabadh air falbh a rithist.

"Fhuair thu am buille-druidhidh mu dheireadh, a Phàraig," arsa mise, "thèid thu bàs leis an acras." Ach Moire, cha'n ann mar sin idir a bha, a Mhàiri; is ann a chaidh an treas dìnneir a ghiùlan a stigh! Chaidh, gun fhacal brèige! "O," thuirt mise, "tha mi a' faicinn mar tha a nis—aon uair 's gu'n tòisich iad air itheadh, cha sguir iad. 'Is olc a shèideas gaoth nach sèid an seòl tìr eiginn ; gheobh mi rud-eiginn air a' cheann mu dheireadh." Fhuair mi greim air mo thrìnnseir an treas uair, agus dìreach an uair a bha mi brath dol an cinnseal ithidh, rinn fear a bha 'n a shuidhe làimh rium cagar—"Ciod a thàinig eadar thu fèin agus na mnathan-uaisle, a Phàraig, an uair nach 'eil thu ag òl air a h-aon diubh?" "Gabhaibh mo leisgeul," arsa mise, "An e sin modh?". "Is e gun teagamh," thuirt esan, "nach 'eil thu a faicinn a h-uile duin'-uasal aig a' bhòrd 'ga dheanamh?" Agus cinnteach gu leòir bha iad sin. Air ghaol a bhi suas ri càch, ma ta, thòisich mi agus dh' òl mi orra gu lèir, aon an dèigh aoin, m'an cuairt am bòrd agus is gann a bha mi aig an tè mu dheireadh, an uair a thàinig mo charaid, fear a' chòta dheirg, agus air falbh a bha gach nì a bha mu 'm choinnimh, m'an abradh tu 'b'e sud e. Cha robh atharrach air.

Shuidh mi mar bh' agam. "Cha 'n 'eil fhios ciod an

ath rud a thig," arsa mise. Cha robh mi fada a' feitheamh, an uair a chunnaic mi iad a' tighinn agus a cur mu choinnimh gach aoin a bha aig a' bhòrd, glaine mòr làn de dh-uisge fuar as an tobar. "O, leth na bochdainn, a Phàraig," arsa mise " is neònach an rud modh." Togar an glaine agus òlar gach deur a bha ann. An uair a chunnaic mo dhuineachan dearg so lìon e suas a rithist e, agus ma lìon, thràigh mise a h-uile diod g'a thoileachadh ; ach an uair a mhothaich mi e dol g'a lìonadh an treas uair, cha mhòr nach do thionndaidh mo ghoile, "An truaigh spread tuille," arsa mise, "ma 's e do thoil e." Shaoil mi gu 'n caillinn sealladh mo dhà shùl an uair a chunnaic mi gach fear agus té a bha an sin a' tumadh an làmhan anns na glaincachan agus ga 'n glanadh aig bòrd na dìnneireach !
" Ma tà, ma tà, a Phàraig," arsa mise, " cha 'n fhaca tusa riamh roimhe gus an diugh a leithid so de mhodh. Sin agad a Mhàiri mar a chaidh dhòmhsa 's an tigh-mhòr, 's tha mi coma gar an tig an latha a bhios mi rithist ann."

Eadar. le I. B. O.

AM FEAR A GHOID A' MHUC.

Bha ochd teaghlaichean a' fuireach anns a' Chlachan ri m' chiad chuimhne-se. Na 'm measg so, bha Seumas Gobhainn, duine dàchail, pongail, aig an robh bean bheag agus teaghlach mòr ; Calum Tàilleir, seana-ghiullan cridh-eil, gleusda—òranaiche fonnar, agus fidhleir barraichte— 'na làn-dhearbhadh air firinn an t-sean-fhacail—" Ciad tàillear gun 'bhi sunndach ;" Dùghall Ruadh Greusaiche, duineachan geur, sgairteil, gu math fada 's a' cheann ; 's cho làn phratan 'us feala-dhà 's a tha 'n t-ubh dhe 'n bhiadh. Ged a bha ceum-crùbaich 'an Dùghall,

"Bha aigne cho reachdmhor ri breac ann am bùrn,"

agus bha e cho lùghor, làidir, ri duine gun ghaoid gun ghalar. Na 'n robh Dùghall cho teòm' air na *brògan* 's a bha e air na *breugan*, dh' fhòghnadh sin, oir bhiodh neach gu math fada air a chuir thuige air son "ciad greusaiche gun 'bhi breugach," a stiùireadh a cheum an taobh a bha Dùghall Ruadh. Ach, mar a thuirt Seumas Mòr, " Tha na 's miosa na Dùghall ri fhaotuinn, na 'n robh fhios c'àite 'm faighear iad." Bha aon fhear eile anns a' Chlachan air am feum mi iomradh a thoirt agus cha b'e bu chòir a bhi air dheireadh. Is e so Donnacha Tiorram, dreangan do bhodachan crion crosda, peallach, cho seòlta ris an t-sionnach, agus cho spìocach 's gu'n reiceadh e a sheana-mhathair air bonn-'a-h-ochd, mar a chì sinn mu'n tig crioch air mo sgeul. A thuilleadh air a' cheathairne so a dh' ainmich mi, bha beagan theaghlaichean eile anns a' Chlachan—daoine còire, cneasda, le òigridh shunndach, thapaidh, agus iad gu léir fialaidh, càirdeil, na 'n dòigh.

Ri m' cheud-chuimhne cha robh teaglach dhiubh so nach robh a' cumail muice ; agus bha e na chleachdadh ionmholta na 'm measg, an uair a mharbhtar muc, gu'n robh sgonn mhath d'an mhuic-fheòil air a bhuileachadh air gach tigh ; agus leis nach robh teaghlach gun mhuic, bhiodh iad uile air an aon ruith aig ceann na bliadhna, chionn bha sùil gu'n deanadh gach neach na àm féin, mar a rinn a choimhcarsnach air thoiseach air.

Bliadhna 'bha sud—ma 's math mo bheachd is i a' bhliadhna 'thàinig an galar 's a' bhuntàta—cha robh e comasach do 'n chuid a bu mhò de na coitcirean muc a chumail, leis mar a ghrod am buntàta, agus cha robh ach ceithir mucan ri fhaotainn 's a' Chlachan. Bha té aig Dùghall Ruadh ; té aig Donnacha Tiorram ; té aig Calum Tàilleir ; agus seòrsa do mhuic-bhioraich gun earball, aig Seumas Gobhainn. Mar a bha bhochdainn 's a' chùis, bhàsaich muc an Tàilleir leis a' ghort, agus air maduinn Latha Nollaig, bhàsaich muc bhiorach a' Gobhainn, le galar a' mhairt a bha 'm Port-Ascaig—"Am fuachd 's an t-acras còmhla." Cha robh, mar so, a nis ach dà mhuic 's a' Chlachan—té Dhùghaill Ruaidh agus té Dhonnachaidh Thiorraim. Mu 'n Fhéill-Brìghde bha gach buntàta-carach a bh'aig Donnachadh Tiorram a' fàs gann, 's mar bu dual, bha 'mhuc a fàs reamhar. Chuireadh e a' chorc innte latha air bith, ach bha e ann an iomagain chruaidh ciamar a gheibheadh e thairis air an t-seana-chleachda a dh' ainmich mi. Cha robh toil idir aige a' mhuc a roinn air teaghlaichean a bha eu-comasach air a' phàigheadh air ais, ach bha eagal air mur cumadh e 'suas an t-seana chleachdainn mar bu nòs, gu 'n abradh daoine, gu'n robh e spìocach, neo-chàirdeil—rud a bha.

Bha e cho crìon, cruaidh, 'na dhòigh 's gu 'n robh roinn na muice a' dol eadar e 's a chadal—bha i air inntinn ré an latha 's na aisling ré na h-oidhche. Cha robh maduinn nach ruigeadh e fail na muice ; dh' amhairceadh e oirre gu geur 's thilleadh e dhachaidh. Maduinn a bha sud, leum e fail na muice 's dh'fheuch e ri 'h-aisnean a' chunntas ; ach leis an t-saill a bh'air a' bhéisd cha 'n amaiseadh e ach air a dhà no trì. "Th'air leam," ars' esan 's e 'bruidhinn ris fhéin, "gur e trì aisnean a b' àbhaist do gach teaghlach fhaotainn. Cha 'n 'eil fhios cia meud aiseann a tha ann am muic? Tha e agam a nis ; tha beachd agam air Para-nan-each a bhi 'g ràdh gu 'n robh suaip mhòr aig

taobh-stigh muice ri taobh-stigh duine ;" 's le so a ràdh,
leum e 'mach à fail na muice ; dh' fhosgail e 'bhroilleach
agus thòisich e air aisnean fèin a chunntas gu stòlda.
Dh' amais e air dusan air gach taobh. "Ma gheibh
seachd teaghlaichean" ars' esan, "trì aisnean an t-aon,
bith'dh an sin aiseann-air-fhichead. Mo chreach 's mo
sgaradh ! bheir sin bh' uam an tromlach do 'n mhuic. Gu
dearbh b' e sin e ! dol a thoirt seachad an rud ris nach
urrainn sùil a bhi agam air ais—'s mi nach bi cho gòrach!
Théid mi 's gabhaidh mi comhairle a' ghreusaiche: bith'dh e
fhéin 's a' cheart chur-thuige gu goirid." Thog e air gu
tigh Dhùghaill Ruaidh, agus 's ann a bha e coltach ri fear
air an robh na maoir an tòir—dh' amhaireeadh e air gach
taobh an dràsd 's a rithist, 's an sin bheireadh e sùil thar
a ghualainn, feuch an robh duine air a lorg —mar thuirt
an sean-fhacal, "tuigidh gach cù a chionta"—gus ma
dheireadh, an d' ràinig e Dùghall Ruadh, 's leig e ris rùn
a thurais. Ged a dh' fheuch e ri snas na fìrinn a chur air
a' bhréig, thuig Dùghall Ruadh an seud a bh' aige gu
math, agus chuir e roimhe gu 'm biodh an spìocaireachd
daor do Dhonnacha Tiorram. "'S mi tha toilichte gu 'n
d' thàinig thu," arsa Dùghall ; "tha mi faicinn gu soilleir
nach bi ann ach gòraich dhuinne aig a bheil mucan, an
fheòil a roinn orrasan a tha gun mhuc. Bha an riaghailt
math gu leòir cho fada 's a bha muc aig gach teaghlach,
ach dh' fhalbh sin 'us thàinig so, agus tha e mar fhiach-
aibh air gach duine a bhi d'uigheil, cùramach m' an cuid
féin. Air eagal 's gu 'n abair daoine gur e an cruas 's an
spìocaireachd a thug ort an t-seana chleachduinn a leigeil gu
tur air dhì-chuimhn', feumaidh sinn seòl a dheanamh air
a' mhuc a chur as an rathad an latha 'théid a marbhadh."
"Cuiridh mi 'falach i," arsa Donnacha Tiorram, "agus
their mi gu 'n deachaidh a goid." "A cheart nì," arsa
Dùghall Ruadh ; "nach tu 'tha fada 's a cheann ! Gheibh
mise mo sgonn féin d' an mhuc àm sam bith." "Gheibh,
gheibh," arsa Donnacha Tiorram. "So agad mar théid
thu mu 'n chùis," arsa Dùghal Ruadh ; "crochaidh tu
closach na muice ann an tigh-nan-cairtean ré na h-oidhche;

aig beul an là éirich agus cuir falach i, agus bòidich gu 'n deachaidh a goid á tigh-nan-cairtean." "Fòghnaidh sin a Dhùghaill," arsa Donnacha Tiorram, "'s tu fhéin gille-nan-car; nach sinn a thachair air a chéile! Bho 'n fhuair mi an gnothach so socraichte a réir mo mhiann, cha bhi saoghal na muice fada a nis, 's bith'dh i againn uile dhuinn fhéin—"Is feàrr eun 's an làmh na 'dhà air iteig." Slàn leat a Dhùghaill; leigidh mi fios dhuit 'n uair a mharbhas mi a' mhuc."

Is gann a bha Donnacha Tiorram a mach air an dorus 'n uair a thòisich Dùghall Ruadh—crùbach 's mar bha e —air Ruidhle Thulachain a dhannsadh, gus an do theab e e-féin a chur as an amhaich am measg na bha do chip 's do sheana-bhrògan air an ùrlar; oir bha de bhrògan air ùrlar Dhùghaill a' feitheamh càraidh, gu 'n saoileadh tu gu 'n robh ceithir chasan air a h-uile duine 's an sgìreachd. "Mac an fhir ud," thuirt Dùghall, an déigh dha dol troimh cheithir-chuir-fhichead Ruidhle Thulachain, "creanaidh esan air a splochdaireachd ma bhios Dùghall Ruadh beò gu Diluain so tighinn, rud a bhitheas. Théid mise 'n urras gu 'n tuig Donnacha Tiorram ciod is ciall do bhi call nam boitean agus a' trusadh nan siobhag. 'S fheudar dhomh Calum Tàilleir fhaicinn mu 'n gnothach so."

An uair a bha 'obair latha seachad, thog Dùghall Ruadh air gu tigh Chaluim Thàilleir, 's dh' innis e dha mar a bha cùisean a' seasamh. "An cealgair dubh," ars' an Tàillear. "tha mi 'tuigsinn a nis ciod am feum a bh' aige air mo chrios-tomhais an latha roimhe, na 'n robh fhios agamsa gur ann 'dol a thomhas na muice a bha e le m' chrios cha d' fhuair e òirleach dheth; ach, fuirich ort—bith'dh 'car eile an adharc an daimh' 's 'car ùr 'an Ruidhle 'bhodaich' ma 's fhiach sinne ar brochan, a Dhùghaill." Gun tuill-eadh air no dheth, shocraich na seòid gu 'n bruidhneadh iad ri dhà no trì do dh-òigridh a' Chlachain agus gu 'n goideadh iad muc Dhonnachaidh Thiorram á tigh-nan-cairtean.

Thàinig Diluain; mharbh Donnacha Tiorram a' mhuc,

chroch e i an tigh-nan-cairtean, agus chuir e fios a dh-
ionnsuidh Dhùghail Ruaidh mar a gheall e. An déigh
beul na h-oidhche, thàinig Dùghal Ruadh an taobh a bha
Calum Tàilleir, agus goirid as a dhéigh, thàinig na seòid
a bha ri dol leò a ghoid na muice, 's iad cho àrd-inntinn-
each agus toilichte 's ged a bhiodh iad a dol gu banais.
'N uair shaoil leò Donnacha Tiorram a bhi 'n a shuain
chadail, thog iad orra gu sèimh, socair, ghoid iad a' mhuc
à tigh-nan-cairtean 's thug iad i gu tigh an Tàilleir, "Ciod
a ni sinn ris a' bhéisd mhòir. reamhar?" arsa Seumas
Gobhainn. "Ciod" ars' an Tàillear, "ach a roinn air
muinntir a' Chlachain mar is còir, Mur leig an spiocair-
eachd le Donnacha Tiorram an t-seana chleachdainn ion-
mholta a chumail air aghaidh, ni sinn e ge b' oil leis e."
"Glé mhath," arsa Dùghall Ruadh; "cha 'n 'eil beul 's a'
Chlachan nach gabh dùnadh le slios do mhuic-fheòil.
Moire, 's math a luidheas i air cuid aca an dràsd fhéin,
's an t-annlan cho gann." "Tha thu ceart," arsa Seumas-
beag-nam-breug, "'s math an glomhar aiseann de mhuic
mhòir Dhonnacha Thiorraim." Cha robh tuilleadh air :
chaidh closach na muice a ghearradh 'n a piosan agus a
roinn an oidhche sin fhéin air teaghlaichean a' Chlachain,
agus an earaileachadh gun diog a ghabhail orra gu 'n
d' fhuair iad a leithid. 'N uair a bha a mhuc roinnte,
chaidh na seòid dhachaidh gu modhail, sìobhalta.
Aig bristeadh fàire, mu 'n do bhlais an t-eun an t-uisge,
dh' éirich Donnacha Tiorram agus a mhac, a chur na
muice a'm falach, mu 'm biodh duine 's a' Chlachan air a:
cois. Ged a bha mac Dhonnachaidh a h-uile buille cha
crion, spìochdach ri 'athair, cha robh e idir toilichte a bhi
air a dhùsgadh am meadhon na h-oidhche mar so, 's ged a
dh' éirich e cha robh e idir fonnar. 'N uair a dh' fhosgail
iad dorus tigh-nan-cairtean cha robh a' mhuc ri fhaicinn.
"Leith na Truaigh!" arsa Donnacha Tiorram, "Thàinig
an fheala-dhà gu da-rìreadh—tha 'mhuc air a goid gun
teagamh. Co air an t-saoghal a dheanadh so?" "Nach
deanadh na ceàird a tha 's an Uaimh Mhòir," arsa Donn-
acha òg; "cha 'n e 'h-uile latha a gheibh iad cothrom cho

math." "Clann an fhir ud!" arsa Donnacha Tiorram, "bheir mise orr' e"—'s shìn e ás gu Uamh-nan-ceàrd, a bha mu leth-mhìle air falbh, 's bha leis gu 'n robh fàile càbhraidh muic-fheòil ròiste air a ghiùlan air oiteig na maduinne. 'N uair a ràinig e 'n uamh 's e 'n a fhuil 's 'na fhallus, cha robh aige ach 'an gad air an robh 'n t-iasg'—cha robh ceàrd no bana-cheàrd ri fhaotainn air ùrlar na h-uaimh—'s b' fheudar dha tilleadh dhachaidh mar a thàinig e—gu muladach, aimhealach. Cha b' fhada gus an do ràinig e Dùghall Ruadh. "Am bheil thu gu cridheil an diugh, a Dhonnachaidh." arsa Dùghall Ruadh. "S mi nach 'eil," arsa Donnachadh Tiorram; "nach deachaidh a' mhuc a ghaoid." "Sin thu, 'Dhonnachaidh, cum thusa sin a mach," arsa Dùghall. "Air m' fhacal, gu 'n deachaidh a goid," arsa Donnachadh.

DUGHALL.—"Sin thu 'rithist; bòidich thusa sin 's creididh daoin' thu."

DONNACHA.—"Air m' fhacal fìrinneach, gu 'd deachaidh a goid."

DUGH.—"'Dhuine, 'dhuine, 's briagh théid agad air cuir-mar-fhiachaibh; fhaic thu, chreidinn fhéin do sgeul mur biodh fhios agam air atharrach."

DONN.—"An e nach 'eil thu ga m' chreidsinn! Cho cinnteach 's a tha mi beò gu 'n deachaidh a goid."

DUGH.—"Nach briagh nàdurra 'thig na breugan duit; cum thusa sin a mach 's creididh a h-uile duine thu."

DONN.—"Nach neònach thu, a Dhùghaill. Cho fìor ris a' bhàs gu 'n deachaidh a' mhuc a ghoid—leis na ceàird."

DUGH.—"Nach briagh a luidheas a' bhreug air na ceàird—co nach creid thu nis—cha 'n 'eil teagamh nach robh ceàrd no dhà mu ghoid na muice."

DONN.—"Cha 'n 'eil feum a bhi 'bruidhinn riutsa, cha chreid thu an fhìrinn—smior na fìrinn. Latha math dhuit."

Le so a ràdh, dh' fhalbh Donnacha Tiorram dachaidh, 's cha robh e idir toilichte. Chunnaic e nach robh feum a bhi 'bruidhinn ris a' ghreusaiche mu ghoid na muice, 's ged nach do leag e riamh amharrus air Dùghall Ruadh, bith'dh latha's bliadhna mu 'n gabh e a chomhairle a rithist.

Tha mi toilichte a chluinntinn gu bheil an t-seana chleachdainn air a cumail air chois anns a' Chlachan fhathast, agus 'n uair a bhios fonn-dannsaidh air an òigridh 's a ghleusas Calum Tàillear còir—sean 's mar 'tha e. —an fhiodhall, no thòisicheas Dùghall Ruadh air canntaireachd, is e so am port a's dòcha leò a ghleusadh,—

"Dh' fhalbh mi fhéin 'us cearthrar ghillean,
Dh' fhalbh mi fhéin 'us cearthrar ghillean,
Dh' fhalbh mi fhéin 'us cearthrar ghillean,
'Ghoid na muice biadhta.

"Ghoid sinn i 'am beagan ùine ;
Roinn sinn i ri solus crùisgean :
Bha i reamhar mar an t-ùilleadh—
Fhuair sinn cùmhradh ciatach !"

Is tric, gus an latha 'n diugh, 'n uair a tha sgeul fir sa bith air a chur 'an teagamh, a gheibh e mar achmhasan, *Cum thusa sin a mach, mar thuirt am fear a ghoid a' mhuc.*

FIONN.

ALASDAIR SGIOBALTA, TAILLEAR LAG-AN-DROIGHINN.

Thachair do mhinistear òg, aighearach a bhi 'cur seachad oidhche Gheamhraidh ann an Tigh-òsda Lag-an-droighinn. Cha robh a bheag aige r'a dheanamh, 's bha e a' faireachdainn na h-ùine fada. Chuir e fios air fear an tigh-òsda 'dh' fheuchainn au robh duine tuigseach, cracair-iche math, no fear a dh' innseadh sgeulachd anns a' bhaile, a gheobhadh e a chur seachad an fheasgair leis. Thuirt fear an tighe gu 'n robh,—an t-aon duine a b' fheàrr a dh' aithris naidheachdan, no a ghabhail òran na 'm b' éiginn e, eadar Maol-Chinntire agus Tigh-Iain-Ghròid,—b' e sin Alasdair Sgiobalta, an tàillear. Dh' iarr am ministear air fios a chur air Alasdair ma ta ; rud a rinn fear an tighe, 's cha d' fheith an tàillear an dara cuireadh : is duilich leam gur iomadh uair a rachadh e an rathad ceudna gun chuireadh idir. Coma co dhiù, thàinig Alasdair 's chaidh a sheòladh do sheòmar a' mhinisteir. Chaidh am botul a thoirt air bonn agus làn slige a chur leth ri goile an tàill-ear g' a chur air fonn seanachuis, 's Moire ! cha robh sin duilich ! An taice nan sgeulachd chaidh an tàillear. Bheireadh am ministeir dha an deàrrsach eile as a' bhotul, "eadar dhà naidheachd," mar their iad—'s faodar a bhi cinnteach nach robh e 'deanamh dearmaid air fhéin 's a' cheart àm—gus mu dheireadh an d' fhàs an companas cho cridheil 's gu 'n robh aon air bith d' an dithis—gu sòn-raichte an tàillear—deas air son gniomh cuimsich sam bith. Mar bha 'n t-olc 's a' mhinistear, ars' esan ri Alasd-air, " Innsidh mi dhuit ciod e 'nì mi—bheir mi dhuit *gini* òir air na cumhnantan so: gu 'n leum thu air d' ais 's air d' aghaidh thar na cathrach so fad leth-uair—gu riaghailt-each, socair—a' glaodhaich am mach aig a' h-uile leum, 'Is mise Alasdair Sgiobalta, tàillear Lag-an-droighinn ;' ach ma bhruidhneas tu aon fhacal eile, no ma stadas tu de d' leum gus am bi an leth-uair thairis, caillidh tu do dhuais."

Chuir neònachas na tairgse a thug am ministear dha, ioghnadh air an tàillear, 's bha e tiota beag ann an ag am bu chòir dha aontachadh leatha, ach ars' esan ris fhéin, "Tarrainnidh mi snathainn no 'dhà an Lag-an-droighinn m' an coisinn mi 'urad; agus bith latha 's bliadhna m' an tig a' cheart tairgse am charaibh a rithist—gabhaidh mi rithe." " Is bargan e," thuirt esan ris a' mhinistear! " cha 'n 'eil ann ach sinn fhéin, agus cha 'n 'eil na cùmh-nantan duilich a choilionadh;—is mairg a theirteadh Alasdair Sgiobalta rium mur leumainn fad leth-uair, no fad latha na 'm b' éiginn e, thairis air cathair!—is iomadh leum a b' àirde, agus theagamh a b' amaidiche a thug mi air son duais a bu shuaraiche." Thug am ministear a mach 'uaireadair agus thilg an tàillear dheth a chòta. A' cur a laimhe air cùl na cathrach, thòisich e air leum, 's e gu farumach ag aithris nam facal a chaidh iarraidh air, " Is mise Alasdair Sgiobalta, tàillear Lag-an-droighinn !" An déigh da so dol air aghaidh fad mu thuaircam chòig mionaidean, thug am ministear tarruinn air a' chlag 's thàinig seirbheiseach a stigh.

"Ciod air an talamh a bu chiall duibh," thuirt am ministear, " a leithid so de dhuine cuthaich a chur a stigh leamsa ? Nach do shaoil mi gu 'm bu duine tuigseach a bha ann; an ann toileach amadan a dheanamh dhiom a bha sibh ?"

ALASDAIR.—" Is mise Alasdair Sgiobalta, tàillear Lag-an-droighinn !"

SEIRBHEISEACH.—" Air chinnt, a mhinistear, cha 'n 'eil fhios agam ciod a dh' fhairich e; cha 'n fhaca mi riamh roimhe e 'dol air aghaidh mar so—Alasdair, Alasdair, ciod is ciall duit ?"

ALASDAIR.—" Is mise Alasdair Sgiobalta," &c.

SEIRBHEISEACH.—" Beannaich mise! Alasdair thàilleir, cuimhnich c' àite bheil thu; nach 'eil meas agad air an duin'-uasal a chuir fios ort ? C' arson a tha thu a' dean-amh burraidh dhiot fhéin ?"

Alasdair.—"Is mise Alasdair Sgiobalta," &c.

Fear-an-tighe (*a' tighinn a stigh le cabhaig*).—"Ciod an ainm an Fhreasdail a tha 'so?—tha an duine air mheara-chinn—nach ann agad tha 'n dearg aghaidh 'dhuine, dol a thoirt maslaidh do dhaoin'-uaisle ann am thighse le 'leithid so de chluicheachd!"

Alasdair.—"Is mise Alasdair Sgiobalta," &c.

Fear-an-tighe (*ri aon d' a sheirbheisich)*.—"Ruith air son a mhnatha, oir cha 'n urrainn domh cur suas le so. A chàirdean, tha e soilleir gu bheil an duine air dearg lasair a' chuthaich; agus tha dòchas agam nach tig dìmeas air mo thigh an lorg a' ghnothaich so."

Alasdair.—"Is mise Alasdair Sgiobalta." &c.

Bean Alasdair (*a' ruith a stigh*).—"O! Alasdair, Alasdair, ciod a thàinig ort? Nach aithne dhuit mise—do bhean féin?"

Alasdair.—"Is mise Alasdair Sgiobalta." &c.

Bean Alasdair (*a' caoineadh*).—"Mur 'eil umhail agad dhòmhsa, cuimhnich air do leanaban aig an tigh, agus thig dhachaidh leam."

Alasdair.—"Is mise Alas———"

Cha b' urrainn d' a mhnaoi an gnothach a sheasamh na b' fhaide; leum i 's thilg i a làmhan m' a mhuineal, 's chroch i ris air a leithid de dhòigh 's nach robh comas aige air leum tuille a thoirt. Is ann an sin a bha a' ghleachd—esan an geall air a' ghini, 's a' feuchainn ri ise 'thilgeil deth; ach chunnaic e nach gabhadh so deanamh, 's ghéill e dhi,

"Droch bhàs ort! òinseach gun tùr," thuirt esan gu muladach; "cha do bhuidhinn mi riamh gini cho furasda na 'n leigeadh tusa leam"

Feumar innseadh gu 'n robh an t-òsdair mòran na bu toilichte leis a' mhìneachadh a chaidh a thoirt air a' chùis na bha bean an tàillear. A chur saod air Alasdair bochd thug am ministear dha gu saor an gini a bu ghlé mhath a choisinn e.

I. B. O.

CALLDACHADH NA MNATHA CEANNLAIDIR.

Bha tuathanach, uair a bha sud, ann an Craignis ann am baile d'an ainm Barrabaothan, agus cha robh aige ach aon nighean. Bha an nighean so 'na searbhanta air leth math, ach bha i air a milleadh le a màthair, agus air di a bhi mallaichte, ceann-laidir, na 'nàdur, bha cead aice gach nì a dheanamh a thogradh i. Bha, a rìs, fear-an-tighe fo smàig aice fhéin 's aig a màthair ionnus nach faodadh e nì air bith a dheanamh ach mar a dh' òrdaicheadh iad dha. Dh' fheumaidh e tòiseachadh air obair anns a' mhadainn an uair a dh' iarradh iad air, agus cha 'n fhaodadh e sgur gus am faigheadh e an cead.

Ann an Aisgnis, baile fa 'n comhair, bha gille òg ag cumail na h-oibre air a h-aghaidh mar a b' fheàrr a b' urrainn da, agus gun aige de chùltaice ach a mhàthair. An àm Earraich 'us Fogharaidh bhiodh iad ga 'n sàrachadh gu goirt leis nach robh aca ach iad fhéin. Bha fios aig an tuathanach òg gur h-e lìonmhorachd nan làmh a ni aotrom an obair, agus smaoinich e nach b'urrainn da ni a bu fhreagarraiche 'dheanamh na bean fhaotainn. An deagh-aidh so a bhi greis a' ruith 'na inntinn, thuirt e là 'bha sin ri 'mhàthair agus iad aig am biadh, gu'n robh e am beachd pòsadh. "Ma ta, a mhic," ars' ise, "tha sinn gun teagamh air ar cur thuige glé mhor 's gun againn ach sinn fhéin, agus ma gheobh thu té fhreagarrach, tha mise làn toileach ; cha mheas thu e ceàrr dhomh 'fheòraich co a tha na d' bheachd." "Ma tà tha direach nighean fear Bharrabhaothain." "Ni Math ga 'r dìon ! A mhic, gu dé tha thu 'ciallachadh ? Nach 'eil 'fhios agad gu'm bheil i air droch ainm fhaotainn am fad' 's am fagus ?" "Tha gu math, 's ged a tha, cha 'n 'eil aon 's an àite a théid air thoiseach oirre ann an searbhantachd." " Tha i sgairteil gu leòir," ars' ise, "ach an uair a thig i, faodaidh mis' an tigh fhàgail." "Cha 'n fhaod idir," ars' esan, "'s cha smaoinich sibh air; na bithibh fo iomaguin sa bith, bheir sinn deuchainn di co dhiù.

Chuir an gille, an sin, a ghnothuichean an òrdugh, agus an ùine ghoirid rinn e deas gu falbh g'a h-iarraidh. An uair a bha e fàgail an tighe thuirt e ri a mhàthair i chur gach ni ann an òrdugh cho math agus a dh' fhaodadh i, agus gun i ghabhail suim dheth-san ged a gheobhadh e coire dhi an uair a thilleadh e. Thuirt ise gu'n deanamh i sin, agus dh' fhalbh e.

An uair a ràinig e, bha fear Bharrabhaothain a mach 's an dail a' treabhadh. An deaghaidh dhaibh fàilte a chur air a chéile agus beagan conaltradh a bhi aca, dh' innis an t-òganach ciod a chuir an rathad e. "Ma tà, 'ille," thuirt an seann-duine, "tha thu cur ioghnaidh orm—tha thu 'cur iongantas mòr orm, tha mi cinnteach nach 'eil a nàdur an aineol ort, ach searbhanta a's fheàrr cha do chuir dà làimh á gualainn. Ma tha thu fhéin am beachd gu 'n dean thu leatha, tha mise làn toileach a toirt dhuit." "Fuasglaibh na h-eich, ma tà," thuirt an t-òganach, "agus théid sinn thun an tighe." Cha robh a shaod air an tuathanach na h-eich a leigeadh ma sgaoil agus an deagh-aidh tuilleadh ìmpidh, 's ann a fhreagair e, "'Ille, cha'n 'eil a chridh' agam am fuasgladh mu 'n àm so a latha; ma théid mi dhachaidh an ceart uair bheir iad an craicionn diom." "Falbh, falbh! gabhaidh mi fhéin 'ur leisgeul car aon oidhche," thuirt an suirdheach; agus thug iad na h-eich as a' chrann, agus choisich iad le chéile thun an tighe. "Nis," thuirt an seann duine 's iad a' dlùthachadh ris an tigh, "ma their mise gu'm faigh thu i, faodaidh 'bhi cinnteach nach faigh thu i, ach mu their mi nach fhaigh, bi cinnteach gu'm faigh." "Bitheadh e mar sin fhéin, ma ta," ars' an suirdheach, agus chaidh iad a stigh le chéile.

Chaidh fàilte 's furan a chur air an tuathanach òg, agus biadh a chur a làthair, ach shuidh fear an tighe aig an dorus. "So, so," thuirt bean an tighe, "suidh a nìos, gu dé ni thu 'fuireach aig an dorus." Shuidh e suas agus an

uair a bha iad uile cruinn, dh' innis an t-òganach aobhar
a thuruis; gu 'n robh e toileach dol fo cheangal pòsaidh
leis an nighinn, na'm b' e 's gu'm biodh iad aon-sgeulach
gu léir mu'n chùis. "Ma tà, 'ille," thuirt a h-athair, "tha
mòr mheas agam ort, agus tha 'fhios agam gur h-airidh
thu oirre, ach tha sinne nis air tarruing ann an aois, agus
cha'n urrainn duinn feum a dheanamh as a h-aonais: tha
mi duilich nach urrainn duinn a seachnadh." "Cò thuirt
nach b' urrainn duinn a seachadh?" ars' a màthair, "tha
mise ag ràdh gur h-urrainn duinn a seachnadh, agus
seachnaidh sinn i; cha till an gille dhachaidh as a h-aonais
ma tha i fhéin toileach." "Tha," ars' an nighean, "'s cha
'n eagal nach seachainn sibh mi." Mar is mò a dhiùltadh
a h-athair, is ann is mò a rachadh a màthair an rathad
eile: an dà bhoirionnach gu dearbh a' seasamh an aghaidh
fhir-an-tighe "mar chlacha dubha an aghaidh sruth," gus
mu dheireadh an do strìochd esan cuideachd. Cha b'
fhada gus an deachaidh beagan làithean a chur seachad
ann am Barrabaothan, dh' fhalbh iad dhachaidh. Cha
robh iad fad aig an tigh an uair a thuirt an duin'-òg gu'n
rachadh iad a dh-fhaicinn ciamar a bha gnothuichean ag
amharc mu'n aitreabh. Thug e an toiseach am bàthaiche
air—a' bhean-òg agus a mhàthair na chuideachd. "An
deann sin feum, a mhic?" ars' a mhàthair, ach thòisich
esan air faotainn coire do gach nì—bha so ceàrr 's cha
robh sud ceart; thug e breab do ghogan a thachair air
agus thilg e gu taobh eile an tighe e. "Ma ta," ars' a'
bhean-òg, "ar leam fhéin gur h-ann a tha do mhàthair ri
'moladh air son do ghnothuichean a bhi ann an òrdugh
cho math." "Ni e feum an dràst," ars' esan, "ach
dh' fhaodadh e 'bhi na b' fheàrr." An deaghaidh so chaidh
iad do 'n stàbull. "An dean sin feum, a mhic?" ars'fa
mhàthair. "Cha dean, a bhean," ars' esan, agus
tòisichear air coire fhaotainn do 'n nì ud eile. "Ma ta,"
thuirt a' bhean-òg 'us i 'toirt fiar shùil air a fear, "ar leam
fhéin gu 'm bheil gach nì ann an òrdugh ro-mhath." "Ni
e feum an dràst, ach dh' fhaodadh e 'bhi na b' fheàrr," ars'
esan.

Là no dhà an deaghaidh so chaidh a' chàraid a mach a
bhrodadh, agus mar a dh' oibricheadh esan, neothar-thaing
mur gleidheadh ise suas a taobh fhéin de 'n imire. Air
dhaibh a bhi 'dol ris gu math dian thuirt esan mu
dheireadh, " Gabhaidh sinn anail a nis." " Cha 'n 'eil mi
sgìth idir fhathast," ars' ise, " Cò dhiù a tha no nach
'eil, gabhaidh sinn anail," ars' esan. "Ud cha 'n eagal
duinn car tacan eile," ars' ise. "Tha mise ag ràdh riut
suidhe," ars' esan, agus le so shuidh i. An uair a bha iad
ùine bheag na 'n suidhe, " Eiridh sinn a nis," ars' esan,
agus an greim bha iad le chéile 'rithist, agus chaidh an
latha sin thairis mar sin.

An uair a fhuair iad obair an Earraich seachad thuirt
esan rithe gu'n rachadh iad a dh-fhaicinn a muinntir a nis.
Dh' fhalbh iad ; agus an uair a ràinig iad chaidh fàilte
chridheil a chur orra le chéile. Chuir esan an latha
thairis thall 's a bhos le 'athair-céile, 's bha ise a stigh le
'màthair. An uair a thàinig am feasgar thill na fir a dh'
ionnsuidh an tighe, agus thuirt esan gu'n robh an t-àm
dhaibh a bhi dol dachaidh. "Cha 'n fhalbh i .leat an
diugh," thuirt a mhàthair-chéile. "Nach fhalbh? Nach
'eil thu 'falbh leamsa dhachaidh?" ars' esan 's e' tionndadh
ris a' mhnaoi-òig. Cha d' thuirt ise diog. " Cha 'n fhalbh
i leat an diugh no 'màircach," ars' a mhàthair-chéile a rìs,
" an déigh an droch-càraidh a thug thu dhi, cha till i leat
tuille. Gu dearbh bha thu caoimhneil rithe, a' dol an
aghaidh gach ni 'theireadh i, agus ag cur a h-uile nì 'bha
ceart, ceàrr. Faodaidh tu a bhi 'fhalbh ach cha'n fhalbh
ise leat." " Am bheil thu 'fhalbh leamsa dhachaidh?"
thuirt esan a rìs. Cha do fhreagair smid. " Mur coisich
thu leamsa dhachaidh ruithidh tu leat fhéin ann," ars'
esan 's e dol a mach thun an doruis far an robh curag
mhath sgoilb, as an do thagh e aon cho dìreach réith 's a
chunnaic e. An so thill e stigh 's ghabh e air a mhnaoi
fhéin leatha gu sgaiteach, dian, gus an d' thug i an dorus
oirre. Thionndaidh e an so agus thug e an t-ath
lunndraigeadh d' a mhàthair-chéile, agus an sin dh' fhalbh
e dhachaidh.

Bha fear Bharrabhaothain na 'shuidhe aig an dorus mar a b' àbhaist. "Suidh a nìos, suidh a nìos," thuirt a bhean an uair a dh' fhalbh an cliamhuinne. 'S e Nì Math a dh' òrduich nach e sud seòrsa fir a th' agam, suidh a nìos, cha robh riamh agam ort am meas a bu chòir."

Chaidh an duin'-òg dhachaidh, agus fhuair e a bhean air thoiseach air, trang ag obair, agus an deaghaidh sin rinn an dà bhoirionnach sin—a' mhàthair agus a h-ighean, mnathan nach robh na b' fheàrr ri fhaotainn anns an sgìreachd gu léir.

MAC-OIDHCHE.

COMUNN DEASBAIREACHD.

LITIR A CEANN-AN-TUILM.

FIIR MO CHRIDHE.—Nach i so an aimsir! Fàgaidh i daoine cho dis ris na cait. A dh' innseadh na firinn duit tha sinn uile air fàs 'n 'ar cait-ghrìosaich. Their iad nach Geamhradh e gu Nolluig's nach Earrach gu Féill Pàruig, ach thàinig 'us dh' fhalbh an t-àm sin 's tha e cho geamh-rail 's a bha e Latha Nolluig. Tha 'n sean-fhacal ag ràdh nach loisg seana-chat a fhéin, ach 's mòr m' eagal gu 'n do loisg an cat cam againne e fhéin a' feuchainn ri dol eadar "Osgar" donn a' Bhuachaille-bhàin agus an teine.

Is fada o'n a gheall mi dhuit litir, ach tha fhios agad féin "An rud anns an téid dàil théid dearmad," 's mar so cha 'n fheuch mi ri m' leisgeul féin a' ghabhail. Tha fhios agad nach 'eil mo sheòrsa déigheil air a chléit; bu mhòr a b' fheàrr le m' leithid a bhi cùl a' chroinn na bhi cùl a' phinn—mar a thuirt Dòmhnull-nan-dos e 'n uair a dhiùlt e 'ainm a chur ri urras Eòghain Oig—a' gabhail air nach b'urrainn da 'ainm a' sgrìobhadh, "Cha d' fhuair mi fhéin a' bheag de 'n sgoil riamh, 's e 's lugha dragh." Gun tuilleadh dàlach ma ta—

"'S mithich dhòmhsa tòiseachadh
'Us m' òran chur an céill,
Oir 's fhad' o'n a bu chòir dha
'Bhi ann an òrdugh réidh."

Tha nì sònruichte na uallaich air m' inntinn agus bheir e faothachadh mòr dhomh, mu gheobh mi a' bhrùchdladh a mach. Cha 'n eil mi idir cho déigheil air a chumail 's a bha Iain Mòr air na bha na ghoile 'n uair a bha e gun chlith le tinneas-fairge, 's a bha 'chàirdean a' comhairle-achadh dha a cheann a chur thar cliathach na luingeis agus cur a mach. Is e 'n fhreagairt a fhuair iad, "'N e gu 'n tugainn do na bodaich-ruadha an rud air an do phàigh mi gu daor." Mìle mathanas! tha mi dol troimh

mo naigheachd. Is e bha 'uam innseadh dhuit mu
Chomunn Gàidhlig, seadh Comunn Deasbaireachd ma 's e
's feàrr leat, a' chaidh a' chur air bonn 's an sgìreachd so,
's tha e 'n déigh daoine òga fhàgail cho dalma, ladurna ri
tarbh mòr Iain Dòmhnuill. Is mòr m' eagal gu bheil an
Comunn so an déigh na h-òigridh fhàgail na 'm peasain
mhiobhail, gun mhodh gun oilean. Is ann a chuireas na
garraich so an aghaidh barailean agus bheachdan sheann
daoine còire aig a bheil barrachd toinisg 's a th' aig a'
Chomunn gu léir. Tha na h-iseanan le 'n tiolpadaireachd
's le 'n gearra-ghobhachd cho sgiolta na 'n cainnt 's gu 'm
fag iad daoine tuigseach pongail mar a tha Fear Choir'-
an-t-sith agus Fear Chùl-na-coille, dall, bodhar. Ma
thuiteas dhuit a bhi ann an cuideachd anns a bheil cuid
de dh-òganaich a' Chomuinn so, cha 'n fhaigh thu do
ghuth a shìneadh leò. Cha 'n 'eil a chridh' agad do bharail
a thoirt air ceist air bith nach feum iad stad 'us grapadh
a chur air do sheannachus. Glaoidhidh fear "Ceist," 's
fear 'eile "Dearbh d' fhacal," 's bha cho math dhuit
feuchainn ri stad a chur air toirm a chaochain aig an
Steallaire-Mhòir, ri glas-ghuib a chur air na fearaibh so.
   Cò 's duine 's is dithist 's a' Chomunn so ach Seumas
Beag, aig a' bheil an aon sruladh cainnt is clise a chuala
tu riamh. Chunnaic mi e féin agus am Muillear Donn
air sgaile an rathaid-mhòir an latha roimhe, 'us cath-labhairt
fuasach aca. Bha Seumas Beag 's a làimh chlìth aige
sìnte 'mach 's e a' dol thairis air gach meur le corrag na
laimhe déise mar a b'abhaist do Mhinisteir fada an Tuim-
uaine a' dheanamh. Dh' fheumadh ceithear chinn agus
co-dhunamh a bhi aig a' Mhinisteir anns gach searamoin ;
ceann mu choinneimh gach meòir agus an co-dhunadh air
son na h-òrdaig. Be 'n lùdaig a " cheud àite," màthair na
lùdaig " an dara h-àite," a' mheur mheadhoin " an treas
àite," a chorrag "an ceathramh àite," agus an òrdag
"facal no dhà anns a cho dhunadh ma cheadaicheas an
ùine." Bha 'n clachair beag ag ràdh—ged a chaid'leadh e
neart de 'n ùine a bha am Ministeir a' labhairt, gu'n robh
fhios aige co dhiu a bha e dlùth air a' cho-dhunadh no

nach robh leis a' mheur a bha am Misisteir a' cumail a
mach mu choinneimh an t-sluaigh—agus air latha fuar
Geamhraidh bha e 'g ràdh gu robh e coma ged a rachadh
dà no trì mheòir a sgiodadh bhar lamh chlìth a' Mhinisteir,
agus an sin cha bhiodh an t-searmoin cho fada, chionn cha
bhiodh aige ach dà "cheann" agus "co-dhunadh." Ach
's fheudar tilleadh a' dh' ionnsaidh a' Chomuinn so.
Thuit dhomh a bhi anns a' chlachan an oidhche roimhe
agus faicear solus ann am "Fàrdach a' Ghliocais" mar a
theirear ris a' bhothan anns a' bheil an Comunn so a
cruinneachadh; agus air dhomh a bhi déigheil air a'
Chomunn fhaicinn le m' shùilean féin, ann an comhairle
cruinn, shèap mi suas air mo chorra-beag gu uineag chùil
na Fàrdaich agus chunnaic mi 'n sin gach lòchran Fìrinn
agus crùisgein Eòlais a bhuineas do 'n Chomunn.

A' dhuine, 'dhuine, b'e sud an leigheas léirsinn! Bha iad
an sud beag 'us mòr, dubh 'us donn, glas 'us ruadh. Cò
bh' ann am broilleach na cuideachd ach Aonghas Og,
Braighe-'bhaile, agus Pàruig na Seann-laraich; 's mur do
mheall mo shùilean mi 's e ceann a' Bhuachaille-bhàin a
bha mi faicinn ann an oisinn na Fàrdaich. Leis nach 'eil
mi eòlach air a bheag de sgaoimirean òga na sgìreachd,
cha d' athnich mi mòran de na bha ri fhaicinn; mar
thuirt an calman ris a' chlamhan "Cha 'n ann de m'
chuideachd thu." Thuig mi 'n uair a bha mi ri farchluais
gu 'm b' i so a' cheist a bha 'n Comunn a deisbearachd,
"An d' fhalbh linn nam Bàrd Gàidhealach?" An cuala
tu fhéin riamh a leithid de cheist amaideach? Nach 'eil
fios aig gach duine aig a bheil làn meurain de dh' eun-
chainn gu 'n d' fhalbh linn nam Bàrd, agus nach 'eil
anns na ràpairean labhrach a th'againn a nis 's a their
bàird riutha féin ach ròcaisean Ionach, cho easbhuidh
ciùil 'us bàrdachd ri clag sgàinte eaglais na Cille-mòire.
Ged is i so mo bharail-sa, agus tha mi 'n dòchas do bharail-
sa cuideachd, cha robh cuid de na h-òganaich a bha 's a'
Chomunn de 'n bheachd so. Cò bha air a bhonnaibh a'
seasamh gu dàn, dalma bàird na linn so, ach Aonghas Og,
's e gun nàire ag ràdh nach robh ann am bàrdach nan

linntean a' dh' fhalbh ach facail gun suim gun seadh air
an càrnadh a suas air chor 's nach robh air an t-saoghal
na thuigeadh iad. Cha luaithe 'shuidh mo laochan na
dh'éirich Pàruig-na-Seann-laraich agus sheas e na seana
bhàird 's am bàrdachd gu daingean. Air m' fhacal gu 'n
do labhair e gu réidh deas-bhriathrach agus dh' aithris e
rann an déigh rainn de sheana bhàrdachd a bha air leth
taitneach. Thug e dhaibh an rann so à "Moladh Beinn
Dòrain"—

> Tha leth-taobh na leacainn
> Le mais' air a chòmhdach,
> 'S am frith-choirean creagach,
> 'Na sheasamh g'a chòir sin :
> Gu stobanach, stacanach,
> Slocanach, laganach,
> Cnocanach, cnapanach,
> Caiteanach, ròmach,
> Pasganach, badanach,
> Bachlagach, Lùidheach.

A bheil fhios agad am feadh a bha e ag aithris nam facal
gu 'n do dhì-chuimhnich mi c' àite 'n robh mi, agus glaodh
mi àird' mo chinn. "'S math a fhuaras tu, 'Phàruig, thig
oirnn' a' rithist." Thàinig so air a' Chomunn mar chloich
as an athar 's mu 'n abraidh tu seachd, bha na 'bha stigh
am mach as mo dhéigh. Thàr mi as an deannaibh nam
bonn, 's cha do sheall mi thar mo ghualainn gus an do
ràinig mi 'chagailt. Bheir mise m' fhacal gu 'm bi latha
's bliadhna mu 'n glacar mise ri farchluais a rithist.

Eadar thu féin agus mise, cha 'n abair mi nach faodadh
an Comunn so tighinn gu feum na 'n robh duine math aig
a' cheann—fear a stiùireadh iad air taobh an fhuaraidh de
cheistean gun mhath mar a tha co' dhiubh a's feàrr bó
mhaol, obhar na bò odhar, mhaol ?

Feumaidh mi nis tarruing gu crìch, tha tòir orm a thoirt
buntàta a slugan na bò bàine 's i g'a tacadh. Is mi do
charaid dìleas.

FIONN.

CEILIDH 'AN CEANN-AN-TUILM.

'N uair a thàinig mi fhéin dhachaidh o' m' obair-latha an oidhche roimhe cha robh fhios agam ciod a theirinn 'n uair a choinnich gach cuman, fiodhan 'us poit a bha 's an tigh mi, eadar an dà dhorus. Thagh mi mo cheum mar a b' fheàrr a dh' fhaodainn am measg na straighlich so, ach cha b' e ni b' fheàrr a bha air thoiseach orm 'n uair a ràinig mi dorus-a'-chatha. Bha gach ball càrnais air an càrnadh air muin a chéile agus gach ni a bh' ann mar gu'm biodh iad sìobta o bheul an làin. Air a dà ghlùn bha Màiri gu deanadach a' glanadh an ùrlair. Anns an oisinn bha Màiri bheag agus am Buachaille bàn, craidhleag de bhuntàta eadar iad, agus iad a farpuis cò bu mhò a' sgrìobadh; am Buachaille bàn gu sùrdail a' canntaireachd,—

> " 'S coma leam buntàta carrach,
> Mur a bi e sgrìobta;
> 'S coma leam buntàta carrach,
> Mur a bi an t-im air."

'N uair a chunnaic mi fhéin an aimhreit a bha dol, dh' fheòraich mi do Mhàiri ciod idir a bu chiall da. "Nach 'eil cuimhn' agad," ars' ise 's i 'togail a cinn, "gur ann an nochd a gheall na seòid tighinn air chéilidh, agus cha 'n 'eil ach do dh' eagal orm gu 'n tig iad mu 'm bi àird air an tigh 's orm féin. 'S feàrr dhuitse dol agus an fhiasag a thoirt dhiot agus thu féin a chuir ann an uidheam." Cha robh mi cho teòma air na leisgeulan 's a bha Eóghan Mòr 'n uair a dh' fheòraich am ministeir dheth c'arson nach robh e 'ga fhaicinn 's an Eaglais, 's e 'n fheagairt a fhuair e—"tha 'n fhiasag so agam-sa cho draghail, ged a bheir mi dhiom i feasgair Dhi-sathuirne, tha mo bhus cho dubh maduinn na Dònach, 's gu bheil nàir' orm dol do 'n Eaglais." Chuimhnich mi an sean-fhacal, "An toil féin do na h-uile, 's an toil uile do na mnathan," agus rinn mi mar a chaidh iarraidh orm. 'S gann a bha mi ann an uidheam 'n uair a chuala mi nualan na pioba a' tighinn

air oiteag an fheasgair. "An cluinn thu sin," arsa
Màiri, 's i glanadh a h-aodann, "mar 'eil mo chluasan 'g
am mhealladh 's e Teàrlach Og Chreagan-an-Fhithich a
tha cluich 'Gillean an fhéilidh ;'—a dhuine chridhe nach
ann aige 'tha 'n lùdag !" Chaidh mi fhéin am mach gu
ceann an tighe agus thuig mi gur e Teàrlach Og a bh' ann
's gu 'n robh dithist na chuideachd. "Ge b'e cò 'th 'ann
thoir mu 'n cuairt an aitribh iad car tiota gus am bi mise
deas air an son," arsa Màiri rium féin, agus aig a cheart
àm chuir i am Buachaille bàn agus Màiri bheag air tòir
muinntir nan tighean-gu-h-àrd. Cò bha le Teàrlach ach
Pàruig-na-Seann-làraich agus Aonghas Og. Chuir mi
fhein fàilte orr' uile, agus ghabh sinn ceum mu 'n cuairt gu
cùl an t-sabhail. "Nach briagh an oidhche 'th'ann ?" arsa
Pàruig, "seadh," ars' Aonghas Og, "nach bòidheach a'
chuibhioll a tha mu 'n ghealaich ?" "Seadh gu dearbh,"
arsa Pàruig, 's e 'g amharc 's an speur, ach mu 'n abradh
tu seachd bha e fodha thar beul-nam-bròg ann an cabar an
dùnain. "Mhoire, Mhoire ! c' àite 'bheil mi ?" ghlaodh
Pàruig àird a chinn. "Tha far nach bu chòir dhuit a
bhi," arsa Aonghas Og, "sin agad thu féin 's do speur-
adaireachd." "Is fhada o'n a chuala mi, ' Thuit e 's an
dùnan 's a shùil air a' ghealaich,' " arsa Teàrlach. Anns
a' bhruidhinn a bh' ann cò 'thàinig a mach ach Màiri a
smàd sinn uile airson Pàruig a leigeil ann an lub-an-dùnain.
Thug i stigh Pàruig 's chuir i cas-bheirt thioram air, agus
cha b' fhada gus an do dhi-chuimhnich e an tubaist a
thachair dha. An ùine ghoirid cò thàinig oirnn' ach
Mac Aoidh a Cùl-na-coille, Fear Choir'-an-t-sìth, Donna-
cha-nan-dàn, Silis bhàn, Màiri Eòghain, Iain Dhonnacha
Theàrlaich, Seònaid 'us Mòrag, dà nighean na Lanntraich
's na tighean gu h-àrd. Dòmhnull-na-croite bige, Ealasaid
a nighean, agus a ghiullan buachaille. Shuidh sinn uile
mu 'n cuairt na cagailt, chaidh am Buachaille bàn agus
buachaille ruadh Dhòmhnuill-na-croite-bige a chuir ann an
cùil-na-mòna, agus chaidh na seann ràdh a sparradh orra.
"Am fear 'tha 's a' chùil cumadh e 'shùil air an teine."
Ge b'e pratan a bha an dà bhuachaille ris, ghlaodh

Donnacha-nan-dàn, "An cluinn thu mise 'ille bhig na gruaige ruaidh, mar 'fan thu sàmhach cuiridh mi teas anns na cluasan agad." "Na'm biodh a' chridh agad," ars' am buachaille, "cuimhnich 'd é dh' éirich do 'n Mhaigstir-sgoil air an t-seachdain so chaidh airson sgleog a thuirt do mhac a' Bhàillidh." " Cha mhac Buillidh thusa ged a tha," arsa Donnacha ; "có nach cuala ' Is cam 's a's dìreach an lagh,' agus bha e 'n latha ud cho ceàrr ri 'lagh Sgir-mo-Cheallaig, a dhìot an gearran 's a' mhòd.' " "Nach ann air an t-saoghal a thàinig an ' dà latha' 'n uair nach faod duine sgleog a thoirt do bhalach buachaille," arsa Fear-Choir'-an-t-sìth, "Tha an fhìrinn agaibh an sin " ars' Iain Dhonnacha Theàrlaich, "ciamar so 'tha 'n sean-fhacal ag ràdh, ' ma bhuaileas tu cù no balach, buail gu math iad,' agus tha cuimhne agamsa air rann a b' àbhaist do Chailean Siosal còir a bhi 'g aithris, a bha leigeil ris na dòigh a bh' aig na daoine o'n d' thàinig sinn air seòid de'n t-seòrsa so a thoirt fo smachd, ciamar so bha i dol ?—

' Faodaidh fear 'bhios fuar falamh
Fead a thoirt air cluais balaich
Mar a bi a réidh ris.' "

"Fanaibh sàmhach sibh féin 's ar lagh, bu mhòr a b' fheàrr leam sgeulachd mhaith a chluinntinn," arsa Màiri, "a bheil naigheachd agad Aonghais ?" "Tha Aonghas Og cho stacachd 's a bha Calum Bodhar," arsa Pàruig. " Cha 'n 'eil mi bodhar," fhreagair Aonghas, ach cha 'n 'eil sgeul-achd agam a's fhiach aithris, agus ged a bhitheadh tha tuille tuigse agam na dol an aghaidh an t-seann-fhocail, ' a cheud sgeul o fhear-an-tighe 's gach sgeul gu latha o'n aoidh ' ;—ach có 'm fear a bh' ann an Calum Bodhar ris an robh thu 'g am choimeas ?" " Bha duine gleusda a bha 'san sgìreachd so 'o chionn fhada, ach tha e nis, mu 'n dubhairt Seònaid ghòrach e, ' a' cadal am mach,' tha e fo'n fhòid 'o chionn iomadh bliadhna," fhreagair Pàruig. "An duine coir, ' b' fhasa 'chriathradh na chuir air muin eich,' mar a their iad," arsa Fear-Choir'-an-t-sìth, ach cluinn-eamaid sgeulachd fir-an-tighe, 's ann aige féin a tha na naigheachdan."

CALUM BODHAR 'S AN T-UIRCEAN. *

SGEULACHD FIR-AN-TIGHE.

O 'n a thuit dhuibh tighinn air Calum Bodhar, tha mi coma, ma chuidicheas mo mheothair leam, ged a bheir mi dhuibh sgeul beag aighearach mu 'n duine chòir so. Mo bheannachd leis, a chuid de Phàrras dha! Ged a theirte "Calum Bodhar" ris, bha mòran 's a' bheachd nach robh Calum idir cho maol 's a' chlaisteachd 's a bha e 'cumail a mach, ach gu 'n robh e cho bior-chluasach 's gu 'n cluinneadh e am feur a' cinntinn, na 'n robh fàs an fheòir 'chum a bhuannachd fhéin. Chuala mi fhéin Eòghan-nan-còrn ag ràdh, 's iad a bhi bruidhinn air daoine stacach, gu 'n cluinneadh Calum Bodhar cagar no mnà-sìth, na 'n d' thubhairt i, "an gabh thu deur, a Chalum?" Abradh iad an rud a thogaireas iad, tha 'n sean-fhacal ag ràdh "Cluinnidh am bodhar gleadhar an airgid," agus cha b'e h-aon no dhà a dh' ionndrainn Calum bochd 'n uair a chaidh a chàradh fo 'n fhòid ann an Cnoc-Aingeal. Ach 's fheudar teannadh ri m' sgeulachd. Bha Calum fuasach pongail, cùramach 'n a dhòigh, 's cho cinnteach 's gu 'm faodadh duine a chuid de 'n t-saoghal earbsa ris. Ri m' cheud chuimhne-sa, agus is fada bho 'n dà latha sin, b' e Calum a b' aon ghille-gnothaich eadar Baile-nan-leac agus an t-Oban Latharnach, a bha ma dheich mìle 'o chéile. Cha robh seachdainn 's a' bhliadhna nach faiste Calum 's an Oban cho cinnteach 's a thigeadh maduinn Dimàirt, a mhàileid thar a ghualainn agus cuaille de bhata daraich 'n a làimh. Bha muinntir an Oban cho eòlach air 's a bha iad air "Tigh Tiolam" 's cho toigheach air 's nach d' fhàg e riamh an t-Oban air feasgar Dhimàirt gun ghloinne no dhà 'n a ghoile agus sè-sgillinn 'n a phòca a chasgadh iota 'n uair a ruigeadh e "Tigh-a'-Phuirt" a bha eadar e agus Baile-nan-leac. Ma bha màileid Chaluim seang a ruigeachd an Obain cha 'n ann mar sin a bha i an àm fàgail, 's ann a bhiodh cruach 'us mullach orra de gach gnè bhathar. Coran Ndo òghan-an-Achaidh, tàirngnean do

---

* May be used as a Reading from this point.

M

Phara-nan-sliseag, tì 'us siùcar do Mhàiri mhòr, tombaca do Dhòmhnull Og, paipear naigheachd do 'n Mhaighstir-sgoil, agus ciad rud eile nach gabh ainmeachadh. Bha gach nì air a chur cho òrdail anns a' mhàileid 's gu 'n rachadh aige air an cuid féin a thoirt do gach neach gun iad a dh' fhaicinn ciod a bha an coimhairsnaich a faotainn, 's bha Calum "cho bodhar ris na gobhair 's an fhoghar," 'n uair a dh' fheuchadh daoine ri fhaotainn a mach ciod a bh' aige 's a' mhàileid. Is tric a dh' fheuch guanagan Tigh-a'-Phuirt ri Calum a cheasnachadh 'n uair a bhiodh e a feitheamh an aisig ach cha do chuir na fhuair iad riamh as, mòran ri 'm fòghlum.

Latha 'bha sud chuir Seònaid Theàrlaich Oig poca le Calum anns an robh e ri uircean a thoirt dhachaidh dhi à faighir an Obain. Ràinig Calum an t Oban, cheannaich e 'n t-uircean, chuir e anns a' phoca e agus dh' fhàg e 'm poca 's na bh' ann an Tigh Tiolam, feadh 's a bha e ceannach nan gnothaichean eile a bhi ri dol 's a' mhàileid. Mu 'n àm ghnàthaichte thog Calum air, a' mhàileid air an darna gualainn 's am poca anns an robh an t-uircean air a' ghualainn eile. 'N uair a ràinig e Tigh-a'-Phuirt bha bàta-'n-aisig air an taobh eile 's chaidh e 'stigh a leigeil analach, a' fàgail a' phoca anns an robh an t-uircean taobh an doruis. Mar a bha 'n t-olc ann an guanagan Tigh-a'-Phuirt, de rinn iad ach gu 'n tug iad an t-uircean as a' phoca agus gu 'n do chàraich iad cat mòr dubh 'n a àite. Thàinig am bàta, thog Calum am poca air a mhuin, mhothaich e mar a shaoil leasan an t-uircean a' sporathail, agus bha an duine bochd cho bothar nach robh e 'cluinntinn mialaich a' chait. Mu bheul an fheasgair, chunnaic Seònaid Theàrlaich Oig Calum a' teannadh ris an tigh, 's chur i an fhàilte so air, "An d' thàinig thu 'Chaluim a laochain?" "'S mi a thàinig," arsa Calum. "Thig a stigh," arsa Seònaid, "tha mi làn chinnteach gu 'n d'rinn thu do ghnothach gu pongail." "Moire! 's mi rinn," arsa Calum, "fhuair mi uircean beag, *bàn*, cho bòidheach 's a chaidh riamh ann am poca, cha robh a leithid eile air an fhaighir." Le so a ràdh dh' fhosgail

Calum beul a' phoca 's mu 'n abradh tu seachd, leum cat
mòr, *dubh* a mach as a' phoca 's chaidh e as an t-scalladh
fo 'n leaba ann am prioba na sùla. "Ni Maith 'gar dion!"
arsa Seònaid, "tha an Donus anns a' mhuic." "Cha b' e
cheud uair a bha," arsa Calum, 's e toirt breab do 'n
phoca. "A bheil thu cinnteach gu 'r e uircean a cheann-
aich thu?" arsa Seònaid 's i air chrith leis an eagal a
fhuair i. "Moire 's mi a tha!" arsa Calum, "agus tha
fhios agam a nis ciamar a thachair an gnothach. Cuiridh
mi geall gur iad na seòid a bha 'n "Tigh Tiolam" a chuir
an cat anns a' phoca 's a ghléidh an t-uircean." "Nach
bu pheacach dhoibh a leithid a dheanamh," arsa Seònaid.
"Cha d' thugainn bonn-a-h ochd air a' pheacadh," arsa
Calum, "na 'n d' fhàg iad agam an t-uircean; agus thusa
a mhic an fhir ud"—'s e toirt daoi-leum a bheireachd air
a' chat a bha nis an dèigh tighinn a mach fo leaba,—
"théid thu air d' ais anns a' phoca so gu maduinn am
màireach agus bheir mise an sin thu do 'n tigh ainmeil
sin as an d' thàinig thu,— "Tigh Tiolam :" nach ann agam
a bha 'n droch obair do ghiùlan cho fada 's cho cùramach."
An ath mhaduinn rinn Calum moch-éiridh mhòr, 's bha e
féin 's an cat dubh air an rathad do 'n Oban mu'n do
bhlais an t-eun an t-uisge. Cha do thachair anail bheò
air gus an do ruig e Tigh-a'-Phuirt. Ged a bha cabhag
air Calum cha deanadh ni feum le Ailein Tigh-a'-Phuirt
ach gu 'n tigeach e stigh 's gu'n innseadh e dhoibh an cleas
a chaidh 'dheanadh air 's an Oban. 'N uair a bha Calum
bochd ag aithris a sgeòil chaidh Màiri Ruadh agus
sgioblaich i leatha do 'n t-sabhull am poca, anns an robh
an cat dubh, a chaidh fhàgail eadar an dà dhorus, agus
chuir i uircean Seònaid Thearlaich Oig anns a' phoca.
Bha h-uile h-aon a toirt barr air a chéile, agus Màiri Ruadh
a toirt barr air na h-uile, ann a bhi gabhail truas do
Chalum agus a càineadh nan abhaistearan a bha taghal
"Tigh Tiolam."
Chuir Calum am poca aon uair eile thar a ghualainn,
ghabh e 'n rathad cùil 's cha do leig e anail gus an d' ràinig
e "Tigh Tiolam." "Sin agad do chat," ars' esan, 's e

toirt urchair do 'n phoca gu taobh eile an tighe. Thug
an t-uircean bochd sgiamh cruaidh as, a chualaidh Calum
e fhéin, bodhar 's mar bha e, 's cha robh fhios aige
air uile beatha 'n t-saoghail ciod a theireadh no a
dheanamh e. Ghlaodh e mu dheireadh 's e air chrith air
a chasan,—"Tha 'n Donus anns a' phoca ; bha e 'n riochd
uircean an dé, an riochd cait an raoir, agus Ni Maith 'g ar
teàrnadh! tha e na uircean an diugh a rithist." Shaoil
"Tiolam" gu 'n robh Calum an déigh a chiall a chall, agus
chuir i fios gun dail air an Doctair Bhàn a bha glé còlach
air Calum Bodhar. Thàinig an Doctair an deannadh-
nam-bonn 's chuir e 'n fhàilte so air Calum " 'D é so 'ille,
an deachaidh tu dhachaidh an raoir idir ?" " 'S mi a
chaidh," arsa Calum, " 's cha b' ann do m' thoil a thill mi
an diugh." Dh' aithris e 'n so gu réidh, ciallach gach ni
mar a thachair, ach aig crìoch a sgeòil cha robh an Doctair
Bàn no " Tiolam " na bu ghliocа na bha iad roimhe. Cha
robh fhios 'd é dheanta, bha Calum cho purpail, pongail 's a
bha e riamh, ach cha robh 's an Oban na bheireadh air an
t-uircean a ghiùlan a rithist. 'S e 'thàinig as gu 'n d' fheum
"Tiolam " mac-a-pheathar a chuir air ais le Calum agus
an t-uircean. Bhòidich Calum an latha sin nach rachadh
uircean air a dhruim gu bràth tuille agus ghléidh e a
bhòid gu latha a bhàis. Ged a lean Calum air taghal ann
an Tigh-a'-phuirt cha robh a chridh' aca aideachadh gur i
Màiri Ruadh a thug an t-uircean as a phoca. Phòs Màiri
Ruadh fear Dhoire-na-Cuthaige 's cha deachaidh Calum
Bodhar riamh an rathad nach do thaghail e aig Màiri,
agus 's iomadh làn beòil math a fhuair e uaipe. Ràinig
Calum aois mhòr, bha e 'streap ri deich-'us-ceithir-fichead
mu 'n do chaochail e, ach dh' fhalbh e 's bu laghach e,
shiubhail e 's bu chiùin e.

"Nach bu treun Calum," arsa Pàruig-na-Seann-laraich.
" Bha e na bu phongala na Ailein Ruadh a chuir an ti 's
an siùcar 's an aona phoca ris an uircean a bha e toirt a
faighir an Obain do 'n Ghleann-Mhòr," arsa Aonghas Og.
" A dhuine chridhe nach ann an sin a bhiodh am brochan-

cail!" arsa MacAoidh. "Cha chreid mi fhéin," arsa
Dòmhnull-na-Croite-bige, "nach faodadhmaid duanag
bheag, bhòidheach éisdeachd a nis, an toir thu dhuinn òran
a Sheònaid." "Tha mo chuimhne cho dona 's nach 'eil
thar thrì na ceithir de rannan agam de dh'òran air bith,"
arsa Seònaid. "Ciamar so 'their iad?" arsa Aonghas
Og,—

> "Ceithir cheathramhan 's am fonn,
> Deadh sgonn òrain."

"Ma bhios sibh toillichte le òran goirid, feuchaidh mi ri
duanag bheag a sheinn," arsa Seònaid, "'s ma 's e 's gu 'n
téid 'an ceol air feadh na fìdhle,' cha 'n ann agam-sa a
bhios a choire, cuimhnichibh. So agaibh òran ùr a rinn
fear-an-tighe ma 's math mo bheachd."

AN GILLE DUBH.

Air Fonn :—"'Se luath bheul na h-ighinne duibh
Chuir gruaim air mo leannan rium."

Seisd.—Mo thruaigh mi 's mar tha mi 'n diugh,
Mo thruaigh mi 's gur muladach ;
'Se 'n gaol 'thug mi 'n ghille dhubh
A rinn an diugh mo leònadh.

Gu 'n tug mi spéis do 'n àrmunn
'Am bothan beag na h-àiridh,
'S e cuimhneachadh an dràsd' air
A dh'fhàg mi dubhach, brònach.
Mo thruaigh mi, etc.

Mar 'faigh mi e mar chéile,
Ni tuireadh 's bròn mo léireadh,
'S gun nì 's an t-saogh'l ni feum dhomh
As eugais gaol an òigear.
Mo thruaigh mi, etc.

Ged tha mi nis gu cràiteach
'S a' caoidh o'n rinn thu m' fhàgail
Gur tric a bha mi làmh riut,
'S mo chridhe 'snàmh 'an sòlas.
Mo thruaigh mi, etc.

O, thug mi gràdh nach caochail
Do dh-òigear an fhuilt chraobhaich,
'S a nis mar dean mi fhaotainn,
Gur neoni 'n saoghal dhòmhsa.
     Mo thruaigh mi, etc.

Gur tric a bha sinn mùirneach
Ged tha mi dràsd gu tùrsach,
'S ma 's e 's gu'n tug e cùl rium
   'S an ùir bith'dh m' àite-còmhnuidh.
     Mo thruaigh mi, etc.

"Gu ma fada beò thu 'ghalad," arsa Teàrlach, "cha 'n
iarrainn crioch a thighinn air òran cho binn" ged a bhith-
eadh e ni b' fhaide cha bitheadh e searbh." "Bha e fada
gu leòir," arsa Aonghas Og, "'s beag orm fhéin na
driamlaichean òran a chluinneas daoine aig cuid, 's ann a
bheir iad an aileag air an fhear a's feàrr anail,—cùl mo
làimh riu gu buileach."

Anns a' bhruidhinn a bh' ann chualaidh sinn "Osgar"
donn a' tathunnaich gu garg, agus dh'iarr mi féin air a'
Bhuachaille bhàn dol a mach agus an cù a chasg, agus
fhaicinn cò 'bha tarruing conuis as. 'N uair a dh' fhosgail
e an dorus chualaidh sinn fear-eigin ag ràdh, "Cò leis an
cù?" "Tha le 'mhaighstir," fhreagair am Buachaille
bàn. "Nach tu tha tapaidh mo ghille math, am buin thu
do 'ghearra-ghobaich Mhucàrna?'" "Nach 'eil thu coma,"
fhreagair am Buachaille bàn. "A bheil do chù cho mi-
mhodhail ris a h-uile duin'-uasal a thig a dh' ionnsaidh an
tighe so?" "U! cha 'n 'eil, tuigidh e uaislean seach
ceàird," fhreagair am Buachaille bàn. "An ann ag ràdh
ceàrd riumsa 'tha thu, a ghasain?" "Cha tuirt mise co
dhiu, fàgaidh mi sinn eadar thu féin 's an cù," fhreagair
am Buachaille bàn; "ach ma tha mise ga d' léirsinn ceart
tha thu eòlach gu leòir air an àite anns am bi na ceàird—
a' cheàrdach—nach tu Iain Bàn Og an gobhainn? Gabh
mo leisgeul cha do thuig mi cò thu an toiseach. Thig a
stigh." "'S tusa am Buachaille bàn, nach tu? Thoir
dhomh do làmh mo ghille math," is chuir iad fàilte air a

chéile. 'N uair a chuala sinn gur e Iain Bàn Og a thàinig
fo theanga ghéir a' Bhuachaille bhàin, bha sinn air ar
nàrachadh beò, agus dh'éirich a h-uile duine a dheanamh
àite dha. "Na caraichidh duine air mo shonsa,—'am
fear a thig gun chuireadh suidhidh e gun iarraidh,' nach
math an oidhche air an tàinig mi, 'n uair tha 'n còmhlan
cruinn." "'S math dhuinne sin cuideachd," arsa Mac
Aoidh, "cha bhi dith òrain oirnn a nis." "Tha thu
ceart" fhreagair Aonghas Og, "tha mi cinnteach gu 'm
faigh sinn fear no dha o Iain Bàn Og." "Nach neònach
sibh uile," arsa Màiri "nach leig sibh leis 'anail a
tharruing, feumaidh e greim bìdh an toiseach, tha mi
cinnteach gu bheile e air tolladh leis an acras." "Cha 'n
eil idir," fhreagair Iain Bàn Og, "'s ged a bhitheadh
tha a' chuideachd cho math 's gu 'm fuadaicheadh i
fuachd 'us acras." "Fhad 's a bhios an t-suipear a dol air
dòigh," arsa Dòmhnull-na-croite-bige, "dh' fhaodadh am
Buachaille bàn òran aighearach a ghabhail." "Nach
neònach leam thusa a Dhòmhnuill a bhios a toirt misneach
do 'n Bhuachaille bhàn 's fhios agad gu bheil e dàn gu leòir
cheana," arsa Màiri; "nach cuala tu cho ladurna mi-
mhodail 's a bha e ri Iain Bàn Og an nochd." "Nach ann
agam fhéin a bha choire, 's mi a thòisich an toiseach,"
fhreagair Iain Bàn Og, "agus bith'dh mi glé thoileach duan ag
eisdeachd bh'uaith." "Ma leigeas sibh le Buachaille na
croite-bige mu chuideachadh," ars' am Buachaille bàn.
"bheir sinn duibh rann mu seach." "Tha mi cinnteach
gu 'm bi a' chuideachd làn toilichte" thuirt mi féin.
"reachaibh ris 'illean." Thòisich buachaille Dhòmhnuill
mar so—

MO RUN GEAL DILEAS.

"Mo rùn geal, dìleas, dìleas, dìleas,
Mo run geal dìleas nach till thu nall ;
Cha till mi féin riut, a ghaoil cha 'n fhaod mi,
'S ann tha mo ghaol-sa na luidhe tinn."

Thog an sin am Buachaille bàn a ghuth mar so—

Mo run geal dìleas, dìleas, dìleas,
  Mo run geal dìleas nach till thu nall ;
Mar till an rìbhinn bith'dh mi fo mhì-ghean,
  'S an crodh 's an diosgadh 's a' bhail' ud thall.

" Is truagh nach robh mi an riochd na faoilinn
  A shnàmhadh aotrom air bhàrr nan tonn ;
'Us bheirinn sgrìobag do 'n eilean Ileach,
  Far bheil an rìbhinn 'dh'fhàg m' inntinn trom."

Is truagh nach robh mi an riochd na sglùirich,
  An lub-an dùnain am measg nan dràchd ;
'Us shnàmhainn aotrom air bhàrr a' chaochain,
  'Us deanainn maorach aig ìsle tràigh.

" Is truagh nach robh mi 's mo rogha céile,
  Air mullach shléibhte nam beanntan mòr,
'S gun bhi ga 'r n-éisdeachd ach eòin na speura,
  'S gu 'n tugainn fhéin di na ceudan pòg ! "

Is truagh nach robh mi 's mo rogha céile,
  Air bhàrr an t-sléibhe a' cuallach àil ;
Sinn as air léine fo sgàil nan geugan,
  Mar Adhamh 'us Eubha 's a' ghàradh-chàil.

" Thug mi còrr agus naoi miosan,
  Anns na h-Innsean a b' fhaide thall ;
'S bean bòidhchead d' aodainn cha robh ri fhaotainn
  'S ged gheobhainn saoghal cha 'n fhanainn ann."

Bho 'n 's i 'n fhìrinn is còir dhomh innseadh,
  Cha robh mi 'n Innsean an Ear no 'n Iar ;
Ach bean do bhòidhchead 'o d' bhonn gu d' sgròban,
  Cha 'n fhaca Dòmhnull am measg nan ciad.

" Cha bhi mi 'strì ris a' chraoibh nach lùb leam,
  Ged chinneadh ùbhlan air bhàrr gach géig ;
Mo shoraidh slàn leat ma rinn thu m' fhàgail,
  Cha tàinig tràigh gun mhuir-làn 'n a déigh."

Cha bhi mi strì ris a' choille chrìonaich
Ged chinneadh figis air bhàrr gach geug ;
Ach gaoth a d' ghiùbhran ma thug thu cùl rium,
Bith'dh mise stiùradh mo chùrsa fèin.

" Is coma leam ged a shil an latha
Is coma leam ged a luidh a' ghrian
'S ceart coma leam ged a robh mo leaba
Gu fada, fada, 's an àirde 'n Iar."

Is coma leam ged a sheid a' ghaillionn,
'S ged reub i 'n t-athar na leathrach-iall,
Is miosa 'chùis nach éil greim am splùcan
'U's cnuimh am chùlaig 'g am chuir a'm' chiall.

"Cò air an t-saoghal a rinn an t-òran sin?" chaidh
dh'fheòraich do 'n Bhuachaille bhàn. " Rinn fear d' am
b' aithne," fhreagair esan,—"am Bàrd luideagach." "Cò
esan?" arsa Donnacha-nan dàn, " cha chreid mi féin nach
'eil a h-uile bàrd a th' againn luideagach gu leòir." " Is
math tha fhios aig Aonghas Og cò e,—cha 'n 'eil fhios
agam nach ann bh'uaithe a ghoid e am beagan bàrd-
achd a th' aige !" fhreagair am Buachaille bàn. Chuir
Màiri stad air a bhruidhinn a bh' againn ag ràdh
"suidhibh a stigh ris a' bhòrd a nis—ged nach 'eil e ach
beag,—math 's mar tha na h-òrain cha tig daoine beò orra."
"'S feàrr bòrd beag làn, na bord mòr falamh," arsa
Aonghas Og. Chaidh a h-uile duine ris a' bhuntàta-
phronn gu gleusda, oir bha cabhag orra a chluinntinn nan
òran. " Tha thusa a Theàrlaich coltach ri earball an
t-seana-mhairt," arsa Aonghas Og, "daonan air dheireadh."
" Is fhada on a chuala mi ' Am fear a bhios air deireadh
beiridh a bhiasd air,'" arsa Mac Aoidh. " Nach 'eil mi
coma," arsa Teàrlach,—"gach dìleas gu deireadh."
" Tha mi cinnteach," arsa fear-an-tighe " gu 'm faigh sinn
òran a nis 'o Iain Bàn Og." "Cha 'n 'eil mi ra mhath
air a' cheòl an uair as feàrr a tha mi, ach tha droch fhuachd
agam, agus feumaidh sibh mo leisgeul a ghabhail," fhreagair
Iain. " Thoir dhuinn rud-éigin," arsa Pàruig. "C' àite
an d' fhàg thu 'Cumha Dhà'idh,' is math tha cuimhne

agamsa air an latha a chaidh Dà'idh fhuadach do Mhuile?"
Dh'aithris Iain Bàn Og an Cumha a rinn e do Dha'idh
mar a leanas.

CUMHA DHA'IDH.

LE IAIN MACILLEBHAIN.

" 'S ann tha 'n eachdaireachd ghàbhaidh,
Nis mu ais-eiridh Dhùbhaidh,
'S e 'tighinn dachaidh 'n a stàirneanach treun."—ROB DONN.

[Dà'idh, fear-bàta barraichte a dh' fhalbh leis fhéin á Eisdeal ann an
geola air latha àraidh. Dh'éirich gaoth mhòr an déigh dha seòl-
adh; chaidh 'fhògaradh a nunn do Mhuile, far an robh e latha no
dhà ri port, agus daoine ri iasgach agus iarraidh-mhairbh air aig
an tigh.]

A mhuinntir Eisdeil, Luinge 's Shaoil,
'Us sibhs' 'tha 'chòmhnuidh aig na Caoil,
Gach duine beò o Rudh'-na-Maoil'
  Gu ruig an Garbh,
O, guilibh leam, a shluagh an t-sao'il—
  Tha Dà'idh marbh!

Ar bròn cha 'n urrainn teanga 'luaidh,
Oir dh' fhuilinn sinne deuchainn chruaidh,
A thug na deòir a nuas ar gruaidh,
  'N an tuiltean searbh;
Dh' fhalbh esan air an robh gach buaidh—
  Tha Dà'idh marbh!

Fo 'n fhairge tha e nis 'n a shuain,
'S cha 'n fhaic sinn e gu latha-luain;
Fear-bàta b' fheàrr a sheòl air cuan,
  No 'dh' iomair carbh;*
Tha 'm Bàs neo-iochdmhor air 'thoirt uainn—
  Tha Dà'idh marbh!

Gu 'n tachradh so bu bheag a dhùil,
A' mhaduinn 's an do thog e 'shiùil,
'S a dh' fhàg e Eisdeal air a chùl;
  Ach ciod an tairbh,
Ged chaitheamaid, e deòir, ar sùil—
  Tha Dà'idh marbh!

---

* *Carbh*—A boat.

Ghrad mhùth an là gu oidhche dhuibh,
'Us shéid a' ghaoth, 'us chas an sruth,
'Us dh' éirich suas na tonna tiugh,
   Gu h-éitidh garbh ;
Chaidh 'm bàta fodha—'s trom mi 'n diugh !
   Tha Dà'idh marbh !

"Tha cothrom agam ort an tràths',
Ged chaidh thu as o iomadh càs :
Cha teich thu 'n uair so," thuirt am Bàs ;
   "Cha teich gu dearbh !
Oir, ann am mean tha thu 'n sàs,
   'Us bith'dh tu marbh."

Bu chruaidh a ghleachd e féin 's an Nàmh—
Aon uair fo 'n uisge 's uair a' snàmh—
Le teann ghreim-bàis aig' air an ràmh,
   'S e 'strì gu doirbh ;
Mu dheireadh, chaill e greim a làmh,
   'S bha Dà'idh marbh !

'N uair chunna 'm Bàs gu 'n tug e buaidh
Air fear a theich cho minic uaith,
Do ghlaodh e mach le bùraich chruaidh,
   Coltach ri tarbh,—
"Cluinneadh gach neach an taobh so 'n uaigh,
   Tha Dà'idh marbh !"

Chuala an t-iasg e de gach lì,
'Us sheinn iad fonn le aiteas crìdh',—
"Ar nàmhaid dian tha nis gun chlì—
   Mo thruaigh a chairbh !
Nis gheobh sinn saorsa agus sìth ;
   Tha Dà'idh marbh !"

Bha gàirdeachas am measg nan eun,
Gu 'n d' fhuair iad saor 's an sealgair treun ;
Bho 'n iolair' gus an tréan-ri-tréan—
   Stàirneal gu sgarbh,
Gach aon diubh sheinn air fonn da fhéin,—
   "Tha Dà'idh marbh !"

Bu mhór a chliù—ach ciod an stàth,
Ged dh' fhaodainn mòran tuilleadh ràdh ;
Aon duine a ni coimeas da,
   Cha 'n fhaigh sinn soirbh ;
Mo bheannachd leis a nis gu bràth—
   Tha Dàidh marbh !

ATH-FHIOS.

Tog de d' bhròn, 's na cluinneam tuilleadh ;
Fhuair Dàidh as o 'n Bhàs gun bhuille ;
Cha robh 's an sgeul ach breugan uile—
   Na creid an sgleò ;
Chaidh fhaotainn sàbhailt' ann am Muile—
   Tha Dàidh beò!

"Nach grinn sin?" ars' Aonghas Og, "Có their gu 'n
d' fhalbh linn nam Bàrd Gàidhealach a nis?" "An toir
thu dhuinn an ath òran a Mhòrag?" dh' fheòraich mi
fhéin. "Cha 'n 'eil agamsa ach feadhainn a chuala sibh uile
roimhe so." "'S ann agad a tha," arsa Donnacha-nan-dàn,
"'de so 'm fear a bhios agad a' bleodhan a' chruidh?" "Fear
a chuala mi aig a' Bhuachaille bhàn, cha 'n 'eil fhios
agamsa nach e fhéin a rinn e." "Seinn e mata, 's gu 'n
cluinn sinn e."

MO CHEIST AM FEAR BAN.

AIR FONN.—*Mo nighean chruinn, donn."*

O, mo cheist am fear bàn,
  Miann gach òg-bhean ;
O, mo cheist am fear bàn,
 Mo cheud leannan 's mo ghràdh,
 'S e nach d' fhuair e mo làmh,
  Fàth mo leòn-sa.

'S truagh nach robh mi mar bha,
  Cridheil sùnndach ;
'S truagh nach robh mi mar bha
 Mu 'n do dhiùlt mi 'm fear bàn,
 'S cha bhithinn an dràsd'
  Cianail, tùrsach.

'S bochd nach robh mi a ghaoil,
Teann ri d' ghualainn ;
'S bochd nach robh mi a ghaoil
'Nis a' siubhal ri d' thaobh,
Ann an gleannan an fhraoich,
Taobh nam fuaran.

'S tric an deur air mo shùil,
'Caoidh mar 'tha mi ;
'S tric an deur air mo shùil,
'S mi ri bròn ann an cùil,
O 'n a thug mi riut cùl,—
Oigear àluinn.

B' annsa leamsa 'bhi tàmh,
Le mo cheud ghràdh ;
B' annsa leamsa 'bhi tàmh
Air taobh nam beann àrd',
Gun bhrata, gun sgàil
Ach na speuran.

Mìle marbh'aisg air an òr,
Cùl mo làmh ris !
Mìle marbh'aisg air an òr,
'S goirt a rinn e mo leòn,
'S air gach ùmpaidh gun treòir,
'S mòr a' ghràin iad !

Ciod an stàth dhomh 'bhi bròn,
Anns na cùiltean !
Ciod an stàth dhomh 'bhi bròn,
Oir ged shileas mo dheòir
O ! cha 'n fhaod mi 'bhi d' chòir
'Oigear rùnaich.

"A nis a Phàruig de bheir thusa dhuinn ?" "O, 'n truaigh !" arsa Pàruig, " cha 'n 'eil duanag no òran agamsa, feuchaibh Aonghas Og." " An e gu 'n téid sinn an aghaidh cùrsa na gréine ? Thoir dhuinn mìr taitneach a

bàrdachd Oisein air a bheil thu cho eòlach 's a tha ladar
air a' phoit." "Seadh, seadh ma ta, so cunntas air luidhe
gréine a tha ann an "Caraig-thura."

LUIDHE GREINE.

An d' fhàg thu gorm astar nan speur
    A mhic gun bheud a's òr-bhuidh' ciabh?
Tha dorsan na h-oidhche dhuit féin
    Agus pàillinn do chlòs 's an iar;
Thig na stuaidh mu 'n cuairt gu mall
    A choimhead fir a's glainne gruaidh,
A' togail fo eagal an ceann
    Ri d' fhaicinn cho àillidh 'n ad shuain,
Theich iadsan gun tuar o d' thaobh;—
    Gabh-sa codal ann ad chòs
O ghrian! 'us till o d' chlos le h-aoibhneas.

"A Mhàiri bhig, an toir thusa dhuinn ' Ged 'tha mi gun
chrodh gun aighean,' fonn cho bòidheach 's a tha ri fhaot-
ainn, agus 'n a dhéigh sin gheibh sinn freagairt an òrain
o 'n Bhuachaille bhàn." Sheinn Màiri bheag mar so:—

GUN CHRODH GUN AIGHEAN.

SEISD.—Ged 'tha mi gun chrodh gun aighean,
    Gun chrodh-laoigh gun chaoraich agam;
    Ged 'tha mi gun chrodh gun aighean,
    Gheibh mi fhathast òigear grinn.

Fhir a dh' imicheas thar chuantan,
    Giùlan mìle beannachd uamsa,
Dh' ionnsaidh òigear a' chùil dualaich,
    Ged nach d' fhuair mi e dhomh fhìn.

Fhir a dh' imicheas am bealach,
    Giùlain uamsa mìle beannachd;
'S faod 's tu innseadh do mo leannan,
    Gu 'm bheil mi 'm laidhe 'so leam fhìn.

'Fhleasgaich thàinig nall á Suaineart,
Bu tu fhéin an sàr dhuin'-uasal ;
Gheibhinn cadal leat gun chluasaig,
    Air cho fuar 's g' am biodh an oidhch'.

Nàile ! 's mis' tha dubhach, deurach,
'N seòmar àrd a' fuaigheal léine ;
Chaidh mo leannan gu *Jamaica*,
    'S ciod am feum dhomh bhi 'g a chaoidh ?

An sin sheinn am Buachaille bàn mar so :—

F R E A G A I R T.

LE FIONN.

SEISD.— Ged tha thu gun chrodh gun aighean,
    Gun chrodh-laoigh gun chaoraich agad ;
    Ged tha thu gun chrodh gun aighean,
    Bith'dh tu 'd leannan agam fhìn.

Cha 'n e airgiod 'tha mi 'n tòir air,
'S cha 'n 'eil agam feum air stòras ;
'S e mo mhiann-sa caileag bhòidheach
    A bheir dhòmhsa gaol a crìdh'.

'Ribhinn òig leig dhiot 'bhi dubhach,
Siab do dheòir 'us bi leam subhach ;
Fair do làmh dhomh 'nis gu lurach,
    'S ni mi fuireachd leat air tìr.

Ged a sheòl mi thar nan cuantan,
'S ged a bha thu fada bh' uamsa,
Cha robh là nach robh thu 'm smuaintean,
    'S bha mi bruadar ort gach oidhch'.

'S ged a chaidh mi greis air faontradh
Gu ruig cladach cian an t-saoghail,
Dhuit-se bha mi dìleas daonnan
    'S air mo ghaol cha 'n fhaicear crìoch.

Mar a thilleas breac á sàile
Dh' ionnsaidh 'n uillt 's an d' fhuair e 'àrach,
Thill mi fhéin air ais gu m' mhàldaig,
'Us gu bràth cha 'n fhàg mi i.

"Cha chreid mi fhéin," arsa Iain Dhonnachaidh Theàr-
laich, "nach b' fheàirde mid port air a' phìob; tha na
h-òrain math, 'us glé mhath, ach 'fòghnaidh na dh' fhògh-
nas ged a b' ann do dh' aran 's do dh' im.'" Cha d'
iarr Teàrlach an darna cuireadh 's bha h-uile duine
air bhioda gu bhi air an ùrlar. Fhuair sinn 'Ruidhle
Thulachain' agus gach ruidhl' eile 'chleachd sinn tùs ar
n-òige. 'S coma leam fhéin an dannsa Gallda a tha dol an
dràsd; fear a' putadh 's a' slaodadh té mu 'n cuairt an
ùrlair mar gu 'm biodh e toirt laogh stallachdach gu faighir
—cùl mo làimh ris an dannsa ghrànnda; mar a thuirt
fear a' Ghlinn-mhóir e,—

> "Droch bhàs air *jigs, quadrilles, and waltz*
> A thug a' ghràisg a nall á *France,*
> *God save the Queen! she likes to dance*
> Ruidhle mór Strathspey.

> "Cluich 'Tuloch-gorm' dhuinn, rìgh nam port,
> Na 'Tulaichean' 'us 'Drochaid Pheairt,'
> 'Us dannsaidh sinn le 'r n-uile neart
> Ruidhle mór Strathspey,"

'N uair a thug na bha air an ùrlar thairis, chluich Teàr-
lach am port tiamhaidh sin 'Cumha-Mhic-an-Tòisich,' agus
cha 'n 'eil uair a chluinneas mi e nach d' thoir mi orm féin
a chreidsinn gu bheil a' phìob le a pongan tùrsach ag
aithris nam facal,

> Och nan och, leag iad thu,
> Och nan creach leag iad thu,
> Och nan och, leag iad thu
>   'Am bealach a' ghàraidh.

Leag an t-each ceann-fhionn thu,
Leag an t-each ceann-fhionn thu,
Leag an t-each ceann-fhionn thu
   'Dheadh mhic á Aros.

An déigh an dannsaidh dh' iarr mi fhéin air Aonghas Og
duanag a thoirt dhuinn, té d' a dh' fheadhainn fhéin, agus
thug e dhuinn an té so.

FOGRADH NAN GAIDHEAL.

Le Aonghas Mac-Eacharn.

Fonn.—"Maile nam Mor-bheann."

Cha mhacnas no gàir tha 'n dràsd air m' aire,
Gu 'n iarrainn mo chlàrsach 'thar am fagus ;
Cha chluinnear mo dhàn am fàrdaich aigheir
   'S mi 'n dràsd gun chaidreamh sòlais.

Marbh'aisg air an làmh 'chur sgànradh fada
Thar monaidh 'us sàil fo shàir nam beannaibh ;
Bu shona mo là an gràdh nan gallan,
   Nach fàiltich carrant' ni s mò mi.

Fhuair mi na làraich fhàsail, fhalamh,
An àiridh 's am b' àbhaist tàmh a ghabhail,
Gun sealgair, gun bhàrd, gun nàmh a' bhradain,
   B'e fàth làn-aighear bhi còmhl' riu.

'S na doireachan dlùth 'n robh sùgradh 's aiteas,
Cha 'n fhaicear le sùil ach cùirt gach tighe,
Gun eilid air stùchd—'us crùnadh m' airsneul—
   Luchd-ciùil nam beannaibh air fògar.

Gach sruthan 'us allt 's a cheann le bruthach,
Gach tulach, gach meall 's gach gleann a' tuireadh ;
Tha còisir nan crann gun rann, gun luinneag,
   Bho 'n chaill iad buidheann nan òran.

N

Ach 's éiginn dhomh triall, tha 'ghrian a' luidhe,
'S ag éirigh 's an iarmailt fiamh na gaillinn',
Tha smaointean ro chianail 'lionadh m' aigne,
    'S mi 'm bliadhn' gun charaid ni m' fheòraich.

Na dhéigh so fhuair sinn sgeulachd 'o Mhac Aoidh, mu na Fineachan Gàidhealach, a bha air-leth taitneach air am bheil e cho còlach 's a bha Maois air clann Israel, ach bheir mise mo bhòid nach robh sinne cho sgìth do na Fineachan aig Mac Aoidh 's a bha Maois do chlann Israel anns an Fhàsach.

Ghlaodh mi fhéin air Donnacha-nan-dan air son an ath òran—"'N e mise," arsa Donnacha, "cha 'n 'eil òran agam." "Mar a bheil dean fear, cha b'e chiad uair; c'àite bheil an t-òran a rinn thu do'n mhaighdean eireachdail a tha 'n Gleann-urchaidh? Tha thu agam a nis agus cha 'n fhaigh thu as, gus an cluinn sinn cliù na h-ainnir." "Nach tu 'tha teann orm" arsa Donnacha, "'s e duine cunnartach a th' annad-sa, tha do chuimhne cho math 's do mheomhair cho treun, ach mar a thuirt Calum Mor mu'n phòsadh e, "Ged is cruaidh e 's fheudar ann."

ORAN GAOIL.

Le D. Mac-a'-Phersain.

Air Fonn.—"*Cha 'n ol mi deur tuille.*"

Nach brònach leibh mise 's mi brònach gun ise,
Nach brònach leibh mise 's mo chridh' orra 'n geall;
Mo shùil ris a' mhullach, gu taobh eile 'mhunaidh,
'S ann tha mo ghaol lurach a' fuireachd 's a' ghleann.

Cha choimeas an eala air gilead do m' leannan,
Na neòinean an gleannan, 's drùchd meala mu 'cheann,
Cha d' aithris iad àireamh do d' mhaise 's do t àilleachd,
'S gach duanag tha 'n Gàidhlig, le Bàrdaibh nan gleann.

Gur mis' tha gu truagh dheth, tha càch ga m' chur suarach,
'S tric sileadh le m' ghruaidhean mar fhuaran troimh
    ghleann;
An raoir bha mi bruadar 'bhi 'm chadal ri d' ghualainn,
    N uair dhùisg mi a' m' shuain b' fhada 'uam thu 's an àm.

M' aighear, 's mo ghaol ort do òigh'an an t saoghail,
'S tearc tha ri fhaotainn té t-aogais 's an àm ;
Mo chridh' air a lionadh le t-iomhaigh ro sgiamhaich
'S tric smaointeanan diombain 'ruith dian ann am cheann.

Gun chron ort ri àireamh o d' mhul...ch ga d' shàiltean,
Deas, cumadail, àillidh, gun fhadhra, gun màh ang ;
Mar ùr-ròs a' ghàraidh, 'us fàil an an fhàsaich,
Na cilid nan àrd-bheann 'bhi s l iah ri damh seang.

Na 'n robh ag m sgiathai gu a-t a a dhi mamh,
B' e m' aighear 's mo mhiann 'bhi l n' chiall anns a'
ghleann,
Ort Anna tha mi 'g iomradh, m g'aol ur gu h-iomlan.
'S thu thall 'an Gleann-ur baidh an ad n 's nam beann.

Bho 'n dh' fhuairich do ghaol dhomh, 's o'n chaochail do
thlachd dhomh,
Mar leaghas gaoth aiteamh an sneachd anns a' ghleann,
Ma thug thu dhomh 'n rathad, gu 'n iasgaich mi fhathast,—
Cha d' thàinig à Atha nach 'eil cho math ann.

An déigh dhuinn greis a thoirt air na sean-fhacail cha
deanadh ni feum leis a' chuideachd ach gu 'n seinninn fhéin
òran, cha ghabhadh iad cur dheth agus thug mi dhaibh
am fear so.

LEANNAN MO GHAOIL MÀIRI BHOIDHEACH.

SEISD.—Leannan mo ghaoil, Màiri bhòidheach,
      Leannan mo ghaoil mo chridhe 's mo ghaoil,
    A dh' fhalbh mar a ghaoith 's a rinn seòladh,
    Leannan mo ghaoil Màiri bhòidheach.

Oidhche Nollaig 's a' sgoil-dannsaidh,
    Ghabh mi tlachd 'us geall ro mhòr dhiot.
        Leannan mo ghaoil, &c.

Tha do ghruaidhean mar an caorunn,
    Mala chaol air aodann bòidheach.
        Leannan mo ghaoil, &c.

Tha do shùil mar dhriùchd na maidne,
   'S tha do chneas mar shneachd air mòintich.
     Leannan mo ghaoil, &c.

Tha do phògan mar an siùcar
   Ged nach dùirig thu gin dhòmhsa.
     Leannan mo ghaoil, &c.

Ach mar dean thu mise 'phòsadh,
   'S ann fo 'n fhòid bhios m' àite còmhnaidh.
     Leannan mo ghaoil, &c.

Bha e nis a' fàs anmoch agus ged nach robh fadal air duine
'bha stigh, bha e 'n t-am a bhi 'bruidhinn air dol dachaidh.
  "Cha chreid mi fhéin nach faodamid rannan-dealach-
aidh a sheinn còmhla mu 'n tog sinn oirnn," arsa Teàrlach
Og, "'de an fheadhainn a ghabhas sinn?—an dean iad so
feum," 's e a toirt a ghàirdean do Ealasaid dhonn.

Bheir mi hò robha hò
  'S mithich dhuinn éiridh
    Mo nighean donn.

'S mithich dhòmhsa dol dachaidh,
  Tha mi fad' air mo chéilidh.
    Mo nighean donn.

"Tha an t-òran sin glè mhath," arsa Paruig, "ach c'iamar
so tha 'm fear so dol?"

  "'S feàrr bhi fuireachd na 'bhi falbh
    Ged a bhiodh an turus searbh,
    'S fheudar dhomh 'bhi togail orm"—

"Dé an cagnadh mallaichte 'th 'agad air an òran bhòidh-
each sin," arsa Donnacha-nan-dàn, "fan sàmhach 's leig le
daoine d' an aithne e a sheinn; so a nis Aonghais reach
ris."

'S FHEUDAR DHOMH 'BHI TOGAIL ORM.

SEISD.—'S fheudar dhomh 'bhi togail orm,
    Fuireachd cha dean feum ach falbh;
Bith'dh mi 'nis a' togail orm,
    A' dhìreadh nam fuar-bheann.

'Righ gur mise 'tha fo bhròn dheth,
Air an tulaich so 'n am ònar,
Fàth mo mhulaid thu 'bhi pòisde
    Og-bhean a' chuil-dualaich.

Do na h-Innsean 's tric a sheòl mi,
'S anns gach caladh tha mi eòlach,
Tè ni coimeas ruit am bòidhchead
    Gus a so cha d'fhuair mi.

Ach cha mhaise 'rùin 's cha bhoidhchead,
A chuir mi cho mor an tòir ort,
'S e mi bhi riut tric a' còmhradh,
    'Us eòlach air do ghluasad.

'S ann an uair bha sinn ri mireadh,
Air an àiridh am braigh' 'ghlinne,
'Chaidh na saighdean ann am chridhe
    A nighean donn na buaile.

'N uair chì mi 'n gleann 's an robh sin còmhla
'Buain nan sòbraichean 's nan neòinean,
'S sinn le chéile aotrum, gòrach,—
    Ruithidh deòir ri m' ghruaidhean.

Dheanainn iomadh rud nach saoil thu,
Anns an àm ged 'mheas thu faoin mi,
Mharbhainn fiadh air àird an aonaich,
    Coileach-fraoich 'us ruadh-bhoc.

'D e nan robh mi pailt 'an stòras
'S agam feudail air mo lòintean,
Cha 'n 'eil Griogaireach 's an Eòrpa
    Gheibheadh còir de m' luaidhsa.

Dh'fhàg thu mise so gu brònach,
ห-uile latha o'n a sheòl thu,
'S ged a théid mi 'measg nan òighean
    Bith'dh mo chòmhradh fuar leo.

Ach c' uime 'm bithinnse fo smalan
'Us mo liontan air a' chladach,
'S iasg cho math an grunnd na mara
    'S a thainig riamh an uachdar.

" Nach bòidheach an t-òran sin," arsa Teàrlach. " Tha
e dìreach taghta math," arsa Fear Choir'-an-t-sith, " ach
na tha sibh uile deas bheir Fear-an-tighe dhuinn rannan-
dealachaidh."

NA LAITHEAN A THREIG.

'N còir seann luchd-eòlais 'chur air chùl,
'S gun sùil a thoirt na 'n déigh,
Air dhì-chuimhn' am bi cuspair gràidh
    Na glòir nan làith'n a thréig?

SEISD.—Air sgàth nan làith'n a dh' aom a ghràidh,
    Air sgàth nan làith'n a dh' aom;
    Le bàigh gu 'n òl sinn cuach fo stràc
    Air sgàth nan làith'n a dh' aom.

Le 'chéile ruith sinn feadh nam bruach,
'Us bhuain sinn blàth nan raon,
Air allaban thriall sinn ceum no dhà,
    'O àm nan làith'n a dh' aom.

Le chéil' 'o mhaduinn mhoich gu oidhch'
'S na h-uillt ri plubairt fhaoin,
Ach sgarradh sinn le tonnan àrd
    'O àm nan làith'n a dh' aom.

So dhuit mo làmh a charaid ghaoil,
'Us sìn gu faoil do làmh,
'S le bàigh gu 'n òl sinn cuach fo stràc,
    Air sgàth nan làith'n a dh' aom.

Dh' fhàg sinn beannachd aig a chéile, agus gheall sinn dol air chéilidh gu goirid do Chùl-na-Coille. Sin agaibh a nis eachdraidh na céilidh a bha 'n Ceann-an-tuilm, 's bithidh fadal oirnn gus an till a' chuideachd thaitneach a bh' againn air an fheasgar ud.

FIONN.

AN CRANNCHUR.

(The Lottery.)

O chionn mu thaiream leth-chiad bliadhna bha seann duine, d' am b' ainm Dà'idh Sùlair, a chòmhnuidh faisg air baile-mòr àraidh. An uair a chìteadh a cheann liath, a cheum sgairteil, agus cho dìreach, brosglach 's bha e 'g a gluasad féin, dh' aithnicheadh aon air bith gu'n do chuir e seachad cuid d' a bheatha anns an arm. Thuit Dà'idh, 'n uair a bha e 'n a dhuine og, ann an tubaist air choreigin ; b' eudar dha a' choimhcarsnachd 'fhàgail ghabh e 's an arm, agus glé ghoirid 'n a dhéigh sin sheòl e leis an réisimeid do dh-Innsean na h-Airde n-Iar. Cha b' fhada 'chuir e seachad an so an uair a thuit e ann am fiabhrus, agus chaidh a chur air ais do 'n rioghachd so. Air do 'n réisimeid d' am buineadh e tilleadh goirid as a dhéigh, chaidh a h-òrduchadh a mach do Chanada, far an d' fhuair Dà'idh bochd a mheileachadh leis an fhuachd, mar a bha e roimhe air a ròstadh leis an teas. Am feadh a bha e a' seirbhiseachadh ann an Canada, mar a bha am mi-fhortan, no ma dh' fhaoidte, am fortan 's an dàn da, fhuair e leòn ann an aon d'a luirgnean ; chaidh a chur mar sgaoil as an arm, *pension* a shuidheachadh air, agus a chur dhachaidh d'a dhùthaich féin a rithisd. A thuilleadh air a' *phension* bha Dà'idh a' cur peighinn onoraich an dràst 's a rithist ann an rathad a mhnà, Peigi, le saothair a làmhan féin, oir bha e 'n a dhuine tùrail agus comasach air a làmh a thionndadh ri rud sam bith ; chuireadh e slat ann an cliabh no cas 'am poit,—ann an aon fhacal cha mhòr a thigeadh ceàrr air.

Bha e, aon latha, a' dol air ais le sgàileagan sioda a bha e an déigh a chàradh do mhnaoi-uasail éigin, an uair chunnaic e sanas mòr sgriobhte air a' bhalla—a' guidhe gu dùrachdach air gach aon a bha deònach air beairteas a dheanamh a dh-aona bheum, dol agus comhroinn a cheannach gun dàil ann an crannchur (*lottery*) a bha gu àite 'ghabhail an ceann beagan uine anns a' bhaile-mhòr làmh riutha. Thug a chridhe leum, oir cha do leugh e ach goirid air 'aghaibh 'n uair a chunnaic e gu 'm faodadh neach, le fichead punnd Sasunnach a chur a stigh, fichead mile punnd Sasunnach a bhuidhinn. Thog e air gu sùrdail, liubhair e an sgàileagan, agus thill e dhachaidh an deanna nam bonn a chur a chomhairle ri Peigi. Bha an t seana chailleach bhochd cho bodhar 's gu 'n d' fheum e glaodhaich 'n a cluais le 'uile neart.

"An cual' thu mu 'n chrannchur mhòr a tha ri tachairt 's a' bhaile-mhòr ud thall? Air son fichead punnd Sasunnach faodaidh tu fichead mile a bhuidhinn."

"Seadh, ach cha 'n eil fichead punnd Sasunnach agadsa ri 'chur ann," ars' ise.

"Cha 'n 'eil, ach tha e *agadsa*, agus is e an aon nì e, nach e?"

Cha do fhreagair Peigi car ghreis, agus a' sin thuirt i gu ciùin gu 'm bu ni eile sin uile gu léir. Thug Dà'idh sùil aingidh oirre agus thuirt e, "Cha 'n e ma tha mise 'cur romhan an cur a mach anns a' ghnothach so."

"Cha ni suarach fichead punnd Sasunnach," arsa Peigi, 's i crathadh a cinn; "is e so na tha againn anns an t-saoghal a bhàrr air do *phension*. Gabh mo comhairle-se a Dhà'idh Shùlair agus na bi ad amadan."

"Smaointich thusa air fichead mile *gini* òir," arsa Dà'idh; "a leithid de luchd! nach be 'n càrn e! dh' fhaodamaid sinn féin 'fhalach ann." Cha robh Peigi ro chinnteach mu 'n chùis; bha i a lìon beag 'us beag a' strìochdadh.

"Falbh agus cluinn ciod a their Seumas Mòr uime," fhreagair i.

"Ciod am math dhomh dol an taobh a tha Seumas Mòr ann an gnothach d' an t-seòrsa so," arsa Dà'idh. "Cha 'n aithne dha ni mu 'thimchioll: cha do ghabh e cuid ann an crannchur riamh."

"Coma co dhiu, cha mhisd' thu a chomhairle; falbh gun dàil."

" Tha mi toileach," arsa Dà'idh, 's e 'togail a chomhdach-cinn " ach cha mhòr cudthrom a chomhairle. Ghabhadh e leth-chiad d' a leithid a chur iompaidh air seann saighdear."

B' e Seumas Mòr a bu thuairnear agus a bu shaor anns an àite. Bha e 'n a dhuine fior chrionnta, ghlic agus fo mhòr mheas agus urram aig gach duine d' am b' aithne e.

Steòc Dà'idh Sùlair dìreachd a suas a dhionnsaidh na beirt thuairneir aig an robh Seumas ag obair. Bha e cho dìl air ciod air bith a bha e ris 's an àm nach d' thug e an aire do Dhà'idh 'n a sheasamh làmh ris. Mu dheireadh, an uair a bha a shaod air a bhi cho geal ri muilleir no ri fear a bhiodh a mach fo shneachd, leis na mionshliseagan agus an sadach a bha ag éiridh o'n bheirt, chuir e a làmh air guallainn Sheumais. Stad e d' a thuairneireachd agus chuir iad fàilte air a chéile.

" Tha toil agam do comhairle a ghabhail," arsa Dà'idh. " Chual' thu iomradh, tha mi 'n dùil, mu 'n chrannchur mhòr so ? "

" Chuala, chuala, ach ciod uime ? "

" Tha thu 'cur a stigh fichead punnd Sasunnach agus a' buidhinn fichead mìle. An comhairlicheadh tu dhomh 'fheuchainn ? "

" Air na cumhnantan sin, comhairlicheadh, air a' h-uile cor."

" Gu 'n robh math agad, a Sheumais ; bha fhios agam gu 'm b' e so a theireadh tu ; labhair thu gu seadhail, ach cha 'n éisdeadh Peigi."

" Stad ort, ged 'tha," arsa Seumas, "leig dhomh do thuigsinn gu ceart. Le fichead punnd Sasunnach a chur a stigh tha thu cinnteach air fichead mìle 'fhaighinn a mach ? "

" Cha d' thubhairt mi *gu'n robh mi cinnteach*."

" O, tha teagamh 's a' ghnothach mata ? Tha muinntir eile 's a' chùis cho math riutsa ? "

" Cha 'n 'eil mi cur ag, ach——"

" Co meud, a bheil 'fhios agad ? "

" Cha 'n 'eil ; cha d' fheòraich mi."

"'S cha mhò a ruigeas tu leas," fhreagair Seumas Mòr
gu durachdach. "Tha thusa a Dhà'idh Shùlair, ann ad
dhuine bochd mar tha mi féin ; cha 'n 'eil e furasda dhuit
fichead punnd Sasunnach a sheachnadh. Tha e fior gu
leòir gu 'm faod thu buidhinn ; ach tha e mòran na 's
coltaiche gu 'm faodadh tu call. Dh' iarr thu mo chomh-
airle, agus fhuair thu i."

"Mòran taing dhuit," arsa Dà'idh, 's e a' falbh ; 's cha
robh e idir toilichte.

Bha Dà'idh Sùlair ùine mhòir m' an do chuir e iomhaigh
air a mhnaoi chùiseil, 's m' an d' fhuair e gu 'n d' aontaich
no gu 'n d' thug i gnùis do 'n gnothach ; ach mu dheireadh,
le argumaidean seòlta, cha 'n e 'mhàin gu 'n do dhearbh e
dhi gu 'n robh an ceam a bha e 'cur roimhe 'ghabhail glic
agus crionnta, ach bha a' leithid de bhuaidh aige oirre 's
gu 'n d' fhàs i deich uairean na bu déine mu 'n chùis na e
féin. Thog i oirre suas an staidhir gun tuilleadh dàlach,
chuir i a làmh a suas an simileir às an d' thug i seann
stocaidh dhubh far an robh fichead punnd Sasunnach am
falach aice ; chuir i an t-iomlan gu toileach ann an laimh
Dhà'idh, a dh' fhalbh, gun mhoille mionaide, 's a phàigh
an t-airgiod do mhuinntir a' chrannchuir, bho 'n d' fhuair
e air ais cairt bheag—cairt a bha ann an uine ghoirid gu
'chur ann an seilbh air stòras mor.

"C' uin a tha an tarruing ri 'bhi ?" dh' fheòraich Peigi.

"Seachdain o 'n Dimàirt so 'tighinn," arsa Dà'idh.

"Seachdain o 'n Dimàirt so 'tighinn ? Cha toigh leam
sin ; tachraidh e air Latha-gnothach-na-cubhaige."

"Sin agad a' cheart aobhar air son an do thagh iad an
latha," fhreagair Dà'idh 's e a' suathadh a làmhan ;
"cuiridh iad fear no dhà air gnothach-na-cubhaige."

Anns a' bhruidhinn a bh' ann, co 'thàinig a stigh ach
Seumas Mòr. Thàinig e a chur stad air Dà'idh, 's a dh'
earaileachadh air gun e 'chur a chuid ann an rud a bha
cho teagmhach agus a bha ag aobharachadh a leithid de
sheanchus feadh a' bhaile.

"Tha 'n gnothach a nis deanta," arsa Dà'idh "Seall !"
's thug e a' chairt as a phòca. Sheall Seumas oirre gu

tàireil. "A bheil cuimhne agad air an t-sean-fhacal," ars' esan.

"Cha 'n 'eil, ciod e ?"

" Is furasda an t-amadan 's a chuid a sgaradh o chéile," thuirt Seumas, 's thug e an dorus air.

"Ciod e sud a thuirt e ?" dh' fheòraich Peigi.

" Tha gu bheil sinn cinnteach duais mhòr a bhuidhinn," fhreagair Dà'idh Sùlair.

" Feumaidh sinn gach nì a chur fo uidheim ùir bho mhullach gu iochdar," thuirt Dà'idh agus e 'n a shuidhe aig a shuipeir; "cha fhreagair na seana bhùird agus na cathraichean so dhuinn ann ar suidheachadh ùr agus eadardhealaichte, Gheobh sinn bùird agus cathraichean riomhach, ùra; sgàthain mhòra agus cuirteanan àillidh m' an cuairt na h-uinneagan. Bith'dh sinn réidh's càradh mholtairean 'us phoitean 'n a dhéigh sin—agus air son geurachadh shiosar,——" Thug e breab do'n inneal-gheurachaidh a bha làmh ris mar a labhair e, 's chuir e le urchair a dh-oisinn eile 'n tighe e.

Chaidh seachdain seachad; thàinig an latha. Chuir Dà'idh e féin an òrdugh moch air maduinn a dhol do 'n bhaile-mhòr.

M' an d' fhalbh e thug a do Pheigi na seòlaidhean a leanas :—

" Ma théid cùisean mar a tha sùil agam, cha tig mi dhachaidh d' am chois, cuimhnich thusa. Thig mi dhachaidh ann an carbad. Bi thusa a' faireadh air mo shon aig uinneig uachdaraich, agus an uair a chì thu an carbad a' tighinn m'an cuairt an oisinn, tuigidh tu gu bheil mi dlùth. Togaidh tu 'n sin a suas an uinneag agus tilgidh tu a' h-ùile ball àirneis air am faigh thu greim, a mach air an t-sràid; na caomhain sion; a mach leis gach stob dhi. Tha thu a' tuigsinn, a bheil? Beannachd leat, ma tà, gus an till mise." Thog Dà'idh Sùlair air, agus e 'n a bheachd féin cheana ann an seilbh air beairteas nach gabhadh tomhas.

Choisich Dà'idh Sùlair a stigh do 'n bhaile-mhòr le ceum aotrom saighdeir. Bha e ann an sùrd fuathasach; bha a

cheann anns na neòil agus mar a bha e a' tartraich a sios
an t-sràid bheireadh e bàrr a bhata a nuas le fead a bha
'cur teine ás na clachan agus a' fàgail caoir de shradan as
a dhéigh. Cha robh e ach goirid a' ruigheachd an ionaid
anns an robh na croinn ri 'n tarruing. Bha dùmhladas
mòr sluaigh air cruinneachadh cheana. Bha làn-aighear
agus mire a' toirt mac-talla as na ballachan. Cha robh
smuairean air aghaidh neach, oir cha do chaill duine aca
fathasd air a' chrannchur.

"Ciod e aobhar an gàireachdaich ?" arsa Dà'idh Sùlair
ris fhéin ; "am bheil sùil aca gu 'm buidhinn iad uile ?"
agus car tiota dh' éirich seòrsa de amharus 'n a inntinn
mu a shoirbheachadh na 'n cailleadh e ; ach thilg e dheth
gach teagamh agus sheas e a dh-fheitheamh na crìch. Cha
d' fheum e feitheamh fada. Thàinig balachan beag a
stigh le cùirneachadh air a shùilean agus aon d' a làmhan
ceangailte air a chùlaobh ; chuir e a làmh lom ann an
bocsa, thug e 'mach cairt agus shìn e do 'n chléireach i, a
leubh a mach, a h-àireamh, an sin thog balachan air taobh
eile an tighe cairt as a bhocsa féin agus shìn e i do chléir-
each eile, a glaodh a mach, " Falamh." Rinneadh so
fichead uair, gus mu dheireadh, an d' thàinig dà chiad gu
leth punnd Sasunnach air fear eigin. Thog iad iolach
àrd 'n uair a chual iad so ; ghlac a chàirdean air làimh an
duin efortanach air an d' thàinig an dà chiad gu leth, ach
shèap an dream aig an robh an cairtean " Falamh," as an
rathad.

" Falamh, falamh, falamh, falamh ; is i mo bharail gu
bheil iad ach beag uile falamh," arsa Dà'idh ris féin ;
" cha 'n 'eil so idir mar a shaoil mi ; ciod a dheanainn na
'n tuiteadh do m' chairt féin a bhi falamh. Tha an t-àm
agam a bhi a' gluasad a chòir an doruis."

" Falamh, falamh, falamh, leth-chiad uair eile as déigh
a chéile, agus a' sin, còig ciad punnd Sasunnach do chuid-
eigin. " Falbh," arsa Dà'idh "is fhiach sin rud-eigin, ach
is suarach e làmh ris na tha sùil agamsa 'fhaighinn. Ciod
sud a chuala mi ? 'S e sin an t-àireamh aig a' chairt
agamsa, a dhaoin-uaisle, ma 's e ur toil e ; is mise ' 77.' "

— ·Falamh " ars' an cléireach ; agus thuit Dà'idh Sùlair
bochd air a bheul 's air a shròin, mar gu 'n cuirteadh
urchair ann. Shaoil iad uile gu 'n robh e glan mharbh,
ach cha robh. Fhuair iad a mach c' àite an robh an duine
bochd a còmhnuidh ; agus, a thaobh gu'n robh e astar air
falbh, thairg duin'-uasal a bha 'lathair a charbad féin gu
caoimhneil chum Dà'idh bochd a ghiùlan dachaidh. Chuir
iad anns a' charbad e 's dh' fhalbh iad leis.

Bha Peigi fad uair an uaireadair a' freiceadan aig an
uinneig. A chum is gu 'n rachaidh aice na b' fheàrr air
òrduighean Dhà'idh a chur an gniomh, fhuair i cuideachadh
aon de na coimhearsnaich, chruinnich i gach stob àirneis a
bha 's an tigh ann an aon seòmar-mullaich, agus bha i 'nis
'n a suidhe gu foighidinneach 'a' feitheamh a' charbaid.
Mu dheireadh, an uair nach mor nach robh i air toirt
thairis, faicidh i an carbad a' tighinn m' an oisinn ! A
suas chaidh an uinneag ann an tiota, agus a sios chaidh
an àirneas cas ar char air an t-sràid gu h-iosal. Cathraich-
ean, bùird, sgàthain, poitean, clobhachan 's gach nì air an
ruigeadh làmh, a sios chaidh iad, muin air mhuin, 'n am
mìrean air a' chabhsair. Bha seana bhodach a dol seachad
aig an àm, 's dh' amhairc e suas dh' fheuch ciod a bu
chuill do 'n fhrois cagalaich, ach bhuail gob a' bhuilg-
shéididh anns an t-sùil e, agus am feadh a bha e 'n a laidhe
a' sporathail thàinig ultach de shoithichean creatha 'nuas
air a chaol-druim nach mor nach do bhrist a chnaimh-
droma. Ruith marsanda a mach as a bhùth air taobh eile
na sràide 's e cumail a suas a làmhan 's a' smèideadh ri
Peigi sgur d' an obair sgriosaich, ach fhuair e strabhail-
eadh de chuinneig anns an smig a chuir car dheth anns an
cabar. Leum am ministeir, duine mòr, sultmhor, 's e
'dol seachad, a nall a chur casg air a' bhristeadh uamhasach,
'n uair thàinig gùn drògaid leis a' chaillich a nuas thar a
chinn, 's ghrad thug e 'chasan as le nàire. Fad na h-ùine
so, agus ann am meadhon na h-aimhreite bha Dà'idh
Sùlair, agus e 'nis air tighinn gu mhothachadh, 'n a
sheasamh anns a' charbad a' glaodhaich àirde 'chinn 's a'
smèideadh ri Peigi i a stad ; ach shaoil ise gur ann a bha

e ri iolach 's 'g a brosnachadh ; chuir i r dailp nach biodh
stob a stigh m' am biodh ùine aig Dà'idh air bhi 'nios an
staidhir; agus gus an do leum e stigh mar dhuine air a
chuthach 's an do rug e air chaol dha dhuirn oirre, cha do
thuig i ciod a bha e a' ciallachadh. Mu dheireadh dh'
innis e 'n fhìrinn bhrònach dhi, 's shuidh iad le chéile a
chaoidh an lèir-sgrios a thug an gòraich a nuas orra.
Am feadh a bha iad mar so a' tuireadh 's a' bròn an cor
bochd, thàinig an duine caoimhneil, encasda sin, Seumas
Mòr, a stigh 'g am misneachadh. Cha d' thuirt e idir
riutha mar a theireach cuid a dhaoine, " Nach d' thuirt
mi ruibh ; cha ghabhadh sibh mo chomhairle." Cha d'
thuirt e ni d' a leithid, ach 'n uair a chunnaic e mar bha
cùisean, dh' fhalbh e gun fhacal a ràdh, chuir e tional
beag air chois, agus ann an latha no dhà thruis e mu
thuaircam dà fhichead punnd Sasunnach a chuir Dà'idh
Sùlair gu comhfhurtachail air a chasan a rithisd. Is ann
mar so a bu chòir do dheadh choimhearsnaich deanamh
r'a chéile. Cha do chur Dà'idh Sùlair agus Peigi a bhean
sgillinn gu bràth tuille ann an crannchur.—Mur do
shiubhail iad uaith sin tha iad beò fhathast

Eadar. / *I. B. O.*

PARA BAN.

Is iomadh deuchainn chruaidh a th'aig a mhuinntir sin a chaidh a thogail 's a' Ghaidhealtachd air beò-shlaint' fhaotainn air a' Ghalldachd. Dh' fhairich Para Bàn agus Mòrag a bhean so 'n uair a ràinig iad Glaschu. Cha do rinn Para Bàn ni riamh ach obair fearainn, rud nach robh ri fhaotainn anns a' bhaile mhòr, 's mar so cha robh e idir farasda dha cosnadh fhaghainn. Rachadh e 'mach 's a' mhaduinn air tòir oibre, agus thilleadh e 's an fheasgar airtneulach, fann, o'n nach d' fhuair a soirbheachadh. Mu dheireadh fhuair e 'stigh ann am muilionn-cotain, ach mar a bha am mi-fhortan 's a' ghnothuch, chaidh am muilionn ri theine oidhche bha sin, agus chaidh thusa Phara Bhàin a thilgeil à obair. Cha robh atharrach air. Bha Para bochd a' deanamh a dhichioll, ach cha robh obair ri fhaotainn. Feasgar a bha sin thàinig e 'stigh 's e sgith air a chasan, agus ro iosal na 'mhisneach; thilg e e-fhéin anns a' chathair-mhòir a bha taobh an teine; chuir e a dhà laimh a suas ri 'aodunn agus thòisich e air e fhéin a thulgadh air ais 's air aghaidh.

"An d' fhuair thu soirbheachadh an diugh?" dh' fheòraich Mhòrag.

"Cha d'fhuair mi, 's cha b'e dìth allabain no iarraidh," fhreagair Para bochd, 's na deòir a' tighinn 'na shùilean.

"Ma ta," arsa Mòrag, 'bha Peigi Chaimbeul, bean a' Pholicemen, an so an diugh, agus bha i ag innseadh dhomh gu'n robh daoine a dhith orra anns a' Pholice, 's a bheil dad a chumadh tusa gun dol air d' aghaidh?"

"Cha 'n 'eil, cha 'n 'eil," fhreagair Para Bàn gu siobhalta, "ach a' bheil thu cinnteach an gabh iad mi?"

"C'arson nach gabh?" arsa Mòrag, "tha mi cinnteach gu bheil thu cho trom, cho dìreach, agus cho coltach anns gach dòigh ris an duine aig Peigi Chaimbeul?"

"Cha 'n abair mi," fhreagair Para Bàn, "nach 'eil mi
cho dìreach, agus theagamh cho trom ri Seumas Caimbeul,
ach tha aon nì a their mi agus is e sin, nach 'eil mi cho
àrd ris san ; agus cha ghabh iad fear 's am bith a tha fo
chòig troighean 's naoi òirlich, agus tha òirleach a'm
dhìth-sa dheth sin."

"Falbh, falbh," arsa Mòrag "'dé 's fhiach òirleach ?"
tha mi cinnteach na'n robh thu toileach gu 'm b' urrainn
dhuit thu féin a dheanamh an àirde a tha feumail."

" Ni Math 'gar gleidheil ! a bheil thu as do riaghailt
'buileach ?" ghlaodh Para Bàn. " Nach 'eil cuimhne agad
mar tha am Bìobull ag ràdh,—Cò agaibh le mòr-chùram a
dh' fheudas aon làmh-choille a chur r'a àirde féin."

" Tha, tha," fhreagair Mòrag. " Bha sin math gu leòir-
'san àm sin ach cha robh am *Police* ann 's na làithean ud,
no feum orra. Fhaic thu, tha thu tur aineolach air
gnothaichean do 'n t-seòrsa so. 'N uair a bha Dùghall
mo bhràthair-sa an geall a chridhe air dol do 'n arm, ged
a bha e dà òirleach fo'n àirde cheart, 'dé shaoil thu rinn
iad ris?"

" Cha 'n urrainn domh a 'bhreanachadh," freagair Para
Bàn.

"Ma ta innsidh mise dhuit," arsa Mòrag, " thug iad leò
e a stigh do sheòmar anns an robh griosach mhòr do theine
a ròstadh damh ; shuain iad e ann an trì plaideachan, agus
chuir iad 'n a shìneadh mu choinneamh an teine so e gus
an robh e tais le fallus, an sin an uair a bha gach féith 'us
cnaimh a bha na chorp bog leis an teas, thòisich iad air
agus shlaod iad a mach e gus an robh e mu dheireadh glé
dhlùth air an àirde cheart. Ach bha aithneachadh beag
fhathast 'ga dhìth, 'n uair a rug fear a bha sin air slacan
agus thu e sud do Dùghall anns a' chnuaic 's thog e cnap
air mullach a' chinn cho mòr ri ubh circe,—a thilg leth-
òirleach o's cionn an àirde riaghailtich e, agus ghabh iad
'san arm e gu réidh, glan, farasda."

" 'S an robh thu brath a' cheart chleas fheuchainn
ormsa ?" dh' fheòraich Para Bàn 's e air chrith leis an
eagal.

"C' arson nach feuchadh," fhreagair Mòrag. "A bheil thu ach òirleach gann do 'n àirde cheart, agus ma bhios e na mheadhon air cosnadh fhaotuinn dhuit, a chumas do bhean 's do chlann gu'n dol a dholaidh, cha 'n fhaod e 'bhith gu 'n diùlt thu an seòl ud fheuchainn. Na 'm bu mhise a bh' ann leiginn leò mo shlaodadh 's mo spìonadh gus am biodh mo chnàmhan 'san dìosail."

"Tha eagal orm, a Mhòraig, arsa Para Bàn, "nach téid agad air."

"'Dé am fios a th' agad gus am feuch sinn," fhreagair Mòrag "faigh an t-slat-thomhais gus am faic sinn de 'n fhior àirde a tha thu."

Chaidh an t-slat-thomhais fhaodainn, chuir Para Bàn dheth a bhrògan, chuir a dhruim ris a' bhalla ghabh Mòrag an t-slat-thomhais, 's rinn i mach gun robh e mar leud ròinnein do chòig troighean 's ochd òirlich.

"Seadh ma ta," arsa Mòrag, "cuiridh mise geall gu 'm bi thu còig troighean 's naoi òirlich mu 'n tig àm dol a laidhe!"

"Nach fhaod e bhi gu'n crìon 's gu 'n crup mi mu'n tig a' mhaduinn?" dh' fheòraich Para Bàn, 's eagal a bheatha air.

"Tha thu glé cheart," fhreagair Mòrag, "'s mar sin leigidh sinn leis gu maduinn; an sin théid thu dìreach as a' so gus an àite anns a bheil iad a cur muinntireas air na daoine, agus 'g an tomhas, 's cha 'n fhaod e bith gu'n dean thu crìonadh no crupadh air an rathad."

"Gu dearbh cha rachainn an urras air a sin," freagair Para Bàn, "is neònach an rud nach crup 's nach searg, ris an reothadh so."

"Nach cuir thu do chòta-mor ort, agus do bhreacan mu d' mhuineal 'g ad chumail seasgair, blàth, agus bi 'g ad shior shìneadh féin, 's a' cumail do chinn ri athar, 's a sìneadh a mach d' amhaich mar chirc a chitheadh clamhan 's an speur," arsa Mòrag.

Mar so shocraich iad cùisean ; agus moch air maduinn dh' éirich Mòrag gu spéideil ; chuir i an t-aodach leapa gu curamach mu ghuaillibh Phara Bhàin ; an sin chàrn i air

a mhuin a h-uile bad aodaich air an ruigeadh a làmh gus
an robh an duine bochd na shruthlaichibh falluis, 's a sin
thòisich an slaodadh an da-rìreadh.

Shlaod 'us spìon, 'us shlaod i a rithist, gus an robh
eagal air an fhear a bha 's an leapa gu 'm biodh e as na
cruachainnean.

"Air d' athais, a Mhòraig! air d' aithais!" ghlaodh e
àird a chinn; "cuimhnich nach e eige chùrainn as a'
mhuilionn-luathaidh a tha thu a' slaodadh. Stad a ghaoi
a' Mhaitheis! biodh cuimse air do laimh, cha 'n fhàg thu
cnaimh slàn a'm' chorp!"

"Cha 'n eagal dhuit!" fhreagair Mòrag 's i gabhail
greim ùr air mu chaol nan cas, 's a' cur a casan fèin a'm
forcadh ri posta na leapach, "gabh thusa greim daingeann
air ceann aghairt na leapach 's bi a ghnàth ag iarraidh a
suas 'n uair a tha mise ga d' shlaodadh a nuas, agus cha
bhi sinn tiota ga d' dheanamh fada gu leòir. Sin a nis,"
ars' ise, 's i 'g a leigeil fèin a sìos le splaid ann an cathair,
a leigeil a h-analach, "cum na plaideachan gu teann mu 'n
cuairt ort air eagal gu 'm faigh thu fuachd, 's thig agus
cuir do dhruim ris a' bhalla aon uair eile."

Bha Para Bàn ùmhal, freagarach, rinn e mar a chaidh
iarraidh air.

"Leth na bochdainn," arsa Mòrag, tha mu leth-òirleach
ga d' dhìth fhathast; thoir an leapa ort cho luath 's a bheir
do chasan thu air eagal gu 'm fuaraich thu 's gu 'n caillear
am beagan a' bhuidhinn sinn."

Thòisich Mòrag air an t-slaodadh aon uair eile ach bha
i làn mhothachail gu 'n robh a saothair diomhain. Coma
co dhiu, cha b' e dòigh Mhòraig an rud air an robh i 'an
geall a ghèilleachdainn gu 'n fhios c' arson. Ciod a rinn i
ach gu 'n d' fhuair i sgròd do phaipear làidir glas, agus
leis an t-siosar-mhòr ghearr i as cho math ri dusan bonn
air cumadh coise Phara Bhàin. An sin rinn i sailleann
do bhuntàta fuar agus ghabh i bonn an dèigh buinn agus
leag i iad air casan an fhir a bha 's an leapa.

"So a nis," ars' ise, "tarruing ort do chas-bheairt,
's cuir ort do sheana bhrògan,—tha iad momhas mòr

dhuit co dhiu,—bi 'mach an dorus, 's a' ghaoil a' Mhaitheis na till gun chosnadh."

Thog Para Bàn air, agus an ùine ghoirid bha e aig an àite anns an robh iad a' sgotadh agus a' tapachadh na muinntir sin a bha ag iarraidh air a' *Pholice*. An déigh 'fheòraich dheth, c' ainm a bh' air, dh'iarr iad air tighinn a leth-taobh 's gu 'm faiceadh iad an robh e an àirde riaghailteach.

" Cuir dhiot do bhrògan," ars' an Ceannard.

" Nach feuch sibh mi mar a tha mi," fhreagair Para Bàn gu ciùin, sìobhalta, " cha 'n 'eil sàiltean mo bhrògan ach iosal.

" Cha 'n fheuch, cha 'n fheuch," fhreagair an Ceannard, "dhiot iad gu h-eallamh."

Cha robh aig Para Bàn ach deanamh mar a chaidh iarraidh air, ach cha robh e 'g a mhothachainn féin comhartach il.

" Seas a nall a so a nis, ghlaodh an Ceannard, "agus cuir do dhruim ris a' bhalla."

'N uair a thòisich Para Bàn ri 'chasan a chur fodha, mhothaich e gu 'n robh na buinn phaipear aig Mòrag an déigh dol na 'm brochan leis an teas 's leis an fhallus, 's mu 'n abradh tu seachd shleamhnaich a chasan 's chaidh a ladhran os a chionn ; a' fàgail luirg fhliuch air leacan an ùrlair.

" Ciod air an t-saoghal a tha ceàrr air do chasan ?" ghlaodh an Ceannard bho thaobh thall an tighe.

" Cha 'n 'eil ni, le 'r cead, ach am fallus," fhreagair Para Bàn, 's e 'g éiridh mar a b' fheàrr a dh' fhaodadh e.

" Fallus," ars' an Ceannard, " tha iad cho fliuch 's ged a bhiodh tu dol troimh 'n eabar air cheana do chas-bheairt.

" Cha 'n 'eil fhios agam nach 'eil mo bhrògan car aodionnach cuideachd," fhreagair Para Bàn, " ach buinidh casan fallusach do 'n teaghlach againne, bha iad aig m'athair ; ach tha mise cho cinnteach á m' chasan, 's co lùghor ris gach darna duine 'n uair a tha mo bhrògan orm."

" Cha 'n fhaca mi duine riamh," ars' an Ceannard, aig

an robh casan cho fallusach a so. Cuir dhiot do stocain-
ean 's gu 'm faic sinn do laodhran."

Bha fichead leisgeul aig Para Bàn bochd. Mur bhith
an t-eagal a bh' air gu 'n sleamhainnicheadh e a rithist
's gu 'n tuiteadh e air a bheul 's air a shròin, bha e a dh'
aon leum a mach an dorus. Cha ghabhadh an Ceannard
leisgeul no diùltadh 's mu dheireadh tharruing Para Bàn
dheth a stocainean 's bha sgaoth do na buinn phaipeir-
ghlas aig Mòrag, air an ùrlar.

Chrom Para Bàn bochd a cheann ri làr. Bhrùchd fallus
fuar a mach air, 'o mhullach a chinn gu bonn a' choise.
Dh' fheuch an Ceannard ri amharc miothlachdach, frion-
asach, ged a bha fèath-ghàire ri fhaicinn air a ghnùis, agus
aoidh uile 'n a shùil. Mu dheireadh rinn e glac mòr gàire,
agus an sin dh' fheòraich e do Phara Bàn ciod a thug air
an cleas ud fheuchainn; 'n uair a chual' e mar a bha
cùisean a' seasamh, gu 'n robh bean 'us teaghlach an croch-
adh ris, agus gu 'n robh e fada 'mach á obair, thubhairt e
gu caoimhneil :—

"A dhuine bhochd tha mi duilich air do shon, cha 'n 'eil
e comasach dhòmhsa àite fhaodainn dhuit air a' Pholice,
ach tha mi 'tuigsinn gu bheil gille-gnothaich a dhi air an
t-Siorram, agus bruidhnidh mi ris air do shon."

Bha an Ceannard cho math ri 'fhacal agus ann an latha
no dhà chaidh muinntireas a chuir air Para Bàn mar
ghille do 'n t-Siorram, le tuarasdal math, 's le obair
aotrom.

Tha Mòrag ann an làn bheachd gur ise a fhuair cosnadh
do Phara Bàn, chionn tha i 'g ràdh mur cuireadh ise na
buinn phaipear 'n a bhrògan nach cual' e riamh gu'n robh
gille a dhi air an t-Siorram, agus tha Para Bàn cho taing-
eil, shocharach 'n a dhòigh gu'n leig a leatha a bhi 's a'
bharail sin—mar a tha an sean-fhacal ag ràdh—"An toil
féin do na h-uile 's an toil uile do na mnathan."

An uair mu dheireadh a chunnaic mise Para Bàn bha
e gu luath làidir, gun ghaoid gun ghalar, 's cho cinnteach
á chasan ri aon ghobhar a bha riamh an Diùra. Ach
cha 'n 'eil uair a théid e 'mach air ghnothach do 'n

t-Siorram, le 'bhriogaisean goirid 's le chòta-dearg nach bi na balaich a' toirt spiolag as agus a glaodhaich, " Para Bàn nan cóig-troighean-gu-leth: am bheil do chasan fall-usach an diugh a Phàruig ?"

Eadar. le FIONN.

CIONTACH—ACH AIR MHISG.

Bho chionn mhòran bhliadhnachan, bha ann am Baile-nach-abair-mi breitheamh ainmeil agus ro ionnsaichte anns an lagh. Bha e fo mhòr chliù air son tréibhdhireas agus ionracas a bheatha mar bhreitheamh ; ach bha aon choire air. Bha e 'n a fhear-cuideachd cho math gu 'n robh e calamh gu bhi, a dh-aindeoin a ghliocais, air a bhuaireadh gu bhi leum gàradh-crìche na stuamachd—a dh-innseadh na fìrinn, bha e trom air an òl. Dh' fhaodtadh a bhi cinnteach, am feasgar roimh an latha air am bitheadh mòd ri bhi aige, agus 'n uair a thigeadh na sgaoimirean òga de luchd-lagha a b'àbhaist a bhi frith-ealadh na cùirte cruinn, dh' fhaodteadh, mar tha mi ag ràdh, a bhi làn chinnteach gu 'n géilleadh am breitheamh còir do 'n t-seana chleachdainn agus gu 'm faighteadh e gu sòlasach, seasgair 'n a shuidhe ann an aon de sheòmraichean àrda an tigh-òsda a bha air taobh eile a' chnuic, mar gu 'm biodh rìgh ann, am meadhon sgaoth de mhuinntir nan gruaga geala.

Thachair da a bhi anns an t-suidheachadh so air feasgar Earraich, bliadhna de na bliadhnaichean. Bha e féin agus a' chòisir àluinn a bha leis an déigh suipeir ghreadhnach a chuir thairis, agus iad a nis air tòiseachadh air òl agus air aighear.

"A dhaoin'-uaisle," ars' am breitheamh, "tha ùine mhòr a nis bho nach robh gloine cridheil againn le chéile —òlamaid m' an cuairt deochslàinte an Rìgh,

'S gu 'n tuit an làmh bho 'n uilinn
De gach duine nì a diùltadh."

" Tha uisge-beatha a's feàrr agad an dràst na bha agad an uair mu dheireadh a choinnich sinn a' so, a Dhòmhnuill-nan-siolachan," ars' esan, agus e a' tionndadh ris an òsdair: "an deoch a bha agad an oidhche sin cha tairginn do m' chù i!"

Mhol Dòmhnuill an t-uisge-beatha, agus na thaice ghabh na feara. Cha ruigear a leas tòiseachadh air a chur an céill có ris a tha a leithid so a chòdhail ann an tigh-òsda dùthcha coltach—is leòir r'a innseadh gu 'n do thog am breitheamh fiachail air, uair-eigin mu mheadhon oidhche, a dheanamh a rathaid lùbaich dhachaidh mar a b'fheàrr a b' urrainn da. Ge ta, beagan m' an do thog e air, mar bha an t-olc anns na fir-lagh a bha 'n a chuideachd ciod a rinn iad ach, gun eagal binne no breitheamh, gu 'n do chàirich iad na bha de spàinean airgid air bòrd Dhòmhnuill-nan-siolachan, ann am pòca a' breitheamh

Mu ochd uairean 's a' mhaduinn an latha-ar-na-mhàireach dh' éirich ma laochan, ghlan e e-féin, ghabh e lòn-maidne agus chaidh e stigh d'a sheòmar g' a chur féin an uidheam air son dleasnasan an latha.

"Tha mi," ars' esan r' a mhnaoi, "ga m' fhaireachdainn móran na 's fheàrr na bha sùil agam an déigh ruiteireachd na h-oidhche raoir."

"O, dhuine," fhreagair ise, "is mithich dhuibh fàs glic agus sgur de 'n chleachdainn ghràineil so—tha an aois a' laidhe oirbh."

"Is faoin duit a bhi 'bruidhinn," ars' am breitheamh, aig a' cheart àm a' cur a làimh ann am pòca a chòta-mhòir, an uair, ciod a b' iongantaiche leis na grein fhaighinn air làn an dusain de spàinean airgid Dhòmhnuill-nan-siolachan. Thilg e mach air an ùrlar iad. Le gnùis làn uamhainn agus nàire ghlaodh e—

"O Ealasaid!"

"Ciod air thalamh tha 'n sin, a bhreitheimh?"

"Am faic thu na spàinean sin!"

"An ainm an àigh c' àite 'n d' fhuair thu iad?"

"An d' fhuair mi iad? Nach 'eil thu a' faicinn ainm Dhòmhnuill-nan-siolachan orra? Ciod a th' agad air no dheth ach gu 'n do ghoid mi iad!"

"Ghoid thu iad?"

"Ghoid, gun teagamh 's a bith ! "

" A dhuine mo ghaoil, cha 'n urrainn da sin a bhith! co uaith ! "

" Bho Dhòmhnull-nan-siolachan thall a' sin : tha 'ainm orra."

" A Rìgh 's a Ridire ! Ciod an aona bhuaireadh a thàinig ort ? "

" Is furasda sin innseadh, mo chreach ! bha an daorach orm an uair a thàinig mi dachaidh, nach robh ? "

" Cha 'n fhacas riamh air atharrach thu an uair a ghaobh thu am measg nam fear-lagh sin."

" Ach an robh mi trom air mhisg ? "

" Bha thu, gu dearbh."

" An robh mi *gu sònraichte* air mhisg ? "

" Bha thu cho làn ri buideal, agus cho stallachdach ri laogh-gogain."

" Bha mi 'smaointeachadh sin ; " ars' am breitheamh 's e tuiteam 'n a shuidhe ann an cathair, fo bhuaireas mòr —" bha fhois agam gu 'n tigeadh e gu so air a' cheann mu dheireadh. Bha mi riamh fo amharus gu 'n tachradh breamas air chor-eigin domh—gu 'n deanainn rud-eigin ceàrr—gu 'n deanainn ciorram air cuid-eigin na 'n èireadh orm—ach cha do shaoil mi riamh gu 'm faicteadh an latha anns an tuitinn cho iosal 's gu 'm bithinn ciontach de ghadaidheachd ! "

" Ach cha 'n 'eil fhios nach faod mearachd éiginn a bhi anns a' ghnothach."

" Cha 'n 'eil, cha 'n 'eil. Tha làn fhois agam ciamar thachair e. Tha an slaightire sin, Dòmhnull-nan-siolach- an a' reic an aon uisge-beatha a's truaillidhe a dh' òl mac duine riamh—uisge-beatha a bheireadh air duine gnìomh tàmailteach 's a bith a dheanamh. Is fhada bho 'n thuirt mi gu 'n robh e truaillidh gu leòir a thoirt air duine goid, agus a nis tha dearbhadh agam air ! " agus thòisich an seann duine bochd air sileadh nan deur.

" Na bi ann ad leanabh," ars' a bhean agus i a' tioram- achadh a dheòir ; tog ort, glac misneach agus rach an taobh a tha Dòmhnull-nan-siolachan agus abair ris nach robh anns a' ghnothach air fad ach feala-dhà. Rach agus fosgail am mòd agus cha chluinn thu tuilleadh uime."

Ghabh e comhairle a mhnatha, dh' fhalbh e, 's cha robh e duilich dha cùiscan a chur ceart ri Dòmhnull-nan-siol-achan—oir, cha 'n e mhàin gu 'n robh cliù a' bhreitheimh, mar thigeadh d' a leithid, os cionn amharuis, ach bha forais aig Dòmhnull mu 'n chleas a rinn na seòid air an oidhche roimhe. Ghabh am breitheamh 'àite-suidhe anns a' mhòd; ach thug daoine an aire gu 'n robh 'inntinn an dràst 's a rithist a' seacharan air falbh bho 'n chùis a bhiodh air a bheulaobh. Cha robh e idir cho deas agus cho soilleir 'n a bheachdan 's a b' àbhaist da.

An uair a bha obair a' mhòid a' tarraing gu crìch, chaidh duine uile, aingidh coltas a thoirt m' a choinnimh air son mèirle. An uair a leugh clèireach na cùirte an sgriobhadh-casaid, chuir e a' cheisd ris a chiomach bochd—

" A bheil thu ciontach, no neo-chiontach?"

" Ciontach—ach air mhisg," fhreagair am priosanach.

" Ciod a tha e ag ràdh?" thuirt am breitheamh, 's e 'n a leth thura-chadal anns a' chathair.

" Tha e ag aideachadh a chionta, ach tha e ag ràdh gu 'n robh an daorach air," fhreagair an clèireach.

" Ciod a tha sibh a' cur as leth an duine."

" Tha mèirle an-tromaichte."

" Ciod mar thachair?"

" Ma 's e ur toil e," ars' am fear-casaid, " tha sinn a' cur as leth an duine so gu 'n do ghoid e suim mhór airgid a tigh-òsda Dhòmhnuill-nan-siolachan."

" Seadh, agus ciod a tha e ag ràdh?"

" Tha e ag aideachadh a chionta, ach ag iarraidh gu 'n gabhar a leisgeul a chionn gu 'n robh an deoch air."

Mhosgail am breitheamh a suas aig cluinntinn so.

" Ciontach—ach air mhisg! Is neònach an dòigh thag-raidh sin. A dhuine òig, tha thu cinnteach gu 'n robh thu air mhisg?"

" Tha, le 'r cead."

" Agus c' àit' an d' fhuair thu an deoch?"

" Aig Dòmhnull-nan siolachan."

" An d' fhuair thu deur aig duine sam bith eile!"

" Cha d' fhuair diochd, le 'r cead. '

" Ghabh thu an daorach air a chuid dibhe an toiseach, agus an sin ghoid thu a chuid airgid?"

" Direach sin, le 'r cead."

" Fhir-chasaid," ars' am breitheamh, "dean de chomhstath dhòmhsa a' chasaid a tha agad an aghaidh an duine so a thoirt air a h-ais. Tha uisge-beatha Dhòmhnuill nansiolachan dona gu leòir gu thoirt air duine nì tàmailteach sam bith a dheanamh. Ghabh mi fhéin an daorach dheth an raoir, agus a bheil fhios agad gu 'n do ghoid mi na bha de spàinean airgid air a' bhòrd! Leigibh mar sgaoil an duine bochd so. Tha am mòd a nis thairis."

Eadar. le I B. O.

MINISTEIR NA POITE BIGE.

Bha ministeir ann an sgìreachd nach ainmich mi, bho chionn mòran bhliadhnachan a bha 'n a fhear de na daoine mì-shona sin, a "mhiannaicheas an nì nach fhac iad." Cha 'n e 'mhàin gu 'n sanntaicheadh e nì air bith grinn a chitheadh e, ach shanntaicheadh e rudan, am bitheantas, nach dùisg an-togràidhean an cridheachan dhaoine. Air dha 'bhi aon latha a' gabhail cuairt troimh 'n sgìreachd, thaghail e aig tigh banntrach bhochd, aon d' a luchd-éisdeachd, a bha 'chòmhnuidh ann an àite monatail, agus air dha poit bheag fhaicinn air leac-an-teine, làn de bhuntàta air son dinneir a' bhoirionnaich agus a cloinne, thòisich e air a moladh gu h-anabarrach. Cha 'n fhac e poit riamh co snasail ris an té bhig so; 's e ball àirneis eireachdail a bh' innte; 's e neamhnuid luachmhor a bh' innte; cha robh poit air thalamh co cumhachdail ris an té bh' ann an so; 's e rud a bh' innte a bha uile gu léir mais-each. "Ma ta, a mhinisteir," arsa 'bhanntrach, 'n uair a chual' i a' moladh a bh' aig an duin'-uasal air a' phoit, "ma 's toigh leibh i co math is sin, tha mi an dòchas gu 'm bi sibh co math 's gu 'n leig sibh leam a cur a dh' ionns-aidh an tighe agaibh. Cha 'n 'eil a bheag de dh' fheum againne oirre, 'chionn tha té a's modha againn, agus ni 's freagarraiche air a h-uile dòigh air ar son ne. Cuiridh mi 'nunn le Seumas beag 's a' mhaduinn i, 'n uair a bhios e dol do 'n sgoil," "O," ars' am ministeir, "cha 'n urrainn mi leigeil leibh 'bhi aig a leithid sin de dhragh. Bho 'n a tha sibh co math agus gu 'm bheil sibh a dol a thoirt dhomh na poite, giùlainidh mi dhachaidh ann am làimh i. Tha mi co mòr air mo ghabhail leis a phoit 'us gur fheàrr leam fhéin a giùlan." 'An déigh beagan bruidhne uime so, chaidh a dheanamh a suas mu dheireadh gu 'n

giùlaineadh am ministeir a phoit' e fhéin. Air falbh ghabh
e, a' toirt leis na poite greis 'n a làimh, 'us greis 'n a ach-
lais mar bu fhreagarraiche dha. Gu mi-fhortanach bha
an latha teith, an t-asdar fada, 's am ministeir reamhar,
air alt agus gu 'n robh e seachd sgìth de 'n eallach mu 'n
d' ràinig e leth-an-rathaid. Anns an staid bhrònaich so,
smaoinich e 'an àite a' phoit a ghiùlan 'n a làimh, na'n
giùlaineadh e i air a cheann gu 'm biodh an t-uallach gu
mòr air eutromachadh. Uime sin, a' tilgeil dheth 'aide—
a chuir e roimhe 'ghiùlan 'n a làimh—agus air dha a
naipeicinn-pòca a chur air a bhathais, chàraich e a' phoit'
le a beul foidhpe air mullach a chinn. Bha an toiseach
comh-fhurtachd mhòr anns an dòigh ùir so: ach feith ri
'dheireadh!

Ghabh am ministeir gu mi-fhortanach frith-rathad air
eagal daoine 'bhi 'g a fhaicinn, agus 'n uair a bha e fathasd
greis mhòr o 'n tigh ràinig e dig a dh' fheumadh e 'leum mu
'm faigheadh e dh' ionnsuidh an ath-achaidh. Leum e;
ach gu tubaisteach thàinig a' chlogaid a bha air a cheann
gu bhi 'n a currachd dha leis a' chrathadh a fhuair a chorp
'n uair a bhuail e air talamh: thèirinn a phoit' a nuas
seachad air aodann, agus le a h-oir air cùl a chinn, 'an sin
dh' fhuirich i. An rud 'bu mhiosa air fad ged a leig an
t-sròn leis a' phoit tuiteam gu réidh a nuas thairis orra, a
dh' aindeoin na h-uile h-oidhirp ainneasach a thug am
ministeir, cha b' urrainn dha a togail air a h-ais, oir bha
amhach na poite de leithid de chuma, agus gu 'n do lean
i gu teann ri bun na sròine, ged 'bha e furasd' gu leòir dhi
tuiteam a nuas thairis orra. An robh ministeir riamh ann
an staid 'bu mhiosa? 'D é a dheanamh e? Bha an t-àite
aonaranach; an rathad doirbh agus cunnartach; agus bha
cobhair o dhuine fada air falbh—cho fada agus gur gann a
b' urrainn dha ruigheachd air idir. Bha e eu-comasach
dha, eadhoin, glaodhaich a mach, chionn na 'm b' urrainn
dha glaodh idir a dheanamh cha rachadh e dusan òirleach
rathad sam bith. Còmhla ris a' chòr, an ùine gun a bhi
fada 's gann a b' urrainn am ministeir bochd anail a tharr-
uing. Bha a' ghrian a' bualadh a' nuas le a leithid de

neart air an iarrunn, agus air dhasan an t-àile teith so a
tharruing a stigh do 'n sgamhan bha e 'an cunnart mòr air
a bhi tachta. Leis a h-uile dad a bh' ann, bha e uile
choltach, mur faigheadh e cobhair o chuid-eigin a bhiodh
a' gabhail an rathaid gu 'm biodh glé ealamh *Bàs anns a'
Phoit!*

Ach 'd é nach dean duine 'bhios an cunnart a bheatha
'chall? Air éiginneachadh leis a chruaidh-chàs anns an
robh e, chuimhnich am ministeir gu 'n robh ceàrdach mu
astar mìle o 'n àite anns an robh e, agus glé choltach, gu 'm
faigheadh e fuasgladh na 'm b' e agus gu 'm b' urrainn dha
a ruigheachd. Le fradharc a shùl a bhi 'g a dhìth, faodar
a thuigsinn nach robh imeachd ach mall. Greis 'n a shìn-
eadh, greis 'n a sheasamh; 'g a shlaodadh féin feadh chnoc,
'us ghlac; troimh dhìgean agus fhuaran; agus thairis air
gàraidhean, ghluais am ministeir mar a b' fheàrr a dh'
fhaodadh e air thuaiream, rathad na ceàrdach. Faodar a
thuigsinn an t-ioghnadh, an t-àbhachd, agus an lan-aighear
gus an deachaidh an gobhainn agus luchd tathaich na
ceàrdach, 'n uair, fann, agus airsneulach, dall, agus a' plos-
gartaich, a ràinig am ministeir an t-àite far an robh fiugh-
air aige ri cobhair; agus leig e ris dhoibh—ni 's modha le
còmhraidhean na le briathran—mar a bha a chuisean a seas-
amh. Thionndaidh aighear na muinntir a chruinnich, gu
goirid gu truacantas a nochdadh do 'n mhinisteir.

Neònach agus mar a bha e, le 'leithid do rud far am bu
chòir an ceann a bhi, agus le trì chasan na poite a' seall-
tuinn an àird, bha e feumail gu 'm biodh e gu h-ealamh
air a thoirt air ais dh' ionnsuidh a staid àbhaist, ged nach
biodh riasan sam bith air ach air son gu 'm fanadh an
anail ann. Leis a sin, bha e, air iarrtus fhéin, air a threòr-
achadh a stigh do 'n cheàrdaich, a h-uile duine a' cruinn-
eachadh tiomchioll air, a' deanadh air a shon na b' urrainn
dhaibh; agus air do 'n mhinisteir a cheann a chàradh air
an innein, fhuair an gobhainn an 't-òrd-mòr.' "An toir
mi buille trom dhi, a mhinisteir?" ars' an gobhainn.
"Cho trom 's a thogras tu," ars' am ministeir, "is feàrr
rud cuimseach fhulang no bàsachadh anns a' chor so."

'N uair a fhuair an gobhainn an t-òrdugh so, tharruing e buille a bhris a' phoit' 'n a blaoightibh, gun dochann sam bith a dheanamh air na bh' innte. Thug beagan mhion-aidean de 'n àile ghlan, agus gloinne à botul bean a' ghobh-ainn air ais e gu ath-bheatha; ach 's fada a chumar cuimhne anns an sgìreachd air "Ministeir na poite bige."

Eadar. le Mac Talla.

PARA PIOBAIRE.

NAIGHEACHD EIRIONNACH.

Tha naigheachd agam dhuit, agus tha i neònach ; ach iongantach 's mar tha i, tha i cho fìor 's a tha e gu bheil mise am sheasamh ann an so, agus is breugach do 'n fhear a chuireas sin an ag ;—Thachair an nì so ann an àm an àr-a mach, an uair a bha na làithean fada samhraidh, coltach ri beatha iomadh òigeir grinn, air an gearradh goirid leis na laghannan a chaidh a thoirt a mach 'n ar n-aghaidh—laghannan nach ceadaicheadh do dhuine sam bith, math no dona, bhi mach air dorus an déigh claonadh feasgair ; oir an uair a bha obair an latha thairis, cha robh a chridh' againn dol a ghabhail lan-beòil le caraid, no a dh' annsadh le nigheanaig, ach dh' fheumadhmaid falbh dhachaidh, agus sinn féin a chrùbadh fo ghlais, agus gun chrann a thoirt bharr doruis gus an éireadh a' ghrian 's a' mhaduinn.

Ach coma, gu tighinn gu m' naigheachd :—Am feadh a bha sinn, oidhche de na h-oichcheannan, 'n ar suidhe mu 'n chagailt agus a' phoit-bhuntàta a' goil air an teine, agus na cuachan bainne làn, deas air son ar suipeireach chuala sinn buile aig an dorus. "Cuist," arsa m' athair, "sin agad na saighdearan oirnn a nis ; tha eagal orm gu 'm fac' iad aiteal an teine troimh na tuill a tha air an dorus. Cha 'n 'eil math dhuinn a bhi 'cur mar fhiachaibh dhaibh gu bheil sinn 'n ar laidhe—falbh, a Sheumais," thuirt e rium fhéin, "agus seall co tha ann ; ach air do bheatha na fosgail an dorus do dhuine beò ach do na saighdearan agus feuch gu 'n sliog 's gu 'm breug thu iad mar a's feàrr a's urrainn duit."

Air so thug mi 'n dorus orm, 's glaodhar, "Có tha sin ?" "Tha mise," thuirt am fear a bha mach. "Ach có thusa ?" arsa mi fhéin, "Nach 'eil thu ga m' aithneach-

ainn," ars' esan,—"do charaid, Para Piobaire?" "O
'shiorram 's a rìgh," arsa mise. "ciod a thug an so thu mu
'n àm so 'dh' oidhche?" "Ma ta," fhreagair Pàruig,
"cha robh toil agam dol m' an cuairt an rathad-mor,
ghabh mi an t-ath-ghoirid, chaidh mi air seachran, agus
sin agad ciod a chum anmoch mi." "Cha ghabhainn,"
arsa mise, "crùn an rìgh agus a bhi ann a'd àite; oir tha
fhios glé mhath agad fhéin gur e crochadh do chuibhrionn
ma chithear a mach thu 's na h-amannan cruaidhe so."

"Tha fhios agam gu maith air sin," fhreagair am piob-
aire, "Ni-math ga m' dhìon! agus is a sin a chuir a so
mi; leig a stigh mi air sgàth seann eòlais." "O, air m'
fhacal," arsa misa, "cha 'n eil a chridh' agam an dòrus
fhosgladh air son an t-saoghail, mar is math tha fhios
agad; agus ma bheireas na saighdearan ortsa tha do
cheann an geall na 's fhiach e—théid do chrochadh cho
cinnteach 's is e Pàruig is ainm dhuit." "Gu 'n robh
math agad," ars' esan, "ach tha dòchas agam nach e sin
is deireadh dhomh fhathasd." "Ma ta," arsa mise,
"rach agus falaich thu féin cho luath 's is urrainn duit,
neo 's i bìnn ghoirid 's teadhair fhada na gheibh thu bho
na saighdearan—oir ceartas cha 'n aithne do na slaightir-
ean agus tròcair cha 'n eil aca!" "An tuilleadh aobhair
air son gu 'n leigeadh tu stigh mi, 'Sheumais," arsa Pàruig
bochd. "Is diomhain duit a bhi a' bruidhinn," arsa mise,
"cha 'n fhaod mi an dorus 'fhosgladh. Thoir ort am bà-
thigh cùl an tighe, far am bheil am mart, agus gheibh thu
an sin dais chònlaich air am faod thu cadal gu sona-
bheairteach—leaba a dh' fhoghnadh do fhear-fearainn,
gun ghuth air piobaire."

Air falbh ghabh Pàruig do 'n bhà-thigh, agus gu fìor,
ràinig e ar cridheachan a dhiùltadh, agus gu seachd sòn-
raichte o 'n bha am buntàta bruich—agus cha bu sinn a
bha riamh doicheallach ri duine bochd a thàinig 'n ar car-
aibh. Coma co dhiu, chaidh sinn uile a laidhe, agus
neadaich Pàruig e féin am measg na cònlaich anns a' bha-
thigh; agus a nis feumaidh mi innseadh dhuit mar a
chaidh dha:—An déigh do Phàruig a bhi greis 'n a chadal,

dhùisg e suas, agus a' smaoineachadh gu 'n robh a' mhad-
ainn fada air a h-aghaidh,—ach is i a' ghealach a thug an
car as,—thog e air, oir bha toil aige bhi moch aig a' bhaile
b' fhaisge dha, do bhrìgh gu 'n robh faidhir ri bhi ann air
an latha sin, agus bha mhiann air urad 's a b' urrainn da
de pheighinnean a chuir cruinn air an fhéill. Cha robh
anns an dùthaich m' an cuairt piobaire a bheireadh bàrr
air Pàruig.

Mar bha mi ag ràdh, thog e air a dhol thun na faidh-
reach, agus ghabh e frith-rathad troimh na h-achaidhnean.
ach cha deachaidh e ach glé ghoirid air a thuras an uair a
thachair callaid thiugh air, agus an uair a bha e 'g a
shlaodadh féin troimhpe agus a' sgiolcadh a mach air an
taobh eile dhi thug e gleadhar le 'cheann air rud-eigin a
chuir tein'-athair as na sùilean aige. Dh' amhairc e suas
—agus ciod a shaoileas tu bh' ann, Nì math 'g ar dion!—
ach corp duine, crochta air meangan craoibhe. "Fàilte
na maidne dhuit, fhir a th' ann," arsa Pàruig, "cha bheag
an clisgeadh a thug thu dhomh;" agus b' fhìor dha sin,
's cha b' iongantach e.

A nis, is iad na reubalaich a chroch an duine truagh
agus bha fhios aig Pàruig air so gu làn mhath, oir dh-
aithnich e air a chulaidh co 'n dream d' am buineadh e.
"Air m' fhacal," ars' esan, "is circeachdail a' phaidhir
bhòtainnean a tha air do luirgnean, agus is i mo bharail
nach cuir thu 'bheag a dh-fheum tuille orra; agus is nàr-
ach ri 'innseadh gu 'm bithinnse— am piobaire a's feàrr
anns na seachd sgìreachdan—a' siubhal an rathaid le
paidhir de sheann chòbuil bhròg orm nach togadh an diol
déirce a's bochda 'san dùthaich as an dùnan." Rug Pàruig
air na bòtainn agus thòisich e air an slaodadh dheth, ach
dheth cha tigeadh iad; mu dheireadh thug e thairis
dhiubh agus bha e bràth togail air, an uair a thug e an
ath shùil air na bòtainnean àluinn, 's chuir e roimhe gu 'm
biodh iad aige, 'dheòin no dh' aindeòin. Thug e mach
sgian mhòr, gheur, agus gheàrr e na luirgnean bhàrr a'
chuirp, chàirich e 'n a achlais iad, a' cur roimhe feuchainn
ris na bòtainnean a thoirt diubh a' chiad chothrom a

gheibehadh e. Cha b' fhada ràinig e an uair a channaic e
'ghealach a' caogadh a mach fo sgéith neòil; thug e nis
fainear mar thug i an car as, agus dh' aithnich e nach robh
e ach ro mhoch 's a' mhaduinn; bha sgàth air agus air
eagal gu 'm beirteadh air 's gu 'n rachadh a ghiollachd colt-
ach ris a' chorp a bha e féin an déigh a ghnàthachadh cho
neo laghail—thill e air a shàil, thug e air am bà-thigh far
an robh e toiseach na h-oidhche, agus an uair a chuir e
falach na bòtainnean agus speirean a' chuirp am measg na
cònlaich, laidh e sios agus chaidil e. Ach ciod a th' agad
air no dheth, cha b' fhada bha e 'n a laidhe 'n uair thàinig
na saighdearan, agus 's e bh ann, glacar agus togar leotha
am piobaire beo, slàn—agus bu gheal a thoill e sin an
déigh mar mhi-ghnàthaich e an corp.

An uair a thàinig a' mhaduinn, arsa m' athair rium
fhéin, "Falbh a mach do 'n bhà-thigh, a Sheumais, agus
abair ri Pàruig bochd tighinn a stigh a cham 's gu 'm faigh
e cuid d 'an bhuntàta; is neònach leamsa mur 'eil an
t-acras air roimhe so.

A mach do 'n bhà-thigh ghabh mi agus ghlaodh mi am
piobaire air 'ainm, ach smid fhreagairt cha d' fhuair mi.
Ghlaodh mi a rithist 's a rithist ach facal cha chualas.
"An ainm an àigh, a Phàruig." arsa mise, "c' àite bheil
thu?" Sheall mi shios 'us shuas ach mìr de Phàruig cha
robh agam. Mu dheireadh, faicear, thar leam a dhà
chois am measg na cònlach. "Fhir mo chridhe," arsa
mise, "is tu tha toigheach air oisinn bhlàth; mur 'eil thu
an déigh thu féin a tholladh a stigh anns a' chònlaich cho
seasgar ri deargainn ann am plaide! ach cuiridh mise stad
air do chuid bruadar." Le so rug mi air chaol dà chois
air—mar shaoil mi fhéin—thug mi an spionadh sin air,
an uair a dh' fhalbh mi an còmhair mo chùil, ceann thar
thulchainn, anns an inne.

An uair a thàinig mi gu seòrsa mothachaidh bha mi am
laidhe air leud mo dhroma agus dà rud 'am làmhan colt-
ach ri paidhir dhagachan—agus 'bheil fhios agad nach mòr
nach do chaill mi sealladh nan sùl an uair a chunnaic mi
'd é bh' agam; dà chois duine mhairbh? Thilg mi bh'nam

iad mar gu 'm biodh iad r'a theine; thug mi duibh-leum asam agus ghlaodh mi mort 'us milleadh. "O, a bhana-mhortair gun iochd," arsa mise, 's mi maoidheadh mo dhòrn air a' mhart—"O, a bhéisd mhi-nàdurra, dh' ith thu Pàruig bochd, a bhrùid gun nihathanas; is miosa thu no na daoine dubha;—agus, an droch bhàs ort, nach tu bha àilgheasach an uair nach fòghnadh dhuit gu d' shuipeir ach an t-aona phìobaire b' fheàrr eadar dà cheann na rioghachd! Mo thruaigh sinn uile! ciod a their an dùth-aich gu léir ri 'leithid de mhort mì-chneasda? agus thu an sin a' sealltainn cho sèamh, neo-chiontach ri uan, agus a' cnàmh do chìr mar nach biodh sion air tachairt." A mach ghabh mi, oir gu cinnteach mheas mi gu 'n robh mi fada gu leòir an cuideachd na béist. Thug mi an tigh orm agus dh' innis mi dhaibh gach ni mu 'n chùis.

"Cuist, cuist," arsa m' athair, "cha b' urrainn da sin a bhi fìor." "Cha 'n 'eil facal bréige ann," arsa mise. "An e gu 'n d' ith am mart Para piobaire?" ars' iadsan. Mar is beò mi, cha 'n 'eil facal agam ach smior na firinn; cha d' fhàg an t-ainmhidh gun iochd mìr d' an Phìobaire ach a dhà chois 's a bhòtainnean." "Agus dh' ith i a' phìob cuideachd?" arsa mise. "An droch bhàs air a' bhéist," ars' esan, "nach ann aice bha an déigh air ceòl." "A nis," arsa mo mhàthair, "na mallaich a' bhò a tha 'toirt bainne do 'n chloinn." "Mallaichidh mi," thuirt m' athair, "c' arson nach mallaichinn a leithid a bhéist mhì-nàdurra? Cha bhi i na 's fhaide agamsa; cuiridh mi a dh' ionnsuidh na faidhreach i gun tuilleadh dàlach, agus reicidh mi i air ciod sa bith tairgse 'gheibh mi. Gabh air falbh a Sheumais," ars' esan "cho luath 's a ghabhas tu greim bìdh, agus thoir leat i thun na faidhreach." "Ma ta a dh' innseadh na firinn," arsa mise, "b' fheàrr leam aon-eigin eile 'dhol leatha." "Cuist," ars' esan, "agus na dean amadan diot féin." "Is ann da-rìreadh a tha mi," thuirt mi ris; "is sibh féin a b' fheàrr a bheireadh an aire dhi na mise." "Tha 'n gnothach gu math," ars' esan; "cha 'n 'eil fhios agam c' arson a bhithinn a' gleidheadh coin ma dh' fheumas mi fhéin an tathunnaich a dhean-

amh ; na cluinneam facal tuilleadh, ach tog ort leatha,
's na faiceam ceann no crodhan di tuille."

Air falbh ghabh sinn, fa-la an aghaidh mo thoil, creid
mi ; cha robh tlachd sam bith agam a bhi mar fhad na
laimhe do 'n bhrùid neo-chneasda. Ach coma co dhiubh,
gheàrr mi cuaille làidir, fada, do bhata, los gu 'n rachadh
agam air a' bhanasgail mhortail iomain gun a bhi dlùth
dhi idir, idir.

Mar bha sinn a' gabhail an rathaid bha an sluagh a'
diùmhlachadh a dh' ionnsuidh na faidhreach. " Madainn
mhath dhuit, 'ille òig," arsa duine rium 's an dol seachad,
"is math coltas a' mhairt a tha thu ag iomain." " Tha i,"
arsa mise, "cho math r'a coltas," am Freasdal 'thoirt
mathanais dhomh, is dona thàinig e ri m' chridhe facal
math a ràdh as a leth. "A bheil thu dol g' a reic ?" ars'
esan. "Tha," fhreagair mi. "Ciod tha sùil agad a
gheibh thu air a son ?" dh' fheòraich e. "Ma ta, cha 'n
eil fhios agam," thuirt mi—rud a bha fior gu leòir, chionn
bha mi ann an seòrsa imcheist mu 'n bhrùid mhosaich uile
gu léir. "Is bòidheach an gaothach dhuit a bhi dol gu
margadh," ars' esan, "'s gun fhios agad ciod is fhiach do
chuid feudail." "O," arsa mise—'s gun toil agam amh-
arus a bhi aige gu 'n robh beud air a' mhart—"cha bhi
fios aig neach 'd é gheibh e gus an ruig e an fhaidhir 's am
faic e ciod na prìsean a tha dol " "Ceart gu leòir," ars'
esan, "ach na 'm faigheadh tu tairgse mhath m' an ruig-
eadh tu an fhaidir idir, nach gabhadh tu rithe ?" "Gun
teagamh," arsa mise. "Ciod tha thu ag iarraidh oirre,
ma ta ?" ars' esan. "Cha bu mhath leam a bhi mi-reusan-
ta," thuirt mi ris—oir, a dh' innseadh na firinn, bha mi
toileach a bhi réidh 's i —"gabhaidh mi ceithir puinnd
Shasunnach air a son, 's cha ghabh mi peighinn na 's lugha
na sin." "Cha chreid mi," ars' esan, "nach 'eil i saor gu
leòir ; ach tha eagal orm gu bheil rud eigin ceàrr oirre ;
cha 'n ann air an t-suim sin a reiceadh tu mart-bainne a
coltais na 'm biodh i gun choire." "Gu dearbh," arsa
mise, "air m' fhacal tha i math gu bainne." "Theag-
amh," ars' esan, "gu 'n deachaidh i bhàrr a' bainne—a

bheil i air son a bìdh ?" "Moire, 's i th' air son a bìdh ?"
fhreagair mi, "cha 'n 'eil a leithid eile air uachdar na
cruitheachd, is i mo bharail; bheir mi mo mhionnan gu'n
ith i." "Cha 'n 'eil dùil agam gu 'n gabh mi an dràst i,"
ars' esan; "feithidh mi gus am faic mi ciamar 'théid am
margadh." "Tha mi toileach," arsa mise, a' gabhail orm
a bhi caoin-shuarach, ach air chinnt bha seòrsa amharuis
agam gu 'n robh daoine 'faicinn rud-eigin mì-chneasda ann
an aogus na béist, agus nach faighinn bhàrr mo làmhan
idir i. Mu dheireadh ràinig sinn an fhaidhir, agus b' e
sin an sealladh gun a leithid—shaoileadh tu gu 'n robh an
saoghal uile cruinn air an aon thaiche, gun ghuth air gach
riomhaidh eile 'bh' ann. Bha bùithean an sin anns am
faighteadh an deoch a b' fheàrr, agus na fìdhlean a' cluich
a chuir spreigidh ann na caileagan agus anns na gillean
òga; ach chuir mi romham nach gabhainn gnothach riu
gus am faighinn saor 's a' bhéist mhosach a bha air mo
chùram; uime sin dh' iomain mi stigh i gu teismeadhoin
na faidhreach. Ach, a mhic chridhe, mar a bha sinn a'
dol seachad air aon de na bùithean, shéid piobaire air chor-
eigin suas port-dannsaidh, agus mu 'n abradh tu "Deis-dé"
bha 'h-earball a suas agus thug i an roid sin aisde a dh'
ionnsuidh a' bhùth.
"O, mort 'us marbhadh!" arsa mise ris na bha m' an
cuairt, "cumaibh oirre, cumaibh oirre—dh' ith i aona
phiobaire an diugh cheana, agus an droch bhàs oirre, tha
i air son fear eile bhi aice."
"An e gu 'n d' ith mart piobaire?" arsa fear dhiubh.
"Gun fhacal bréige, dh' ith," arsa mise, "oir chunna
mi fhéin a chorp 's gun mìr a làthair dheth ach an dà
chois; cha 'n 'eil ann ach amaideachd dhuinn a bhi strì
ris a' ghnothach a cheiltinn; tha mi 'faicinn nach gabh i
cur bho 'n chleachdainn—mar is daor 'tha fhios aig Para
piobaire bochd—mo bheannachd as a dhéigh!"
"Co tha 'n sin a' luaidh air m' ainm-sa!" ghlaodh fear-
eigin làmh rium; agus, an uair a thionndaidh mi m' an
cuairt, co bh' ann, a réir coltais, ach Para piobaire e fhéin.
"Beiribh air-san cuideachd," arsa mise, "cumaibh uam

e, oir cha 'n e fhéin a th' ann idir, ach a thannas; chaidh a mhort an diugh 's a' mhadainn, do m' dhearbh fhiosrachadh féin, 's cha d' fhàgadh òirleach dheth ach a chasan."

An uair a chuala Pàruig sin—oir is e fhéin a bh' ann, mar fhuair sinn a mach a rithist—cha mhòr nach do sgàin e a' gàireachdaich ; agus an uair a lasaich air, thòisich e agus dh' innis e dhuinn gach car, mar 'dh' innis mise nis ; agus na 'n cluinneadh tusa 'n fhochaid a bha 'n sin ormsa, air son bhi cur air a' bhò bhochd gu 'n d' ith i am piobaire. Chaidh sinn a stigh do 'n bhùth 's dh' òl sinn fad-shaoghal do Phàruig 's do 'n mhart; chluich Pàruig an latha sin air dhòigh a thug bàrr air na chluich e riamh ; agus is iomadh aon a thuirt nach cualas a leithid riamh roimhe no 'n a dhéigh. Chaidh am mart neo-chiontach, bochd 'iomain dachaidh a rithist, agus is iomadh latha math a bha aice féin agus againne 'n a dhéigh.—Cha di-chuimhnich mi gu bràth mu 'n mhart a dh' ith am piobaire !

Eadar. le I. P. O.

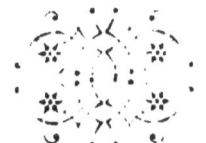

AM BUACHAILLE-LAOGH AGUS AM MINISTEIR.

Bha balachan òg, mac baintrich bhochd, aon uair 'na bhuachaille-laogh aig tuathanach àraidh. Bha e a' faigh-inn a bhìdh mar thuarasdal o 'n tuathanach, agus bha a mhàthair 'g a cumail féin a suas mar a b' fheàrr a b' urr-ainn di le 'bhi ag obair do na coimhearsnaich, maille ri cuideachadh beag a bha air a bhuileachadh oirre o àm gu àm á airgiod nam bochd. Thuit gu 'n robh fearann en tuathanai h a' crìochnachadh ri *glebe* a' mhinistir agus co-dhiu a leig am buachaille na laoigh am measg coirce a' mhinisteir, no ciod air bith a b' aobhar, ghabh e fuath agus gamhlas mòr do 'n bhalachan, agus cha 'n iarradh e ach a bhi 'g a smàdadh a h-uile cothrom a gheibheadh e. Bha aig a' mhinisteir gille miodalach, tràilleil a b' àbhaist da a thoirt leis an uair a bhiodh e, le 'charbad beag, a' gabh-ail a chuairt troimh 'n sgìreachd. Thachair dhoibh a bhi a' gabhail sgrìob air latha àraidh, agus faicidh iad buach-aille ran laogh 'n a shuidhe taobh an rathaid mhòir le deise ùir aodaich air. Bu mhath a bha fios aig a' mhin-isteir c' àite 'n d' fhuair am balachan an deise, agus smaointich e gu 'n gabhadh e an cothrom air a nàrachadh. "Cò, mo ghille math," ars' esan, "a chuir ort an deise ùr, gasda sin?" "Chuir," thuirt am balachan bochd 's e 'togail a chinn, "le 'r cead, a mhinisteir, a' cheart fheadh-ainn a chuir an deise sin oirbhse,—chuir an sgìreachd." An uair a mhothaich am ministeir a' chùis air a tilgeil cho deas 'na aodann leis a' bhalachan chuir e 'chuip ris an each, agus thàr e as. Ach air dha dol beagan air agh-art smuainich e gu 'm bu tàmailteach da leigeil leis an

ruaig a bhi air a chur air mar so an làthair a ghille féin ;
stad e an carbad, agus chuir e air ais an gille a dh' fheòr-
aich d' an bhalachan, an gabhadh e muinntireas gu bhi
'n a *bhurraidh* aig a' mhinisteir. Thill an gille le othail
mhòir, agus chuir e a' cheist ris a' bhuachaille. "Am
bheil thusa 'dol g' a fhàgail ?" ars' am balachan. "Cha
'n 'eil," fhreagair an gille. "Mata, mur 'eil," thuirt am
balachan, "rach air d' ais agus abair ris a' mhinisteir,
gu 'm bheil mise 'meas gu 'm bheil a thighinn-a-stigh beag
gu leòir a chumail a suas *dà bhurraidh,* gun ghuth air a
bhi ag iarraidh an treas fear !" Dh' fhalbh an gille 's a
theanga 'n a phluic a dh' innseadh a shoirbheachaidh, agus
is i mo bharail nach do chuir e féin no am ministeir a
bheag tuillidh de dhragh air a' bhuachaille-laogh.

I. B. O.

LOCHINBHAR.

Thàinig triath Lochinbhàr as an Iar oirnn gu grad,
Air steud-each a b' àille 's na crìochaibh air fad ;
Gun bhall air a shiubhal ach claidheamh deas, treun,
A' marcachd gun armachd 's a' marcachd leis fhéin ?
Cho dìleas an gaol, 'us cho gaisgeil am blàr,
Cha 'n fhacas riamh coimeas do thriath Lochinbhàr !

Gun chùram do bhacadh, gun eagal roimh nàmh,
Far an doimhne an amhainn, rinn esan a snàmh ;—
Ach *Netherby Hall*, m' an do ràinig e thall,
Thug a leannan a h-aonta, 's bha 'shaoth'r-san air chall,
Oir bha giùgaire 'n gaol, agus cladhaire 'm blàr,
Dol a phòsadh na h-ainnir aig triath Lochinbhàr.

Do *Netherby Hall* gu neo-sgàthach ghabh e steach,
Am measg fhleasgach 'us chàirdean, 'us bhrà'rean, 's gach
    neach !
'Sin thuirt athair na gruagaich, 's a làmh air a lann,—
(Bha 'm fear-bainnse air chrith, 's e gun smid as a cheann.)
"An d' thàinig thu 'n sìth no an d' thàin' thu chum àir ?
No e dhanns' aig a phòsadh, a thriath Lochinbhàr ?"

"B' fhad a shuiridh mi do nighean, ged dhiùlt thu mo
    ghràdh ;
Ach tha 'n gaol mar a' mhuir, ni e lìonadh 'us trà'dh ;
'Us thàinig mi 'dh' ionnsaidh a' phòsaidh gun sion,
Ach a dhanns' leis an òg-bhean, 's a dh' òl leatha fìon ;
Tha pailteas an Albainn de dh' òighibh a's fheàrr,
A ghabhadh gu deònach tighearn' òg Lochinbhàr !"

Bhlais ise! ghlac esan an copan gu teann,
'Us thilg e á làimh e 'n uair dh' òl e na bh' ann ;
Chrom ise gu màllda 's a h-aghaidh fo nàir',—
Le deur air a sùil, 's air a bilibh fèith-ghàir',
Ghabh e greim air a làimh dh' aindeoin bacadh a màth'r,—
" 'Nis thèid sinn a dhannsadh !" thuirt triath Lochinbhàr.

A chruth-san cho àluinn, 's a gnùis-se cho briagh,
Cha 'n fhacas aon chàraid 'thug bàrr orra riamh ;
Fo chorruich bha h-athair, a màthair, 's a luchd-dàimh,
'Sam fear-bainnse trom, dubhach, 's a bhoineid 'n a làimh—
Rinn na maighdeannan cagar, " B' e mòran a b' fheàrr,
" I dh' fhaotainn r'a phòsadh tighearn' òg Lochinbhàr !"

Air dha beantainn r'a làimh agus cagar 'n a ceann,
A mach air an dorus a ghearr iad le deann ;
Thog e suas air an each i, 's am priobadh na sùl,
Bha esan 's an dìolaid 'us is' aig a chùl !
" Tha i agam gun taing ! Beannachd leibh !" thuirt an sàr,
" Bith'dh iad tapaidh a ghlacas tighearn' òg Lochinbhàr."

Chuir na càirdean le cabhaig an eachaibh air dòigh ;
Cuid a' ruith, cuid a' marcachd a ghlacadh na h-òigh :
Bha ruagadh, 'us rèiseadh, thar raointibh 'us shliabh,
Ach sealladh do 'n òg-bhean cha 'n fhacaidh iad riamh !
Cho treubhach a'n gaol, 'us cho gaisgeil am blàr,
Am facas riamh leithid tighearn' òg Lochinbhàr ?

Eadar. le I. B. O.

CURAIDHEAN-TEALLAICH.

LITIR DO DH-IAIN BAN ÒG.

Iain, a laochain.—Chuala tu an sean-fhacal "Is obair
latha tòiseachadh," agus mar so cha bhi mi cur seachad
ùine ann an goileam air bheag seadh, ach bheir mi dhuit
mo sgeul gun roimh-ràdh air bith. Cha 'n ann an diugh
no 'n dé a chuala mi gur ioma rud a chì an duine a bhios
fada beò, agus ged nach 'eil mi féin idir am sheana bhod-
ach gun ghruag, chunnaic mi rud no dhà ann am latha
nach robh sùil agam ri fhaicinn. Cha b' ann a' bruidhinn
air thuaiream a bha Donnachadh Theàrlaich 'n uair thuirt
e "Is mòr a chì duine mu 'n téid e air a chuthach;" 's
mur bhith gu'n robh mo chiall féin air a dheadh stéidh-
eachadh, chunnaic 'us chuala mi rud no dhà air a' bhliadh-
na so a bheireadh bh'uam e. Tha fhios agam gu maith
gu 'm bi iongantas ort a chluinntinn ciod e an nì ùr no
annasach a chaidh eadar mi agus mo chadal an dràsd.
Tha 'r leam gu 'n cluinn mi thu 'g ràdh "Theagamh gu 'n
deachaidh ' Fionn' a thaghadh leis an sgìreachd mar h-aon
do 'n chòmhlan tha ri amharc as déigh nan sgoilean."
Moire, 's mi nach deachaidh! Cha robh iarraidh agam air.
Cha 'n e nach 'eil mi theagamh cho math ri cuid de na
chaidh a thaghadh. Ged nach 'eil mi cho làn sgoil ris an
fheadhainn a chaidh a thaghadh cha 'n abair mi nach 'eil
barrachd toinisg agus tùr agam, agus tha iad na 'n àite
féin a cheart cho feumail ri sgoil agus Beurla-mhòr. Is
fada o 'n a thuirt àn sean-fhacal "Cha 'n i 'n ro sgoilear-
achd a's feàrr," 's mur 'eil fhios agam cia meud cànain a
th' anns an t-saoghal tha fhios agam cia meud latha th'
anns an Iuchair-shamhraidh, agus tha so ni 's feumaile

dhòmhsa no ged a rachadh agam air gach cànain dhiubh
'labhairt gu fileanta. Ach cha 'n e so 'tha cur dorrain
orm aig an àm so ach rud cho gòrach, amaideach 's a
chuala tu riamh. Ciod th' agad air no dheth ach gu bheil
iad an déigh buidhean de *Volunteers* a chur air chois anns
an sgìreachd so. Cha 'n 'eil fhios agamsa a bheil gnothach
aig an ni so ri ana-creidmheach mòr a bha 's an Fhraing
aig aon àm air an cuala mi 'm ministeir-mòr a' bruidhinn:
ma 's math mo bheachd 's e *Voltaire* a b' ainm dha. Ach
biodh sin mar a thogras e cha 'n e aon duine math a chuir
na *Volunteers* do 'n sgìreachd so. Nis cha 'n 'eil duine
eadar Maol-Chintìre agus an Rudha-garbh a's dìlse do 'n
Chrùn na mise, ach air a shon so uile cha 'n 'eil mi 'faic-
inn ciod air an t-saoghal am feum a th' anns an arm-
fhuasgailte so. Mo chreach 's mo sgaradh! Is truagh
leam-sa a' Bhàn-righ 'n uair a dh' fheumas i i-féin earbsa
ris na curaidhean-teallaich so. Na 'm faiceadh tu féin na
gaisgich! Cha robh an leithid riamh an Sgairinis ged
is ioma càineadh agus di-moladh a chaidh a dheanamh air
na laoich a bha sin—'s iad na "cearcan-mara" a bh' aig a'
Bhàrd Mac 'Ille-Sheathanaich orra—

> " Cha 'n 'eil iad òrdail
> 'S cha ghluais iad còmhla,
> 'S cha 'n 'eil iad bòidheach,
> Aon dòigh ga 'n gabhar iad."

Thachair a cheart leithid do shaighdearan na sgìreachd so.
Is fhada o 'n a chuala mi an t-seann riaghailt Ghàidheal-
ach, "Leathan ri leathan 'us caol ri caol;" ach Moire
cha 'n ann mar sin a chaidh na laoich so a chur an òrdugh.
Gheobh thu fear beag màganach coltach ri stòp leth-
bhodaich, agus an sin fear slim fad-chasach cho àrd ri
crann giubhais 's cho caol ri snàthaid-mhòir. Fear cho
maoth ri puinneig sheileach 's cho dìreach ri saighead,
's fear eile ri 'ghualainn cho cruaidh croganach ri seann
racan daraich. Fhuair iad Ceannard a h-uile ceum á
Sasunn ga 'n teagasg—duine glas-neulach odhar le "casan
fada caol, 'us corp goirid fann," Mur 'eil mo chluasan gu
m' mhealladh 's e *Captain Attchew* a their e ris féin, oir

cha 'n 'eil duine 's an sgìreachd a gheobh a theanga m' a ainm. 'S e 'n dòigh air an dlùithe thig thu air, snaoinsean a ghabhail, agus 'n uair a thig sreobhart ort their thu ainm an laoich so gun taing dhuit—"*Attchew*." Tha Beurla an duine so cho Sasunnach, agus labhraidh e i cho luath 's gu 'n robh e cho math dhuit feuchainn ri coileach Frangach an tigh-mhòir a thuigsinn, agus 's e thàinig as a' ghnothach gu 'n deachaidh fios a chur air Dòmhnull Saighdear mar eadar-theangair. Tha beachd agad air Dòmhnull : ma chreideas tu e féin cha robh cath bho Chulodair gus a so nach robh e 'n a theis-meadhon—a' buidhinn cliù dha féin agus da dhùthaich—gu sònraichte dha féin ; ach a dh' innseadh na fìrinn dhuit cha robh Dòmhnull riamh 'an cath a bu mhiosa na 'n uair a leum e féin agus Seumas Mòr air a' chéile ann an Tigh-a'-Chaolais ; agus air son e bhi 's an arm, bha e mios anns an Fhreiceadan-dubh, ach theich e, 's bha cho beag meas ac' air 's nach b' fhiach leò cur air a shon, ged a bha e g'a fhòlach féin fad mios fo 'n leaba an déigh dha tighinn dachaidh, air eagal 's gu 'n tigeadh iad air a thòir. Ma 's math mo bheachd 's e *dissenter* no *deserter* 'thuirt am Maighstir-sgoil ris 'n uair a thàinig e air ais. Ach coma leat so, ghabh Dòmhnull-Saighdear os làimh na gaisgich so a chur roimh 'n teagasg, agus théid mise 'n urras nach leth-obair a th' aige 's an ni so. B' fhiach dhuit dol astar math à d' rathad g'a fhaicinn 's g' a chluinntinn g' an cur an òrdugh 's g' an teagasg. Tha 'cheann cho àrd 's ged a b' e Tighearna Chluaidh, agus lùb air an comhair a chùil leis cho dìreach 's a tha e. So agad mar tha e dol an ceann a' ghnothaich. "Nis fhearaibh," their esan, "'n uair their mise *Halt*, stadaidh sibhse. 'N uair their mise *Stand at ease*, leigidh sibhse 'ur n-anail. 'S 'n uair a their mi *Right about face*, théid sibhse cùl-air-bheul-thaobh."

Cha 'n 'eil mise faicinn ciod air an t saoghal am feum a tha 's an obair so, a toirt dhaoin' òga air falbh o 'n obair agus a' lionadh an cinn làn amaideachd. Dh' fhalbh an latha anns am feumar cliù ar dùthcha 'chumail suas le neart a' chlaidheimh. Ma tha na h-òganaich deònach air cliù a bhuidhinn dhaibh féin agus urram an dùthcha a chumail a suas, faodaidh iad so a dheanamh ann an dòigh no dhà. Seasadh iad dìleas air son na fìrinn ; gluaiseadh iad gu modhail, stuama ; ionnsaicheadh iad an cànain féin a leughadh agus a sgrìobhadh : biodh iad duineil misneach- ail air taobh a' Cheartais ; agus seachnadh iad gach nì a bheireadh orra claonadh à slighe na fìrinn agus na stuam- achd—a dh' aon fhacal gabhadh iad mar am facal-suaich- eantais, "Mo Dhia agus mo Dhùthaich," agus ma bhios iad fìrinneach d' an suaicheantas, cha 'n fhaighear iad ann an droch still, ach bithidh iad 'n an cliù dhaibh féin agus 'n an onair d' an dùthaich. Cha 'n urrainn domh ni 's feàrr a dheanamh aig an àm so no na rannan a leanas a thoirt duit :—

'S BEAG IS MO LEAMSA CIOD A THEIR IAD.

LEIS AN LIGHICHE MAC LACHAINN NACH MAIREANN.

Tha triallairean Allbainn ri aimhreit an dràsd',
    Ach 's beag is mò leam-sa ciod a their iad ;
A' siubhal gach dùthcha, 'g an dùsgadh gu fearg ;
    Ach 's beag is mò leam-sa ciod a their iad :
Fadadh-cruaidh air an gruaidh suas anns na crannagan,
    Sùil chlaon air gach taobh 'glaodhaich gu farumach,
Mur aontaich sibh leinne bith'dh sibh sgriosta gun dàil.
    Ach 's beag is mò leam-sa ciod a their iad.

Aig an Athair tha brath air an aidmheil a's feàrr,
    Ged is beag is mò leam-sa ciod a their iad ;
Co 'n t-aon a tha ceart, no có e 'tha ceàrr,—
    Ged is beag is mò leam-sa ciod a their iad ;
'S ann their luchd aidmheil ri 'chéile, "Cha 'n 'eil stéidh
    ann ad theagasg,—
Tha sgriobtur 's a' Bhìobull, ag innseadh gun teagamh,
Gur mise 'tha ceart, agus thusa 'tha ceàrr ;"
    Ach 's beag is mò leam-sa ciod a their iad.

'S e m' athchuing 's a' mhaduinn air Athair nan gràs,—
   Ged is beag is mò leam-sa ciod a their iad.
E chumail mo chridhe gun smal air gu bràth,
   Ged is beag is mò leam-sa ciod a their iad,—
Le seirc 'us truas, iochd do 'n t-sluagh, 's a bhi gun uaill
   spioradail,
   Dùilean breòit' a tha fo leòn fheòraich 'an trioblaid,
Ged theireadh gach fear dhiubh gu'n robh mi gun ghràs,
   Gur beag is mò leam-sa ciod a their iad.

Leig fios dhuinn gu goirid ciamar a tha dol duit. Tha sin
uile beò slàn, gun dìth gun deireas.—Is mi do charaid
dìleas,

                             FIONN.

CALUM AGUS SEONAID.

Sud a bh' ann roimhe so, fear agus bean. B' e ainm an fhir, Calum agus b' e ainm na mnà Seònaid. Bha iad le chéile na 'n tràillean do dheoch làidir. Air là àraid, bha iad a' sìor smuaineachadh ciod e an seòl air am faigheadh iad an "deoch-mhaduinn," oir bha na h-uile dòigh air ruith a mach. 'S e sin a smuainich Calum gu 'n rachadh e far an robh Fear a' Ghlinne agus gu 'n abradh e ris gu 'n do shiubhail Seònaid, agus gu cinnteach gu 'n tugadh so air a sporan fhosgladh. Dh' fhalbh e gu sùrdail agus air an rathad a dh' ionnsuidh an tigh mhòir co a thachair air ach Fear a' Ghlinne agus e air a cheum a' falbh o 'n tigh. Faodaidh sibh a bhi cinnteach gu 'n robh na deòir a' sileadh, ach chuir e an céill a ghnothuch do dh' Fhear a' Ghlinne a ghabh truas mòr dheth, an lorg a' chall a thàinig air, ann am bàs a mhnà. A sin chuir an duin'-uasal a làmh 'n a phòcaid agus thug e dha dà bhonn airgid, agus thubhairt e ris gu 'n robh e falbh bho 'n tigh, agus an uair a thigeadh e gu 'n deanamh e cuideachadh ris, ach aig a' cheart àm e 'ghleidheadh a suas a mhisneach agus gun e 'bhristeadh a chridhe. Thug Calum mòran taing do 'n duin'-uasal, agus dh' fhalbh e. Ràinig e Seònaid agus bha iad gu sunndach, aighearach fhad 's a sheas na peighinnean. Ach, moch an lath-'r-na-mhàireach bha iad cho feumail, agus a bha iad riamh. An sin thubhairt Seònaid ri Calum bho 'n a bha do thuras-sa cho tapaidh an dé, théid mise an diugh agus innsidh mi do bhean Fir a' Ghlinne gu 'n do shiubhail thusa. Ro mhath thubhairt Calum. An sin thog Seònaid oirre do 'n tigh mhòr, agus a cridhe luchdaichte le bròn, na 'm b' fhìor, air son Chaluim. Ràinig i 'bhean-uasal agus chuir i an céill a gnothach rithe. Och mo thruaighe ! thubhairt a' bhean-uasal nach mi a tha duilich air do shon, air d' fhàgail gun chuid gun daoine. Thug a' bhean-uasal làmh air a sporan, agus thug i beagan airgid dhi, ag ràdh rithe, an uair a thigeadh Fear a' Ghlinne dhachaidh, gu'n sealladh iad as a dhéigh, agus gu 'n deanamh iad na h-uile cuideachadh rithe a b' urrainn iad. An sin ghabh i a cead dhi agus dh' fhalbh i. Ach 's ann a bha 'n àbhachd an uair e thàinig Fear a' Ghlinne dhachaidh, agus a chasaid e ri 'mhnaoi cho duilich agus a bha e air son bàs Sheònaid. "Tha thu am mearachd a dhuine, 's e Calum a shiubhail. Cha 'n 'eil tiota a dh' ùine, bho 'n a bha Seònaid ag innseadh dhòmhsa mu bhàs Chaluim." Thug iad greis a' connsachadh mu 'n chùis, gus an do theap iad dol thar a chéile. Bha iad le chéile ceart oir shiubhail an dithis na'm b'fhìor. An sin thubhairt Fear a' Glinne "Mun d'théid sin nis faide thar a chéile, théid sinn agus chì sinn co a tha ceart." A sios ghabh iad a dh' ionnsuidh tigh Chaluim. Sheas Calum riamh gu so e. An sin a sior-smuaineachadh ciod a dheanamh iad. 'S e rinn iad, leum le chéile a null do 'n leabaidh agus an sùilean a dhruideadh. An sin thàinig an duin'-uasal agus a bean-uasal a stigh. Och mo thruaighe thubhairt esan, tha iad nan dithis marbh ach bho na bha a leithid do chonnsachadh eadar ruinn mo 'n chuis, bheirinn cóig puinnd Shas-unnach, air chùmhnant gun bitheadh fhios agam co aca a shiubhail an toiseach. An sin thog Calum a chean agus thubhairt e. ' Thoir dhòmhsa na cóig puinnd Shasunnach agus innsidh mi dhuit e." Leis mar a bha am bròn air a thionndadh gu gàirdeachas, thug an duin'-uasal sud dha, agus dh' fhalbh e. Mar do shiubhail iad bho sin, tha iad beò fathast.

N. M. K.

CHRUINNEACHADH CHLANN-GHRIOGAIR.

Tha 'n rè air a' chuan,
    'S tha an ceò anns a' ghleann ;
'S o'n a dhìteadh ar n-ainm
    Anns an latha gu teann,
Ar cath-ghairm iomraiteach,
    Rìoghail o chian,
Ni sinn éigheach 's an oidhche
    Le dìoghaltas dian !
Bi deas, bi deas; bi deas,
    A Ghriogaraich !
Ma bhios ruaig air ar tòir,
    'Us air n-ainm air a bhacadh,
Loisg am fàrdach !—'s am feòil
    Biodh aig eunlaith 'g a sracadh
O, tionail, tionail, tionail ;
    Tionail, tionail, tionail ;
Fhad 's tha duilleach 's a' choille,
    No cobhar air sruth-thuinn,
Mar is dual, cinnidh buaidh
    Le Mac-Griogair gu suthainn !

De Ghleann-urchaidh nan àrd-bheann
    'S de Chaol-chùirn nan saoidh,
De Ghleann-liobhann 's Ghleann-srath
    Tha sinn creachte a chaoidh—
Tur spùinnte, spùinnte,
    Spùinnte, 'Ghriogaraich,
Spùinnte, spùinnte, spùinnte !
    Troimh dhoimhneachd a' chuain
Théid an steud-each 'n a dheann ;
    Chithear birlinn a' seòladh
Thar cìrein nam beann ;
    Leaghaidh creagan mar eigh

'S théid nan still gus a' mhuir,
  M' an strìochd sinn ar còir,
'Us ar diogh'ltas m' an sguir,
  Bi deas, bi deas; bi deas
A Ghriogaraich!
  Ma bhios ruaig air ar tòir,
'Us air n ainm air a bhacadh,
  Loisg am fàrdach!—'s am feòil
Biodh aig eunlaith 'g a sracadh!
  O, tionail, tionail, tionail;
Tionail, tionail, tionail!
  Fhad 's tha duilleach 's a' choille,
No cobhar air sruth-thuinn,
  Mar is dual, cinnidh buaidh
Le Mac-Griogair gu suthainn!

Eadar. le I. B. O.

RUAIRIDH BAN OG.

Leis an Urramach D. Mac Calum.

Bha Ruairidh Bàn Og na ghille fòghluimte, farasda, stuama, deas, dìreach. Cha robh aon anns an sgìreachd a roghnaicheadh tu an toiseach air Ruairidh. Bha e glé mhaith as. Bha Doire-man-bò fo làn stoc aige. Bha e sgith do shonas aonarach agus smuaintich e gu faigheadh e bean. A chum na chrìche sin thug e leis, mar chompanach gill' òg d'am b'ainm Para Mac Thòmais. Fhuair iad botul uisge-bheatha am fear. A nis bha tuathnach Gallda làmh riu aig an robh nighean chùl-bhuidh', mhiogach, bhòidheach, agus chaidh na feara 'ga h-iarraidh. Bha am bodach, a h-athair, na charaid làidir aig aobhar na Stuamhachd agus na cheann-suidhe aig Commun na Stuamachd anns an sgìreachd, agus 's e bh'ann gu'n d' innis e do na seòid nach tugadh e a nighean do neach ach fear a bhiodh na cùl-taice do dh'aobhar na Measarrachd. Labhair am bodach Gallda cho deas-chainnteach an agaidh an òil gu'n do chuir e fiamh air na fearaibh agus leis an eagal a bh' air Ruairidh gu 'm faiceadh e amhach a' bhotuil a bha 'na phòc'-achlais thòisich e air fhùcadh ni b' fhaide a sios as an t-sealladh gus mu dheireadh an do chuir e am botul troimh 'n phòca agus chaidhe e na mhìle sgealb air leac-an-teinndeann. Chuir so crioch aighearr air a chòmhradh agus thug na gillean am monadh orra.

Bha nighean ghasda eile aig an tigh thar na Galldachd le cas shìochte agus bha a piuthar a mach 'na h-àite. Smuaintich na suiridheachan gu'n rachadh iad an ath-oidhch' a dh' iarraidh na té so : Anna Ruadh Nic Dhòmhnuill theireadh iad rithe. Ach chaidh iad an tràth so far an robh an nighean i féin. "Cia mar bu mhaith leat," deir Paruig rithe, "fanachd 'san dùthaich so a rithist?"

"O mise," ars' Anna, "bhiodh mo chridhe-sa briste. Cha'n fhanainn-sa an so air son an t-saoghail. Cha'n fhaigh mi *tramway* 's an latha na *gas-light* 'san oidhche ged nach téid mi ach do'n bhùth a cheannach *a pair of gloves*. Cha 'n 'eil *society* an so air mo shon-sa." "Nach ann a thàinig Ruairidh dh' feuch am pòsadh tu e," arsa Pàruig. "O mise," "tha *lad* agamsa mar tha, agus tha sinn 'dol a pòsadh aig a' Chaingeis." "O thu féin 's do *lad*," arsa Para, "cha bhi ann ach seachlan Gallda. Tha mi cinn-teach nach gairbhe a chasan na maite-poite." "O 'dé tha thu 'g ràdh?" arsa Anna, le feirg, "Cha'n fhaca tu riamh co *lovely* ris. Na'm faiceadh tu e 'n uair a bhitheas sinn a paràdadh le *dress-hat* car *to one side*, fàinne air a liùtaig, *cane* 'na laimh; theireadh tu nach fhac thu riamh a leithid." "Tha mi creidsinn," arsa Para, "ach bheir e'n car asad." "'N e sin," ars' Anna. "*Tha sinn a suiridh for eight years. He would go mad if I would not marry him. He was crying when I came home. He began to sing 'Mary in Heaven' to me when I was leaving. He is a sort of a bard, and changed it to 'O Anne-ruadh departed shade.' Clyde would be his bed if I would deceive him*" "'Dé tha e ris," arsa Pàruig. "O," deir Anna, "tha aige *general store*. Cha'n 'eil ni a smuainticheas tu nach 'eil aige, '*bread, ropes, ties, tea, Bibles. eggs, tobacco, needles, butter, sweeties*,' 's gach ni mar sin."

"C'ainm a th'air?" deir Para. "Tha," ars' Anna "*Neil X. Higginbotham, junior, Esq.*"

"'Dé tha thu deanadh do na làmhainnean sin ort an tràths'?" arsa Para.

"*I am afraid the peat smoke will make my hands quite brown, and there is no place in this black house where I can put them past. My new hat is quite spoiled*, ars' Anna.

"Nach tu," arsa Para' "'chaill do Ghàidhlig."

"Dé am feum a th'agamsa air Gàidhlig. *I would be quite ashamed if they knew in Glasgow that I was speaking the Gaelic here*," arsa Anna chòir.

"Oidhche mhath leat," arsa Para; agus dh'fhalbh na gillean.

Ach mur robh an t-aithreachas air Anna Ruadh fàgaibh mise 'mearachd. Mu'n gann a bha na gillean a mach thàinig am posta agus so agaibh litir a fhuair Anna bho 'piuthar a bha na h-àite.

100 Park Terrace,
The 4th March.

MY DEAR SISTER,—This letter leaves me in good health hoping you are enjoying a portion of the same blessing. I hope you will soon be able to take your place. I will not be in it long. *(" Cha 'n 'eil fhios c'arson," arsa Anna rithe fèin.)* Mrs. Rigby sent me for a dozen eggs. Well I went to your old sweetheart Neil X. Higginbothan, junior, Esq., (*" Gaol geal nam feara" arsa Anna" 's ann air a bhios am fadal gus an ruig mi fèin."*) I got a dozen of of the finest eggs, and what do you think he gave me ; a Prayer book in a present. (*"Bheir mise air" arsa Anna " nach bi na h-uidhir do na* "presents" *a dol 'n uair a ruig-eas mise. Cha teid na h-uidhear do na* " Prayer-books" *a mach gun phaigheadh air an son."*) He said he would meet me at the bridge to ask for your foot. (*" Cha'n 'eil fhios c' arson nach d' fheoraich e fa'r an robh e" ars' Anna.*) Well, we met at the bridge and what do you think, we fell in love there and then. (*"Leth na bochdainn," ars' Anna "de tha so?"*) He said he would not marry you at any rate, that he never loved you very much, that he was only pretending all the time—so there is no harm done." (*" O an cealgair!" ars' Anna.*) He says that I have such meek eyes and such beautiful English that he would not know that I could ever speak a word of that horrible Gaelic. (*"Horrible Gaelic" ars' Anna " nach ann aice tha an aghaidh."*) Isn't he lovely ? He says he would go mad if I would not marry him, and as I do not want the sweet creature to go mad we made it up there and then, and we are to be married next week." (*" Och na noch!" arsa Anna "'s bochd nach ann an ath-oidhch' a bha Ruairidh Ban Og a teachd."*) Will you have the goodness to send me a ring you will get in the old chest of drawers. (*" Thigeadh i air a shon" ars' Anna.*) We are going to buy a monkey to keep us in amusement. ("*Bith'dh da mhonkey an sin nice*" ars *Anna* "*cha'n fhaca mi riamh cl.o choltach ri* "monkey" *ris fein*.") I conclude with kind love to you all, hoping you will not forget yourself,—Your Affectionate Sister. JANE.

Bha na cùisean a nis a fàs ainmeil. Chuala tuathanach a bha làmh riu gu'n robh Ruairidh air tòir mnatha. A nis bha seachd nigheanan aige-san 's cha robh a h-aon dhiubh pòsda. Chaidh e gu h-uaigneach far an robh Ruairidh agus thubhairt e ris.

"Chuala mi gu 'n robh thu ag iarraidh mnatha. A nis tha seachd nigheanan agamsa agus gheibh thu do roghainn dhiubh. Mar thochar gheibh thu an làr dhonn, agus gheibh thu trì fichead punnd Sasunnach an là a shiùbhlas mise." "So mo làmh," deir Ruairidh, " 's cùmhnant e. Bith'dh agamsa Iseobal òg an òr-fhuilt bhuidhe, a tha mach air a Ghalldachd." "So mo làmh," deir an tuathanach, 's cùmhnant e. Ni sinn an còrdadh Di-h-aoine." "Tha mi toileach," deir Ruairidh.

Chaidh an còrdadh air aghaidh. Chaidh na coimhearsnaich a chuireadh agus chaidh cuirm mhòr a dheanamh, 's gach nì chur an òrdugh. Air an là màireach chaidh aon do pheathraichean Iseobal òg a chur gu Galldachd a dh' innseadh dhi gu 'n robh i air a còrdadh ri Ruairidh Bàn Og Mac Raonuill agus gu 'n robh i ri bhi pòsda ris air an ath sheachdainn. Ach 'n uair a ràinig an nighean 's a dh' innis i a gnothach, so mar a thubhairt Iseobal òg an òr-fhuilt bhuidhe.—

"Abair thusa ri Ruairidh gu bheil mise 'n a chomain, ach gu 'm b' fheàrr leamsa bhi 'm sheana-mhaighdean gu deireadh mo làithean na gu 'n gabhainn fear nach feòraicheadh mi féin mu 'n deanadh e 'n còrdadh."

Cha robh aig an nighean bhochd ach tighinn dhachaidh mar 'dh' fhalbh i, Ach thog Ruairidh air gu sgìreachd eile agus thug e dhachaidh bean co àillidh 's nach robh a leithid anns na seachd sgìreachdan. Agus ma tha iad beò tha iad beairteach.

CEILIDH.

LITIR DO DH-IAIN BAN OG.

"Throd mo bhean 's gu'n do throd i rium,
Ghabh i miothlachd agus diumb ;
'S chionn nach b' àbhaist dhi trod rium,
Throd mi ri, mar a throd i rium."

IAIN, A LAOCHAIN,—Gabh mo chomhairle agus cum air taobh an fhuaraidh de na mnathan; cha 'n 'eil iad eneasda. Cha'n ann an diugh no'n dé a fhuaradh so a mach. Is e mo bheachd féin nach ann de na b' fheàrr' a' cheud té ; agus, bho sin gus a so, fhuair iad droch ainm, agus tha e bràth leantainn riu. Tha beachd agad mar tha 'n seanfhacal ag ràdh " Far am bi bó bith'dh bean, agus far am bi bean bith'dh mallachadh," agus fear eile,—" A thoil féin do gach duine agus an toil uile do na mnathan." An déigh a' h-uile rud a th' ann cha 'n 'eil mi 'g ràdh nach 'eil na mnathan mar tha buntàta nan coimhearsnach—math 'us olc.

Cha 'n 'eil teagamh nach 'eil iongantas ort ciod a thàinig eadar mi féin 'us Màiri 'n uair a tha mi a' leigeil ruith do m' theanga air an dòigh so mu na mnathan. 'S beag sin, fhir mo chridhe, ach cluinnidh tu gun mhòran maille, oir so Màiri 'tighinn agus bheir mi dhuit a sgeul na facail féin, oir gheall mi innseadh dhi an uair a bhithinn a' sgriobhadh ad ionnsaidh a chionn 's gu'n robh toil aice guth beag a ràdh riut. Tha i nis aig mo ghualainn agus feumaidh mi gach facal a chur a sios mar dh'iarras ise, air neo cuiridh i teas anns na clusan agam. Tha i ag ràdh—"Their thu ris a' ghille chòir, ma bha an crùisgein a' dol as a dhìth ùillidh 'n uair a bha thu a' criochnachadh na litreach mu dheireadh, nach ann a chionn 's nach robh gu leòir a dhùillidh a stigh ; ach a chionn 's gu'n robh thusa tuilleadh 's leisg a dhol air son a' phige, no nach leigeadh an spòrs leat do làmh a shalachadh." Tha i air falbh a nis leis an làn a bha 'n a sgiathan, 's faodaidh mi nis an ni thogras mi ràdh. Cha 'n abair mise a bheag tuille mu ghainne an ùillidh. Tha 'n crùisgein làn an nochd, agus tha am " Buachaille Bàn " agam ga bhrosnachadh, 's cha 'n fhaod e bhith nach dean mi litir mhor, fhada, réidh, a chur an òrdugh ; ach 's fada o'n a chuala mi nach e " gogadh nan ceann a ni 'n t-iomram." Is ann againn féin tha 'n crùisgein air an fhiach a bhi 'labhairt! So agad rann no dhà a th'aig a' Bhuachaille Bhàn ga 'n aithris—

Tha crùisgein, tha crùisgein,
   Tha crùisgein aig Màiri ;
Tha crùisgein 's an dùthaich
   A tha mi 'n dùil a phàigheas.

Tha gob air a chùlthaobh,
   'S fear ùr air a bheulthaobh,
'Us lasaidh e gun ùillidh,
   Le sùgh a' bhuntàta.

Chaidh mi feadh na dùthcha
   A' sgrùdadh mo chàirdean,
Fhuair mi cuinneag ùillidh,
   'S cha chùirnicheadh e 'mhàs dhomh."

Nach e mo laochan am Buachaille Bàn, 's nach foghainteach an crùisgein a th' againn 'an Ceann-an-tuilm.

Ach cha 'n fhaod mi 'bhi cur seachad ùine le goileam gun seadh, oir tha mòran agam ri innseadh agus is tric a chuala mi mo mhàthair ag ràdh, "Cha dean corag mhilis im, 's cha dean ' glucam-oirre ' càise."

Gheall mi sgeul goirid dhuit air a " chéilidh " a bh' againn 's an tigh so 'o chionn ghoirid B'e chiad fhear a thàinig oirnn Mac Aoidh 'o Cùl-na-coille agus, aig a shàil bha Pàruig na Seann-làrach agis Aonghas à Bràighe Bhaile, Domhnull Art, Teàrlach Og, agus h-aon no dha eile nach aithne dhuit. Chuir sinn Màiri bheag a mach a dh' iarraidh Sheumais Mhòir 's a dhà nighinn, agus chaidh Iain Alasdair do na tighean-gu-h-àrd a dh' iarraidh nighcanan na Bantraich. 'N uair a bha 'n còmhlan cruinn dh' iarr mi fèin air Dòmhnull Art duanag a thoirt dhuinn, agus mar d' fhuair sinn sin ; oir cha 'n 'eil iad ann a bheir bàrr air Dòmhnull ann an seinn nan òran. Thug e dhuinn—

'S CAOCHLAIDEACH GACH NI.

Le Fionn.

C'àite 'bheil an comunn àbhach
  Leis am b' àbhaist dhuinn 'bhi òg,
Còmhla cruinn 'an tigh na céilidh.
  'G éisdeachd sgeulachdan gun ghò ;
No air feasgar cùbhraidh Céitein
  'Ruith 's a' leum air feadh nan lòn ;—
Chaidh an sgaradh 'us an sgaoileadh
  Mar a ruaigeas gaoth an ceò.

'An dùth'chaibh céin tha cuid a chòmhnuidh
  Am measg slòigh a tha gun bhàigh ;
'S tha cuid eile 'nis a' seòladh
  Air cuan mòr nan stuadhan àrd' ;
Chaill sinn buidheann dhiubh gu siorruidh
  Cha b'e 'm miann 'bhi 'n saogh'l a' bhròin,—
Fhuair iad furan fialaidh, 's fàilte
  Ann an Aros Righ na Glòir'.

Aon no dhà dhiubh tha air 'fhàgail
  Thoirt na bha a' m' chiumhne 'rìs,—
Ach cha 'n fhada théid ar caomhnadh,
  Leis gu'r coachlaideach gach ni ;
Tha gach bliadhna nis mar thiota,—
  'S beag 'tha fhios dhuinn ciod 'tha 'n dàn,—
Oir mu 'n faic sinn crìoch na té so
  Bith'dh na ceudan aig a' Bhàs.

Chòrd an t-òran so gu ro-mhath ris a' chuideachd agus fhuair sin an ath fhear o Mhàiri Bheag, a sheinn gu binn, bòidheach, an t-òran so air a bheil thu gle eòlach—

Ged tha mi gun chrodh gun aighean,
Gun chrodh-laoigh, gun chaoirich agam ;
Ged tha mi gun chrodh gun aighean
   'Gheibh mi fhathast òigear grinn.

Fhir a dh' imicheas troimh 'n bhealach,
Giùlain bh' uam-sa mìle beannachd,
'S faodaidh tu innseadh do mo leannan
   Mi bhi 'm laidhe 'n so leam féin.

Fad na h ùine bha Màiri a' seinn an òrain bhòidhich sin
bha mo laochan am Buachaille Bàn 'n a chrùban thall ann
an cùil-na-mòna agus cha luaith a sguir Màiri na chualas
e a' réiteachadh a mhuineil agus a' tòiseachadh mar gu 'm
biodh e ag ailis oirre ann an guth trom, tùchanach—
             "Ged tha mi"—
"Sguir, a gharraich !" arsa mise, "Moire ''s fàs a' choill
as nach goirear !' Gu 'm biodh an aghaidh agadsa feuch-
ainn ri òran a sheinn ! agus gu seachd sònraichte gu 'n
togadh tu do ribheid reasgach an déigh mo Mhàiri bheag
laghach." Coma co dhiu ghlaodh a' chuideachd gu léir,
"Oran bho 'n Bhuachaille Bhàn," agus cha robh feum cur
na 'n aghaidh. An taice an òrain chaidh am Buachaille
mar so—

Ged tha mi gun bhreac gun sgadan,
Gun mhac-làthaich gun chnùdan agam ;
Ged tha mi gun bhreac gun sgadan,
   Gheibh mi fhathast bodach-ruadh.

Fhir a dh' imicheas do 'n ghealaich,
Feuch gu 'n till thu ruinn gu h-ealamh ;
'S feuch gu 'n innis' thu do na balaich,
   Sgadan salach bhi 's a' chuan.

'N uair a' chaidh sinn thun a' chnùdain,
Righ gur mise nach robh sùrdail ;
Bha na mùsgan ann am shùilean ;
   Chaidh mo dhùsgadh tuilleadh 's luath.

'N uair a ruig sinn Sgeir-nan-crùban,
Bha mi 'm shìneadh air a h-ùrlar
Anns an taoim am measg nam mùsgan
Agus mùrlach fo mo chluais.

Ged tha mi gun slat, gun mhaorach,
Cha 'n eil mi gun ràmh gun taoman ;
Gheibh mi slat 's a' Choille-chaorainn,
Agus maorach taobh nan stuadh.

Ged tha mi air bheagan beairteis,
Gheibh thu bhuam-sa 'h-uile ceartas :
Pailteas ghròiseidean 'us dhearcan,
Uibhean chearc, 's buntàta fuar.

Cha mhòr nach do laidh sinn a' gàireachdaich air òran a'
Bhuachaille Bhàin.

Thug an sin Mac-Aoidh sgeulachd duinn, rud a rinn e
gu deas-bhriathrach, àluinn mar 's math is aithne dha.

Bha fonn-dannsaidh a nis air a' chuideachd agus ged
nach robh inneal-ciùil againn dhanns sinn gus an robh
sinn tais le fallus, oir tha fhios agad—

> "Gur tric a bha sinn, fhir mo chridhe,
> Gun phìob gun fhidhil a' dannsa."

Chuir sinn am Buachaille Bàn a channtaireachd, agus
's e chiad "phort-a-beul" a thug e dhuinn

AM MUILIONN-DUBH.

Tha 'm Muilionn-dubh air bhogadan,
Tha 'm Muilionn-dubh air bhogadan,
Tha 'm Muilionn-dubh air bhogadan,
   'S e 'togairt dol a dhannsa !

Tha nead na circe-fraoiche,
'S a' Mhuilionn-dubh 's a' Mhuilionn dubh ;
Tha nead na circe-fraoiche,
   'S a' Mhuilionn-dubh 'o Shamhradh !

Tha ioma rud nach saoil sibh,
'S a' Mhuilionn-dubh, 's a' Mhuilionn-dubh,
Tha ioma rud nach saoil sibh,
   'S a' Mhuilionn-dubh 'o Shamhradh !

Tha gobhair 'us crodh-laoigh,
'S a' Mhuilionn-dubh, 's a' Mhuilionn-dubh ;
Tha gobhair 'us crodh-laoigh,
   'S a' Mhuilionn-dubh 'o Shamhradh !

Shaoil leam gu'n robh snaoisean,
'S a' Mhuilionn-dubh, 's a' Mhuilionn-dubh ;
Shaoil leam gu'n robh snaoisean
   'S a' Mhuilionn-dubh, 's gun deann ann !

Fhuair sinn an sin " 'S ann an Ile bhòidheach," agus na
dhéigh sin—

   Ruidhlidh na coilich-dhubha,
   'S dannsaidh na tunnagan ;
   Ruidhlidh na coilich-dhubha,
      Air an tulaich làmh rium.

   Air an tulaich agam fhéin,
   Air an tulaich urad ud ;
   Air an tulaich agam fhéin,
      Air an tulaich làmh rium.

An uair a shuidh sinn a sios an déigh an dannsaidh dh'
iarr mi air Pàruig na Seann-làraich stiall de bhàrdachd
Oiscin a thoirt dhuinn. An déigh beagan coiteachaidh
agus misnich thug e dhuinn h-aon de Sgeulachdan an
Féinne cho mìn, réidh, 's a rachadh tu féin no mise tròimh
" Mhurachan 'us Mearachan," oir tha e mion eòlach air
bàrdachd Oiscin. Their iad rium-sa—agus ma's breug
bh'uam e 's breug thugam e,—gu bheil Pàruig cho déigheil
air a bhi leughadh Oiscin 's gu bheil e aige air sorachan
mu 'choinnibh 'n uair tha e gabhail a' bhrochain, 's gu
bheil làn spàine de bhrochan, 's làn sùil de dh-Oiscin aige
mu seach. Cha 'n 'eil fhios nach abair thusa uime so mar

a thuirt Gobhainn Mor Bhaile-nan leac mu Phàra Roth-
ach, "Am buraidh bochd, b' fheàrr dha 'n Leabhar Salm
a bhi aige." Is e thug air a' Ghobhainn so a ràdh mu 'n
duine chòir, stòlda; daoine 'bhi 'g ràdh gu'n robh Pàra
Rothach a toirt leis nam paipearean-naidheachd gu
'obair agus ga 'n leughadh an sin.

An uair a dh' aithris am Buachaille Bàn dhuinn,
"Murachan 'us Mearachan" agus "Lùr-a-pocan," thug
sinn tacain air "Bualadh a bhuilg," air am b' àbhaist
dhomh bhi glé dhéigheil 'n uair bha mi 's an sgoil; agus
an déigh sin chaidh sinn troimh 'n "Mhart Bhradach"
agus "Capul 'Phearsain air chall," oir cha 'n 'eil sinn a'
leigeil nan seana chleasan Gàidhealach air dhichuimhn'
ann an Cean-an-tuilm. Thug Aonghas Og dhuinn òran
gaoil a rinn e fein, 's air m' fhacal gu'n robh e binn,
bòidheach. Gheall e a sgrìobhadh dhomh, agus 'n uair a
ni e so cuiridh mi ad rathad e. Chaidh ioma rann
neònach 'us òran binn aithris air an fheasgar sin, air nach
'eil cuimhn' agam-sa, oir chuir sinn seachad feasgar cho
cridheil, càirdeil, agus neo-lochdach, 's a chunnaic thu
riamh. Is ann an tigh Mhic-Aoidh an Cùl-na-Coille, tha
'n ath "Cheilidh" mhor ri bhith, agus ma tha e 'n dàn
domh dol ann, cò aige tha fios nach innis mi dhuit cuid
de na chì 's de na chluinneas mi an sin. Tha fhios agad
mar tha 'n seann-fhacal ag ràdh, "Is e crìoch gach comunn
dealachadh" agus thàinig an t-àm dhuinne dealachadh
agus air dhuinn oidhche mhath a ghuidhe d'a chéile, ghabh
gach h-aon a rathad féin dachaidh.

Tha sinn uile beò slàn aig a 'bhaile so. C'uin a geibh
sinn litir as a' Cheardaich? Tha sinn a' gabhail fadail air
a son. A' guidhe d' fhaicinn slàn. Is mi do charaid
dìleas.

FIONN.

Ceann-an-tuilm,
Oidhche Nollaig, 1878.

BARDACHD NEONACH.

FIIR MO CHRIDHE,—Ged tha mi cur dragh ort gu tric tha fhios agam nach bi thu 'n gruaim rium aig an àm so 'n uair dh' innseas mi dhuit gur e mo leisgeul, gàire a thoirt dhuit air òran éibhinn a sgriobh am Buachaille Bàn. So agad mar a thachair an gnothach. Co 'thuit tighinn an rathad air feasgar Dimàirt so chaidh ach Aonghas Og, Bràighe 'bhaile, agus shuidh e féin agus mise fad an fheasgair anns an t-sabhul a' còmhradh ri 'chéile. Am measg rudan eile air an d' rinn sinn aithris thug sin tarruing air a bhàrdachd—tha Aonghas cho làn bàrdachd 's a tha 'n t-ubh de 'n bhiadh—agus thuit dhuinn bruidh-inn gu sònraichte air duanagan agus òrain an Eirionnaich mhòir sin *Thomas Moore*,—an aon bhàrdachd a's mìne 's a's gaolaiche a leugh duine riamh. " 'Saoil, thu," thuirt mi féin ri Aonghas, " nach gabh rian Gàidhealach cur air cuid dhiu?" " Cha 'n 'eil teangamh nach gabh," fhreagair Aonghas. " So agad ma-ta, thuirt mise, " duanag bheag, bhòidheach, agus feuchaidh sinn 'de ghabhas deanamh rithe 's ' mur dean sinn spàin cha mhill sinn adharc,' oir fàgaidh sinn an duanag mar a fhuair sinn i, 's cha bhi fios aig duine beò gu 'n d' fheuch sinn ri spàin a dheanamh."

THE MINSTREL BOY.

The minstrel boy to the war is gone,
    In the ranks of death you'll find him;
His father's sword he has girded on,
    And his wild harp slung behind him.
" Land of song!" said the warrior bard,
    "Though all the world betrays thee,
One sword at least thy rights shall guard,
    One faithful harp shall praise thee!"

The Minstrel fell!—but the foeman's chain
  Could not bring his proud soul under:
The harp he lov'd ne'er spoke again
  For he tore its chords asunder;
And said, "No chains shall sully thee,
  Thou soul of love and bravery!
Thy songs were made for the pure and free,
  They shall never sound in slavery!"

So agad an oidhirp a rinn sinn air rian Gàidhealach a chur
air an duanaig laghach so.

AN GILLE CLARSAIR.

Chaidh 'n Gille-clàrsair dh' ionnsaidh bhlàir,
  'S gu dàn do theas na tuasaid;
Tha claidheamh athar aig' 'na làimh,
  'S a chlàrsach thar a ghualainn.
"A thìr nam Bàrd!" 's e thuirt an sàr,
  "Ged 'bhrathas càch 's an uair thu,
Aon lann bith'dh dìleas dhuit gu bràth,
  'S aon chlàrsach bith'dh a' luaidh ort!"

Ged 'thuit an Clàrsair, 'chaoidh do nàmh
  A spiorad àrd cha ghéilleadh:
A chlàrsach dh' fhàg e balbh gu bràth
  Oir gheàrr e aisd' na teudan,
Ag ràdh, "Cha deanar ortsa tàir,
  O, anaim graidh 'us saorsa!
'S ann measg nan treun bha ceòl do theud,
  'S co ghleusadh thu an daorsa!"

An uair a bha mi féin agus Aonghas a' cur na duanaig
so air dòigh bha 'm Buachaille Bàn am mach 's a stigh do
'n t-sàbhull—cho luaineach ri cearc ag iarraidh nid—ach
cha robh sinne am beachd gu 'n robh e 'gabhail suim air
bith de na bha sinn ag ràdh no deanamh; ach Moire 's e
bha!
An uair thog Aonghas air a dh' fhalbh chaidh mi féin

R

ceum an rathad leis, 's a dol seachad air tigh-nan-gamhna
thuirt esan "Ciod air an talamh mhór an sgriobhadh a th'
agad air an dorus so?" An uair sheall mi féin bha 'n
dorus air a chùirneachadh o 'mhullach gu 'iochdar, le
bàrdachd, sgriobhte leis a' chaile uaine a bh' againn a'
comharrachadh nan caorach seasg. Ciod a bha 'n so ach
obair a' Bhuachaille Bhàin! An uair a leugh mi féin
agus Aonghas na rannan cha mhor nach do laidh sinn leis
a' ghàircachdaich. Bha am Buachaille Bàn a' magadh air
gach fuaim agus facal a bh' againn ann an duanag a'
Ghille-chlàrsair, mar a chì thu. Sgriobh Aonghas Og
rannan a' Bhuachaille Bhàin na leabhar-pòca 's tha iad
aige cho cùramach ri litir o 'leannan. So agad mata facal
air an fhacal mar a bh' air dorus tigh-nam-gamhna.

GILLE 'N TAILLEIR.

Chaidh gille 'n tàileir moch Dimàirt,
  Do ghàradh-càil an tuairneir;
Bha bioran-tomhais aig' na làimh,
  'Us gràpadh thar a ghualainn.
"A thir a chàil!" 's e thuirt Iain Bàn,
  "Ged theireadh càch gur fuar thu,
Tha mise 'g ràdh gu 'n cinn an càl
  Cho àrd ri cas na sluasaid!"

Ged 'chuir Iain Bàn an gàradh-càil
  Cha d'thug iad dha na gheall iad,
'S gun tuille dàlach spion e 'n càl,
  Gach bun 'us bàr, 's b' e 'n call e,—
Ag ràdh, "Cha deanar ormsa tàir
  Le bodlach grànnda, braoisgeach,
A chaill a dheud ag innseadh bhreug,
  'S a ghoideadh treud de chaoirich."

Is e mo bheachd gu 'n abair thu gu 'n d' rinn am Buach-
aille Bàn gu treun 's gu 'bheil a ranntachd pailte cho
Gàidhealach agus 'h-uile buille cho mìn ris an oidheirp a
rinn Aonghas Og agus mise. An uair 'dhealaich mi ri

Aonghas aig Bealach-a'-choin-ghlais shìn e air na n-òrain mar is gnàth leis, 's cha'n'eil teagamh nach e'm Buachaille Bàn a bha na aire 'n uair thog e 'm fonn so,—

> "Tha ho-ró mo phropanach, mo ghille maol,
> C'àite 'm faigh mi bean dhuit air an gabh thu gaol ?
> Tha ho-ró mo phropanach, mo ghille maol ! "

Tha sinn uile beo, slan. "An latha chi 's nach faic," is mi do charaid dìleas.

FIONN.

Ceann-an-tuilm,
An fhéill Breanainn, 1879.

SUIRIDH PHARUIG-'IC-AN-TUAIRNEIR.

Tha Pàruig Mac-an-tuairneir aithnichte gu math cheana feadh na dùthcha 's cha ruigear leas móran a ràdh mu thimchioll. Theagamh gur aithne dhuibh e móran na 's fhéarr na mi fhéin; ach cha chreid mi nach 'eil mis' eòlach air cuid d' a eachdraidh air nach 'eil fios aig a h-uile h-aon. Bha Pàruig, mar is math is aithne dhuibh, 'n a dhuine diùididh, athach fad a làithean, a rachadh a steach do na frògan roimh fhuaim guth àrd no droch-fhacail; agus bha e 'n a ioghnadh do na tri sglreachdan aig àm a phòsaidh c'àite 'n do ghlac e a mhisneach Ciorstan Nic-a'-ghlaisein iarraidh mar mhnaoi; agus tha e 'n a ioghnadh fathast anns an àite do 'n ghineal a rugadh bhuaith sin. Bithidh sibh fada 'n am chomain, ma tà, ma dh' innseas mi dhuibh mar 'thachair a chùis—ach air a chùmhnant so —nach feòraich sibh có dh' inns dhòmhs' e.

Cha robh àiteach Phàruig na 's mò no na's lugha na tha e an dràsd—air aon seisearach (ach sin eadar dà sgéul). An deireadh na bliadhna dà fhichead thainig earchall air aon de na h-eich aige leis a ghalar-ghreadhainn. Bha e glé dhuilich mu dhéidhinn so, araon air son luach an eich, air sgath a bheothaich fhéin agus an dragh a bhitheadh aige fear eil' fhaighinn a lìonadh 'àite.

Thachair dhà bhi 'g innseadh do 'n ghobhainn mar a dh' éirich dhà. "A, dhuine so," ars' esan "bu chòir dhuit dol a null do Bhail'-an-fhuarain a dh' fhaicinn Dhonnachaidh 'Ic-a-ghlaisein mu 'n làir bhig ghlais aige. Bha e dìreach ag ràdh rium an là roimhe gu 'n robh i tuille 's aotrom air son na h-oibre aige-san; agus gu 'n robh e smuainteachadh a creic. Tha i 'n a beothach faicilleach, smiorail agus bhitheadh i anabarrach freagarach dhuit-se. Tha mi fhéin dol cema an rathad an déigh mheadhon-làtha, agus ma 's math leat théid mi a-stigh anns an dol

seachad, agus innsidh mi gu bheil thu tighinn a-nìos agus
ciod air son." "Gu dearbh, 'Chaluim," arsa Pàruig,
"bithidh mi fuathasach toilichte ma nì thu sin air mo
shon. Bha mi smuainteachadh timchioll a' bheothaich sin
mi fhéin; ach a thaobh na coimhearsnaich a bhi gun stad
a tilgeil Chiorstan a nighean orm—ged nach d' thubhairt
mise riamh rithe na 's mò na "là math" anns an dol
seachad—Nàile! dheanainn rud 's am bith mu 'm faiceadh
iad mi dol do Bhail'-an-fhuarain na's lugha na bhitheas
leisgeul sònruicht' agam."

Tha 'n gobhainn 'n a dhuine pratach, àbhachdach, mar
is aithne dhuibh uile, agus dé 'ur barail 'nuair a chaidh e
do Bhail'-an-fhuarain agus gu 'n do dh' inns e do Dhonn-
achadh gu 'n do chuir Pàruig Mac-an-tuairneir e suas
a dh-aon obair a dh' innseadh dhà gu 'n robh e tighinn
anns an anamoch a dh' iarraidh Chiorstain dheth mar
mhnaoi; agus gu 'n robh aige gu bhi smuainteachadh air
a chùis eadar an dà àm agus freagradh cinnteach a thoirt
dhà 'nuair thigeadh e. Chaidh an gobhainn fhàilteachadh
gu cridheil, caoimhneil; dh' iarradh air a thighinn a-stigh
agus fuireach gu thràth-feasgair; agus bha a h-uile urram
air a thoirt do gach facal a thubhairt e, gach ceisd a chuir
e agus gach barail a thug e.

"Tha Pàruig Mac-an-tuairneir 'n a ghille còir, grunnd-
ail" ars' an t-seann-tuathanach, "agus 's e bheatha gu
làimh mo nighinn là 's am bith anns an t-seachduin.
Thigeadh e air aghart, a Chaluim, gun chuireadh, gun
iarraidh air a ghnothach air a bheil aire. Ged a bhitheadh
agam céud nighean, gun ghuth air nach 'eil agam ach an
t-aon, cha 'n iarrainn a dh-aon diubh pòsadh na b' fheàrr
na Pàruig Mac Dhonnachaidh Mhic-an-tuairneir—Mac an
deagh athar."

'N uair a bha 'm feasgar dorcha na leòir chuir Pàruig a
bhreacan ni' a ghuaillibh agus chaidh e suas taobh na
callaide rathad Bhail'-an-fhuarain. Air bualadh dhà aig an
dorus chaidh a bheatha dheanamh le bean-an-tighe agus bha
e air a stiùireadh gu modhail a-stigh do 'n t-seòmar-shuidhe
far an robh fear-an-tighe garadh a ladhran ris an teine,

sgeadaichte 'n a dheise chaomhanta agus ann an gean
math a feitheamh air a theachd.

An déigh a bhi treis a cnacaireachd mu 'n t-sìd, mu
phrìs na h-ola, galar a' bhuntàta, agus iomadh nì de 'n
leithid sin, thug Pàruig os cionn bùird an gnothach mu 'n
d' thàinig e le bhi 'g ràdh. "Tha mi am beachd gu 'n do
dh' innsan gobha dhuibh gu 'n robh mi tighinn a-nìos an
nochd, a Dhonnachaidh, agus dé bha mi tighinn mu
dhéidhinn." "Gu dearbh, dh' innse sin," ars' an tuath-
anach, "an dà chuid gu 'n robh thu tighinn agus an nì
mu 'n robh thu tighinn mu dhéidhinn; agus so tha mi 'g
ràdh gu 'n do chuir bean-an-tighe 's mi fhéin ar cinn r'a
chéile an déigh ar tràth feasgair agus tha sinn araon làn-
thoilichte mu'n ghnothach." "O 's math leam sin" arsa
Pàruig, "oir, a dh' innseadh na fìrinn, bha sùil agam oirre
bho chionn treis air ais, agus bu ramhath leam a faotainn.
Tha i 'n a créutair bòidheach, soitheamh; agus tha 'n
gobha 'g ràdh gu bheil i math gu obair aig rud 's am bith
ris an cuirear i." "Bho 'n is leam fein i, a Phàruig,
theagamh nach bu chòir dhomh so a ràdh" ars' an tuath-
anach, "ach tha i cho math 's a tha i bòidheach. Cha 'n
'eil ann am maise ach blàth a sheargas ri ùine co-dhiù;
agus tha mi toilichte nach ann air son a bòidhchid a mhàin
a tha thu 'g a sireadh ach gu bheil thu cur an urraim a's
àirde air a deagh-bhéusan. Thubhairt thu gu sònruichte
gu 'n robh i 'n a deagh oibriche agus tha mise 'g a dhearbh-
adh: bha i 'n a cuideachadh agus 'n a comhfhurtachd
dhòmhsa ann an sin. Tha i 'n siod, 's cha d' fheum i an
ath-iarraidh nì 's am bith a bha dhìth orm a dheanamh.
Bithidh sinn 'g a h ionndrainn gu goirt, ach—" "Tha mi
smuainteachadh gu bheil i slàn, fallain, gun mheang," arsa
Pàruig, "cha 'n 'eil i sean co-dhiù; tha cuimhn' agam gu
ramhath nuair a fhuair sibh i, agus—". "Tha e fìor gu
bheil i òg na leòir ach 's e sin coire 'bhios daonnan a
leasachadh," thubhairt an tuathanach mar gu'm bitheadh
e bruidhinn ris féin," ach cha 'n ann a h-uile là 'thig Pàruig
Mac-an-tuairneir air a tòir."

Bha sàmhchair ann eatorra car tacain am feadh a bha

Pàruig a tionndadh a bhoineid bho ghlùn gu glùn : ach mu dheireadh, gun e thogail a chinn, thubhairt e, "agus cia meud a bhios sibh a sireadh oirre 'Dhonnachaidh ?" "A sireadh oirre! a ghaoil a Mhaithis, a Phàruig, na cluinneam facal air a leithid sin idir !—ged a dh' fhéumas mi aideachadh gu bheil tuilleadh barail agam ort nach 'eil thu diùltadh a ceannach dìreach mar a rinn Iacob roimhe so Rachel. Tha e leigeil fhaicinn domh gu bheil i a dhìth ort air a son féin a mhàin. An àite bhi 'g iarraidh airgid air a son rinn sinn suas ar n inntinn rud-eiginn a thoirt leatha, agus rud-eiginn is fiach an t-saothair, ged nach abair sinn an nochd gu dé bhios ann."

Air cluinntinn so dh' éirich Pàruig 'n a sheasamh air a chasan agus dh' fhosgail e a shùilean le iongantas air fiùghantachd a charaid, agus sin na bu mhò gu 'n robh e modhachail air nach b' urrainn dà a thairgse a ghabhail. Mar bu dual dà bho athair tha spiorad na neo-eismeileachd ann nach leigeadh leis a bhi 'n eismeil duine beò am faodadh a leasachadh ; agus fhreagair e mar so, "'Dhonnach-aidh Mhic-a-ghlaisein, 's duine mis' air bheag bhriathraibh ach seasaidh mi ris na their mi. Tha do thairgse tuille 's riasanta agus cha 'n urrainn domh ghabhail. Cha duin' aig a bheil móran sàibhris mi ach, bheir mi ann do làimh £20 air a son ; agus cha 'n iarr mi leatha, 's cha ghabh mi leatha ach seann bhrangas m' a ceann g' a toirt air leathad thun an rathaid mhóir." "Dean suidhe, 'Phàruig, dean suidhe, a dhuine, 's na leig leinn cur a mach air a chéile m' a tochradh. Ach tha do bhriathran cur ioghnadh orm. C'ar son brangas ?" "C'ar son tochradh ?" dh' fhaodadh Pàruig fhoighneachd, ach cha d' thubhairt e diog: dh' fhairich e e féin troimh chéile. An déigh tacain thàinig e g' a ionnsaidh féin agus thubhairt e, "Dh' fhaodamaid solus fhaotainn a dhol do 'n stàbull g' a faicinn agus theagamh gu'n tig sinn gu còrdadh an déigh sin." "Cha ruigear leas dol an sin, a Phàruig; tha i gu h-àrd an staidhir." "'S neònach an t àite sin a ghleidheadh na lair ghlais" smuaintich Pàruig, ach mu 'n robh ùin' aige facal a ràdh chaidh an tuathanach gus an dorus agus

ghlaodh e "'Chiorstain, a Chiorstain, trothad a so." Thàinig
Ciorstan a-stigh mar gu 'n robh faraire 's an tigh agus i fo
rudha-gruaidh bho chlàr a h-aodainn gus a smig. "So
agad Pàruig Mac-an-tuairneir" ars' a h-athair, "agus is
docha leam gu'n do dh' innis do mhàthair dhuit dé tha 'g a
thoirt an so—." Dh' fhairich Pàruig a chridhe maothach-
adh an taobh a-stigh dheth agus mulc 'n a mhuineal cho
mór ri dhà dhòrn—"ged nach robh sibh riamh ri suiridhe
b' aithne dhuibh a h-aon a chéile a h-uile là d' ur beatha
agus le 'r deagh chéill ni sibh càraid freagarach d' a chéile,
tha mi creidsinn. Tha Pàruig ag ràdh gu bheil esan fior-
thoilichte d' fhaotainn, a Chiorstain. Bheil thusa toileach
mar an ceudna? Fhreagair i gu fòill "Tha" anns an osna
bu chaomhaile, nach mór nach do chuir Pàruig 'n a bhreis-
leach. Thàinig fuaim 'n a eanchainn mar gu 'm bitheadh
nead sheillean ann, thionndaidh a shùilean 'n a cheann,
thuit a cheann-aodach as a mheòir agus sheas e mar sin
fad chòig mionaidean cho neo-ghluasadach ri bean Lot
'nuair a dh' fhàs i 'n a carraig salainn. Dé 's am bith a
bharail a bh' aige, gu bràth cha 'n fhaighear a mach, ach
's e so na thubhairt e, agus b' fheàrr leam gu'n cluinneadh
sibh e, "Gu dearbh, chàirdean, 's i so a mhearachd a's sona
leam a thachair dhomh uile làithean mo bheatha. Thàinig
mi 'n so an cinnseal na làir ghlais a cheannach, ach 'n a
h-àite fhuair mi an nighean. Ach, ma tha sibhse toilichte,
's amhuil tha mise."

Bheir sibh fainear gu bheil am mac a's sine aig Pàruig
air ainmeachadh air a ghobhainn.

Eadar. le C. Mac Pharlain.

APPENDIX.

---··✦·✦·--- -

Note (a).—"*Mo run geal, dileas,*" Page 14.

This song which is very popular, is said to have been composed by young MacLean of Torlosk, Mull, who as a tacksman visited Islay, where he was captivated with the charms of Isabel of Balinaby. He sought her hand, and she declining to give him a definite answer at the time, he gave way to melancholy and was advised by his friends to go abroad, which he did. He refers to this circumstance in the fourth verse of the song. Returning after an absence of nine months, he again sought the hand of the fair Isabel, but her parents prevented her accepting him. The refusal preyed so much upon him that his mind gave way, and he had to be confined as a lunatic. While so confined he composed "*Mo run geal, dileas*" and several other songs, one of which begins—

"Rinn mi moch-éiridh maduinn
A dhol a ghabhail an àilidh," &c.

Young MacLean died a raving lunatic.

Note (b).—"*C' aite 'n caidil an ribhinn?*" Page 24.

The song given with translation at page 24 was made up from several imperfect versions which came into my possession. Mr. N. MacLeod, the author of "*Clarsach an Doire,*" in supplying the following complete version of the song, gives its history as follows :

"This song was composed by a young Skye-man on the occasion of the first emigration from Skye to America—an event not to be forgotten in the history of Skye. On that occasion, hundreds of her brave sons and gentle daughters were forced to leave their native island, to make room for deer and sheep, never to return again. Among the rest, the heroine of our song and her people were warned out of house and hall, and had to leave their quiet glen and happy home for ever. She was considered a model of beauty, and of very amiable disposition. Our young bard and

she were much attached to one another, were recognized by
everybody, and justly so, as two young, innocent, happy lovers.
When she made him aware of the turn circumstances had taken,
he made up his mind to follow her to America; but his friends
being secretly informed of his intentions, took every precaution
to prevent his escape. Accordingly, the day the vessel came to
take the people away, they bound him hand and foot until the
vessel had sailed. It was then he tuned his harp, and composed
this touching song, more under the melancholy despair of a be-
reaved lover than under the impulse of poetic genius. This song
used to be very popular in the West Highlands, and is sung to a
beautiful air."

C' àit' an caidil an nigh'nag an nochd,
  C' àit' an caidil an nigh'nag?
Far an caidil an nigh'nag an nochd,
  'S truagh nach robh mi fhìn ann.

'N uair e dh' fhàg an long an cala,
  Bha mo leannan fhìn innt',
B' annsa leam 'bhi air na tonnan
  Air an robh mo nigh'nag.

'N uair a thog iad rithe 'siùil,
  Bha mise tùrsach, cianail;
Shuidh mi air a' chnoc a b' àirde
  Gus an d' fhàg i m' fhianais.

'S mi the diombach dhe mo bhràithrean
  'S dhe mo chàirdean dìleas
Nach do leig iad dhomh do phòsadh,
  'S tu cho bòidheach, fnealt.

Cha robh uasal' bha mu 'n cuairt,
  A chunnaic snuadh mo nigh'naig,
Nach robh 'n geall air deanamh suas
  Ri bean a' chuailean riomhaich.

'S ann ort féin a dh' fhàs a' ghruag
  'Tha buidhe, dualach, fnealt';
Fiamh an òir a's bòidhche snuadh,
  'Na dhualan anns na clean.

'Us ged gheibhinn na tha dh' òr
  'S an Olainnt 's anns na h-Innsean,
B' fheàrr leam a bhi 'nochd a' seòladh
  Còmhla ri mo nigh'naig.

iii.

'S truagh nach mi 'bha le mo luaidh,
An lagan uaigneach, dìomhair;
Bhiodh mo làmh fo' do chùl dualach,
An laidhe suas riut sìnnte.

Ach ma dh' fhanas mis' am bliadhna,
Fiachaidh mi le dìchioll,
'S gabhaidh mi 'n t-aiseag á Grianaig,
Na bho bhialthaobh Lìte.

Cha tog fiodhall, cha tog òran,
Cha tog ceòl na pìoba,
'S cha tog nì 'tha fo' na neòil,
Am bròn a laidh air m' Inntinn.

Note (c).—"*Allt-an-t-Siucair.*" Page 51.

This song will be found complete in several collections of Gaelic Poetry. An English translation of it will be found in Pattison's " GAELIC BARDS."

Note (d).—" *Fios thun a' Bhaird.*" Page 57.

This song is the composition of the late Wm. Livingstone the Islay Bard, who was born at Gartmain, Islay, 1808, and died at Glasgow, 1870. Besides two small volumes of original Gaelic poetry he published a most patriotic work entitled " A Vindication of the Celtic Character." The occasion of the song given at page 48, which was called by the Bard " *Oran Bean Dhonnachaidh*" (Mrs. Blair, Lonban, Islay), is stated in Sinclair's *Oranaiche* to be as follows :—" The Bard expressed a great desire to have a piece of home-made " Islay cloth " to make a kilt or jacket of ; Mr. R. Blair, lately minister of St. Columba Church, Glasgow, sent the Bard a web of grey home-made cloth, got from his mother for this purpose, with the following address upon it—' Fios thun a' Bhaird Ilich, o Bhean Dhonnachaidh.' In return for this Wm. Livingston sent the song, hence the name and chorus." The late T. Paterson left a scroll translation of this song among his papers, of which I made some use when writing the translation now given. The poetic works of the Bard, edited by the Rev. R. Blair, M.A., have recenty been published.

Note (e).—" *An gille-clarsair.*" Page 87.

The following Gaelic translation of the song is by the late Archbishop J. M. Hale :—

AN CLARSAIR.

Air fonn.—"Morén."

Do thriall chum catha òg-laoch na rann,
  Làr nàmhaid Eireann àrsaighe ;
Lann athar faisgthe air gu teann,
  An aoin fheacht le na chlàirsigh.
"A thìr na n-dàn !" ar an laoch-ceòl grinn
  "Da m-beidheadh an saoghal dod dhaoradh,
Ta aon chruit amhàin le do mholadh gu binn
  'S aon lann amhàin le do shaoradh."

Do thuit an bàrd, ach ma thuit gu foill
  Bhidh a chroidhe neamh-eaglach tréannmhar :
Is roab sé téada chlàirsighe an ceòil,
  Do scuab sé an trà bhidh séannmhar :
Is dubhairt ; "Ni mhillfidh cuing do ghuth
  A chruite chaoin na bh feath saora ;
Is ni cluinnfear go h-eug do làn-bhinn sruth,
  Làr bruide is bròin na tìre.

NOTE (*f*).—*Oran Mulaid.* Page 116.

The chorus of this song is the fragment of a much older composition, the remainder of which seems to have passed beyond recovery. The verses were written with a view of perpetuating the air, which is sweet and simple, and bears a striking resemblance to that of "Aye wauken' O !" by Robert Burns.

NOTE (*g*).—*Dh' fhalbh mo leannan féin* Page 124.

The chorus of this song belongs to another composition, which will be found in Sinclair's *Oranaiche.* The verses here given were written before the original composition was collected.

A. SINCLAIR, PRINTER AND PUBLISHER, 62 ARGYLE STREET, GLASGOW.

AN T-ORANAICHE:

DEDICATED TO J. F .CAMPBELL, Esq., OF ISLAY.

THE BEST COLLECTION OF
POPULAR GAELIC SONGS
EVER PUBLISHED,

MOST OF WHICH HAVE

NEVER BEFORE APPEARED IN PRINT.

The Collection contains nearly three hundred of the most popular Gaelic Songs, forming a handsome volume of 527 Pages, Demy 8vo., printed in bold clear type, on thick toned paper, handsomely bound, full cloth, gilt. Price,—Ten Shillings and Sixpence. Postage and Registration fee, One Shilling extra.

A limited number of copies, elegantly bound, Half-Morocco, Gilt Edges, (suitable for presentation). Price, Fourteen Shillings and Sixpence. Postage and Registration fee, One Shilling extra.

As Part First is nearly out of print, parties desirous of securing the complete work, should communicate with the compiler without delay.

ARCHIBALD SINCLAIR,
PRINTER & PUBLISHER,
62 ARGYLE STREET
GLASGOW.

AN T-ORANAICHE.

OPINIONS OF THE PRESS.

An t-Oranaiche, (The Gaelic Songster.) Such is the title of the carefully compiled, and tastefully executed volume now before us. The work contains about three hundred Gaelic songs, many of them now printed for the first time. There is much genuine pleasure in scanning the beautifully printed leaves of the *Oranaiche*, for there is not a page on which we do not find some chaste ditty or charming love-song which we had thought lost beyond recall. We find ourselves now lingering over *Mairi Bhan Dhail-an-eas*, *Duthaich nan craobh*, or *Gaol an t-seoladair*, or pausing to sing a verse or two of *Tha mo run air a' ghille* or *Ille dhuinn chaidh thu 'm dhith*. The songs have been most carefully selected and correctly printed, and the collection is beyond doubt the largest and best ever published. The *Oranaiche* ought to be found in the library of all who love the language, poetry, and music of the Highlands.—*Oban Times*.

The *Oranaiche* is a good book, and contains between 500 and 600 pages, beautifully printed on toned paper. There is not, so far as we have seen, one expression in the work that could give offence to the most delicate. The value of such a book cannot be over-estimated. The cost is so small, and the contents and appearance of the work so excellent, that no true-hearted Gael should be without a copy.—*Highlander*.

We have here before us a copy of the *Oranaiche*, and it gives us much pleasure to commend it very cordially to the attention of our Gaelic readers. That the power of song, so characteristic of the Scottish peasantry of the south, is no less so of the sturdy sons of the north is amply exemplified in the very tasteful and excellent work before us. The measure of the success which has crowned Mr. Sinclair's labours thus far may be judged by a simple look at the list of contents. Any work containing so many favourite lyrics cannot, we think, fail of being very popular among our Celtic friends. So far as outward appearance goes, the work is neat, correct, and well printed, thus reflecting most creditably upon Mr. Sinclair's taste and Gaelic scholarship, and being also a lasting test money of his patriotism, courage, and enterprise. It is out of sight the best collection of miscellaneous songs in existence, and not only so, but even in point of intrinsic excellence it is worthy to take its place beside the best books of song in any language. Let Highlanders everywhere possess themselves of the work, and we have no fear that any of them will consider our praise in the slightest degree exaggerated. The work consists of 527 pages, exclusive of preface, contents, index, &c., and the price is so low that we are almost tempted to put cheapness down as the only fault which we could suggest in connection with the *Oranaiche*.—*Perthshire Advertiser*.

The *Oranaiche* is one of the best printed Gaelic words we have ever seen, and consists, with a few exceptions, of songs hitherto unpublished.—*Scotsman*.

The book is simply and beyond question the best and most complete, as it is the largest, collection of Gaelic popular songs existing. It contains all or nearly all the songs which have stood the test of popularity.—*Donald M'Kinnon, Edinburgh*.

My DEAR SIR,—Allow me to congratulate you on having got the *Oranaiche* so handsomely off your hands. It is the completest and in every way the best collection of Gaelic poetry that has yet appeared : and the way in which you have managed the matter, in the face of so many difficulties, does you infinite credit.—"*Nether Lochaber*."

SELECT ENGLISH POEMS,

WITH GAELIC TRANSLATIONS.

SECOND SERIES.

200 Pages Demy 12mo.   Paper Covers, 1s. 6d.

CLARSACH NA COILLE,

A

COLLECTION of GAELIC POETRY,

BY THE

REV. A. MACLEAN SINCLAIR,

Springville, Nova Scotia.

Royal 16mo 350 Pages Neatly Bound in Cloth.

PRICE, 3s. 6D.

GLASGOW:
ARCHIBALD SINCLAIR, 62 Argyle St.